현대시조의
창작 원리와
실제

**현대시조의
창작 원리와
실제**

초판 1쇄 인쇄 · 2024년 4월 29일
초판 1쇄 발행 · 2024년 5월 4일

지은이 · 신웅순
펴낸이 · 한봉숙
펴낸곳 · 푸른사상사

주간 · 맹문재 | 편집 · 지순이 | 교정 · 김수란, 노현정 | 마케팅 · 한정규
등록 · 1999년 7월 8일 제2-2876호
주소 · 경기도 파주시 회동길 337-16 푸른사상사
대표전화 · 031) 955-9111(2) | 팩시밀리 · 031) 955-9114
이메일 · prun21c@hanmail.net
홈페이지 · http://www.prun21c.com

ISBN 979-11-308-2142-9　93800
값 28,000원

학술총서 64

현대시조의 창작 원리와 실제

신웅순

책머리에

　1920년대 시조에는 큰 변화가 있었다. 음악에서 분리, 문학으로서의 출발이었다. 그동안 현대시조는 많은 변화가 있었다. 단시조가 주인이었던 것이 연시조가 안방을 차지했고 또 하나는 시조의 자유시화 현상이었다. 시조인지 시인지 구별이 되지 않는다는 것이다. 절장시조, 양장시조, 혼합시조까지 창작되기도 했다. 물론 시조일 수 없다.

　현대시조 창작은 무엇이어야 하는가? 여기에 제대로 답할 수 있는 이론서를 내고 싶었다. 그래서 첫 번에 냈던 이론서 『한국시조창작원리론』을 다시 썼다. 바이블과 같은 책을 내고 싶은 욕망에서였다. 『한국시조창작원리론』은 필자의 논문이 기초가 되었고 『현대시조의 원리와 창작』은 『한국시조창작원리론』이 그 바탕이 되었다.

　절실하지 않은 것은 버렸다. 현대시조 창작의 필수 테마를 선정해 다시 새롭게 썼다. 필자의 책을 요약, 인용하기도 하고 새로운 이론을 삽입하기도 했다. 제대로 된 시조창작 이론서를 내야겠다는 나름대로의 사명감 때문이었다. 쓰고 보니 거기까지 미치지 못한 것 같다. 그러나 최선을 다했다.

　　　　　　　　　　　　　현대시조의 창작 원리와 실제

1부 창작의 원리와 2부 창작의 실제로 나누었다. 시조 명칭, 시조형식, 시조 분류, 시조 운율은 시조의 기초원리이다. 이것이 전제되지 않고는 시조창작은 어렵다. 은유, 상징, 환유, 퍼소나, 역설, 아이러니, 패러디, 거리에서는 시조창작의 일반적인 원리를 다루었다.

　2부는 고시조의 창작 배경에서부터 문장의 기본 핵심인 선택과 배열, 소쉬르와 퍼스의 이론인 기표와 기의, 언어체와 발화체 등 소절, 율독에 이르기까지 시조 창작을 예문과 함께 다루었다. 여기에 해설을 덧붙여 쉽게 접근할 수 있도록 했다.

　시조와 시는 다르다. 원리도, 창작 방법도 다르다. 사람들은 글자 수만 맞으면, 소절(음보)만 맞으면 같다고 생각한다. 시로만 생각해서는 안 되는 이유가 여기에 있다. 시조는 태생이 음악이다. 이것이 바탕이 되지 않고는 시조를 쓸 수 없다 해도 과언이 아니다. 시조는 우리 민족의 고유한 호흡이자 운율이다. 시조에는 음악이라는 여유가 있고 그림이라는 여백이 있고 의미라는 여운이 있다. 시조 삼여(三餘)가 여기에 있는 것이다.

　시조는 세계에 유례 없는 우리의 무형문화재이다. 많은 사람이 사랑해주었으면 좋겠다. 본령은 단시조이다. 이 책이 일조가 되었으면 좋겠다.

　책을 내주신 푸른사상 한봉숙 사장님께 따뜻한 감사의 마음을 표한다. 늘그막 옆을 지켜주고 있는 아내와 딸, 사위들에게도 이 책으로 고마움을 전한다.

2024년 봄날 둔산 여여재에서
석야 신웅순

책머리에

차례

현대시조의 창작 원리와 실제

제2부 시조 창작의 실제

제1부
시조 창작의 원리

제1장

시조의 명칭

1. 음악으로서의 명칭

지금과 같은 의미의 '시조'라는 명칭은 석북 신광수(1712~1775)의 「관서악부(關西樂府)」(1774)에 처음으로 등장한다.

이전에도 '시조'라는 명칭은 있었다. 1493년 『악학궤범』 권1의 「악조총의(樂調總義)」의 '낙시조(樂時調)'[1], 이형상이 1713년(숙종 39년)에 편찬한 가집 『악학습령(樂學拾零)』의 「음절도(音節圖)」의 '시조'이다.[2] 전자의 '낙시조'

---

1 원본영인한국고전총서 『악학궤범』, 대제각, 1973, 권1 「樂調總義」 70쪽. "악조에는 궁조, 상조, 각조, 치조, 우조 다섯이 있고, 또 낙시조, 우조, 평조, 계면조, 하림조, 최자조, 탁목조 등이 있다(樂調有宮商角緻羽五調 又有樂時調平調界面調河臨催子啄木等調)."

2 "본조 양덕수가 금보를 만들었는데, 「양금신보」라 칭하고 고조라 한다. 본조 김성기가 금보를 만들었는데, 「어은유보」라 칭하고 시조라 한다. 고려조의 「정과정」의 악보가 「어은유보」와 같다(本調 梁德壽作琴譜 稱梁琴新譜 謂之古調 本調 金聖器作琴譜 稱漁隱遺譜 謂之時調[麗朝 鄭瓜亭敍譜 與漁隱遺譜同])". 「어은유보」와 「정과정」의 악보가 같다고 했으니 지금의 3장 형태 시조창이 아님을 알 수 있다.
「양금신보」는 광해 2년(1610) 악사 양덕수(1567~1608)가 엮은 금보이다. 「어은유보」는 숙종과 영조 무렵에 거문고의 명인 김성기의 가락을 뒤의 제자가 편집한 것으로 추

는 거문고 · 가야금 조에 있는 조 이름이고[3] 후자의 '시조'는 '고조'와 상대
되는 현재 유행하는 노래이다. 이 노래는 지금의 시조와는 다른 기존 만대
엽과 다른 빠른 중 · 삭대엽을 이르는 말이다.

신광수의 「관서악부」[4] 108수 중 제15수에 다음과 같이 '시조'의 명칭이
나온다.

初唱聞皆說太眞
至今如恨馬嵬塵
一般時調排長短
來自長安李世春

처음 부른 창은 양귀비를 노래한 장한가
지금도 마외역에 남은 한을 슬퍼하네
일반적으로 시조는 장단을 얹혀 부르는 노래인데
바로 장안에서 온 이세춘으로부터 비롯된 것이라네

「관서악부」의 10번째부터 16번째까지의 작품은 감사 도임에 따른 의전
과 축하연을 엄숙하고도 희화적으로 그려낸 시들이다. 축하연 때 행수기
생은 감사에게 천침할 기생을 조심스럽게 선발한다. 이 선발이 끝나면 신

정되는 거문고 합자보이다. 편찬 연대는 정조 3년(1779)으로 추정된다. 「양금신보」는
오래된 옛가락, 고조이고 「어은유보」는 현재 유행하는 노래, 시조이다. 여기에서의 시
조 명칭은 현 시조와는 다른 가곡의 전신인 만 · 중대엽보다 빠른 삭대엽을 말하는 것
이 아닌가 생각된다.

3 『악학궤범』의 시절에는 평조와 계면조에 각각 7조가 있었는데 일지 · 이지 · 삼지 · 사
지를 통틀어 낙시조라 했다.

4 「관서악부」는 1774년 63세에 석북 신광수가 지은 악부시이다. 『석북집』 권10에 실려
있다. 칠언절구 108수로 된 장편 연작시로 번암 채제공이 평양 감사로 부임하게 되자,
석북이 번암에게 지어준 악부, 전별시이다.

제1부 시조 창작의 원리

임감사의 부임을 축하하는 〈장한가〉를 부른다. 여기에 장단을 얹어 부르는 가객 이세춘의 노래하는 모습을 묘사했다. 그 시가 바로 「관서악부」 제15수이다.

당대 평양의 가객들은 공연을 펼칠 때마다 양귀비의 사연을 담은 노래를 선창했다. 이 비련의 슬픈 가락이 평양 감사의 부임 축하연에 불린 이유는 감수성이 예민한 관서인들의 기호에 맞았기 때문이다. 이세춘이 양귀비 노래를 평양에 소개하면서 서울에서 유행 중이던 새로운 장단 가락을 붙인 새로운 음악 스타일인 시조를 함께 소개했다. 이 시에서 석북은 처음 시조라는 새 곡조로 지어 부른 인물이 장안에서 온 이세춘이라고 밝히고 있다. 그로부터 시조라는 명칭이 비롯되었다고 보는 것이다.

『악학습령』「음절도」의 '시조' 명칭은 18세기 전반(1713), 「관서악부」의 '시조' 명칭은 18세기 후반(1774)에 해당된다. 옛 노래 고조의 상대인 새로운 노래 시조인 중·삭대엽과는 다른 새로운 음악 형식인 지금의 시조가 출현하게 된 것이다.

가곡은 기본 장단이 10점 16박, 편장단이 10점 10박이며 5장으로 부른다. 시조의 장단은 3점 5박, 5점 8박이며 3장으로 부른다. 『악학습령』의 「음절도」의 '시조'는 가곡인 중·삭대엽을 이르는 말이고 관서악부의 '시조'는 지금의 시조창을 이르는 말이다. 전통가곡과 시조는 빠르기가 두 배 이상이나 차이가 나는, 같은 시조시를 노랫말로 하고 있는 서로 다른 종류의 음악이다.[5]

『삼죽금보』와 『장금신보』에는 시조가 5장으로 표기되어 있어[6] 시조가 가

---

5 평시조의 경우 초장 5·8·8·5·8박, 중장 5·8·8·5·8박, 종장 5·8·5·8박으로 94박이며 가곡 초수대엽의 경우 1장 16·16박, 2장 16·11박, 3장 16·16·5박, 중여음 16박, 4장 16·11박, 5장 16·16·16박으로 187박이나 된다.

6 장사훈, 『시조음악론』, 서울대학교 출판부, 2001, 15쪽.

곡에서 파생되었다고 보는 견해도 있다. 그러나 시조는 가곡의 영향을 받았으나 가곡과는 근본적으로 다른 종류의 음악이다.

이후의 시조 명칭들은 이학규(1770~1835)의 『낙하생고』, 유만공(1793~1869)의 『세시풍요』(1843) 등의 문헌에서 찾아볼 수 있다.

誰憐花月夜 時調正悽悽 (註)時調亦名 時節歌 皆 閭巷俚語 曼聲歌之[7]
누군가 달 밝은 밤 연련하여 시조를 부르는 소리 처량하구나.
(주) 시조는 시절가라고도 하는데 항간의 속된 말로 되어 있고 느린 곡조로 부른다.

寶兒一隊太癡狂 裁路聯衫小袖裝　時節短歌音調蕩 風吟月白唱三章
(註) 俗歌曰[8] 時節歌
기생 한떼 미치광이와 같이 길을 막고 긴소매 나부끼며 시절단가 부르는 소리 질탕한데 찬바람 밝은 달밤에 3장을 부르더라.
(주) 속가를 시절가라 한다.

주에서 시조를 '시절가'라고도 말하고 있다. 현 시조창의 고보인 『방산한씨금보』(1916)에도 시조가 '시절가'로 표기되어 있다. '시절가'가 지금의 시조창임은 물론이다.

최초의 시조 악보는 19세기 초에 채보되었다. 서유구(1764~1845)의 『임원경제지』[9] 중 『유예지』 권제6의 양금자보 말미에 '시조'가 언급되어 있고,[10] 이규경(1788~ ?)의 『구라철사금자보』 말미에도 '시조'가 나온다.[11] 이 시조

7　李學逵(1770~1835)의 『洛下生稿』 觚不觚詩集 '感事' 34.

8　柳晚恭(1793~1869)의 『歲時風謠』(1843).

9　순조조 서유구가 만년에 저술한 『임원경제지』 중 『유예지』에 이규경의 『구라철사금자보』의 내용과 같은 시조 악보가 전한다.

10　『한국음악학자료총서 15』, 은하출판사, 1989, 149쪽.

11　『한국음악학자료총서 14』, 은하출판사, 1989, 112쪽.

제1부 시조 창작의 원리

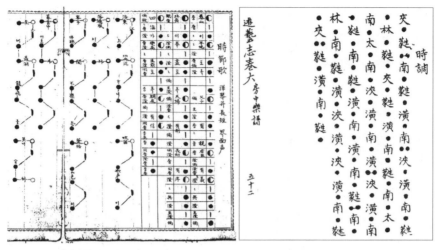

『방산한씨금보』의 '시절가'　　　　　　　　『유예지』의 '시조'

악보는 황종·중려·임종의 3음계로 이루어진 계면조로 지금의 경제 평
시조에 해당된다.

　『삼죽금보』(1864)에 와서는 소이시조(지름시조)가 생겨 시조가 평시조와
소이시조(지름시조) 두 곡으로 늘어났다. 이때부터 '시조'를 '소이시조'와 구
분하기 위해 '평시조'라 불렀다. 평시조는 평탄하게 부르는 곡이고 소이시
조(지름시조)는 처음부터 질러서 부르는 곡이다. 이후 리듬을 촘촘하게 해
서 부르는 사설시조가 생겨났고 여기에서 파생되어 중허리시조·여창지
름시조·남창지름시조·반사설시조 등이 생겨났다. 다시 중거지름시조·
사설지름시조(엇시조)·우조시조·우조지름시조·휘모리시조 등이 생겨
나 오늘에 이르고 있다.

　'시조'라는 명칭은 적어도 신광수의 「관서악부」 이전에는 고조인 만대
엽에 상대되는 '현재 유행하는 요사잇 노래'인 중·삭대엽의 뜻으로 쓰였
다가 18세기 후반 「관서악부」 이후에는 『악학습령』의 「음절도」에 나오는

중·삭대엽인 '시조' 명칭과는 전혀 다른, 새로운 종류의 음악 명칭인 '시조'가 출현해 지금에 이르고 있다. 이때까지만 해도 시조는 음악상으로서의 명칭으로 쓰여져왔다.

2. 문학으로서의 명칭

문학상의 장르 명칭으로 사용하게 된 것은 1920년대 후반부터이다. 1926년 『조선문단』에 게재된 육당 최남선의 「조선 국민문학으로서의 시조」에서 그 출발점을 찾을 수 있다.

> 문학으로서의 시조, 시로의 시조가 얼만한 가치를 가진 것인가. 시조라는 그릇이 담을 수 잇는 전용량과 나타낼 수 잇는 전국면이 얼마나되는가. …(중략)… 시적 절대가 시조에 잇슬 리는 본대부터 만무할 것이다. 그렇다고 잡아도 시조가 인류의 시적 충동, 예술적 울읍(欝悒)의 유로선양되는 주요한 일범주─시의 본체가 조선국토, 조선인, 조선심, 조선어, 조선 음율을 통하야 표현된 필연적 일양식─…(중략)…
> 소설로, 희곡으로 도모지가 아직 발생기(내지발육기)에 잇다 할 것이지, 이것이오 하고 내노흘 완성품은 거의 없다 할밧게 업슴이 섭섭한 사실이다. 그중에 오직 한시에 잇서서는 형식으로, 내용으로 용법으로, 용도로 상당한 발달과 성립을 가진 일물이 잇스니 이것이 시조이다. 시조가 조선에 잇는 유일한 성립문학임을 생각할 쌔에 시조에 대한 우리의 친애는 일단의 심후(深厚)를 더함이 잇지 아니치 못한다.[12]

최남선은 시조를 필연적인 하나의 문학 양식이라고 보았으며 소설, 희

---

12 최남선, 「조선 국민문학으로서의 시조」, 『조선문단 16호』(1926. 5), 233~234쪽.

        제1부 시조 창작의 원리

곡 등 타 장르에 비해 시조만은 상당한 발달과 성립을 가진 유일한 문학이라고 말하고 있다.

『신민』에 수록한 「시조는 부흥할 것인가」(1927.3)에서는 이병기 외 11인의 다양한 의견을 제시했는데 염상섭은 '의문이 웨잇습니까'에서 다음과 같이 말하고 있다.

> 가사 시조 속요가 다 볼 만한 것이다, 支那의 漢魏古詩나 일본의 만엽집에 비길 만한 것도 업지 아니하다. 이 시조야야말로 과연 문학적 형식과 가치를 가지고 잇는 것이다. 시조는 조선 고유의 시형이고 조선 정조의 표현인 것이다. 국시(國詩) 곳 조선시를 말하자면 시조를 제일위로 칠 수 밧게 업다. …(중략)… 아무리 자유시가 유행한대도 시조는 시조대로 남어 잇서야 할 것이다. 남아 잇을 것이다 자유시라 하여도 아무 법칙도 업시 종작 업시 주책 업시 문자만 늘어놋는 것이 아니라 작가의 그 쓰는 법칙이 잇고야 할 것이다. 그러챤흐면 시도 아무것도 아니 될 것이다.[13]

시조는 당연히 문학의 한 장르인데 '의문이 왜 있느냐'고 반문하면서 시조는 시조대로 당연히 남아 있어야 한다고 말하고 있다. 시조가 문학상의 한 장르임은 재론의 여지가 없다는 것이다.

이병기의 「시조는 혁신하자」(동아일보, 1932.1)라는 논문은 시조의 나아갈 방향과 최초로 현대시조 창작에 대한 구체적인 이론들을 제시하고 있어[14] 문학상으로서의 시조 명칭은 이미 기정 사실화되었음을 알 수 있다.

---

13 염상섭, '의문이 웨잇습니까', 「시조는 부흥할 것이냐?」, 『신민』, 1927.3, 77쪽.

14 이병기는 「시조는 혁신하자」(『동아일보』, 1932.1)라는 논문을 통하여 현대시조가 나아갈 길을 ① 실감실정을 표현하자 ② 취재의 범위를 확장하자 ③ 용어의 수삼 ④ 격조의 변화 ⑤ 연작을 쓰자 ⑥ 쓰는 법, 읽는 법의 여섯 가지로 요약 제시하고 있다. 최초로 현대시조 창작에 대한 이론까지 구체적으로 제시했다.

안자산은 『시조시학』(1940)에서 '時調詩라 이름한 것은 재래명사인 時調 2자에 詩一字를 가한 것이라. 재래 시조라 한 것은 時調 文句와 其文句에 짝한 곡조를 합칭한 명사이다. 고로 시조라 하면 문구인지 곡조인지 분간할 수 없으매 지금 문구를 논함에 있어는 그의 혼동을 피하고 또 다른 詩體와도 분별키 위하여 詩一字를 첨가한 것이다."[15] 이 역시 시조(時調)에 시(詩) 자를 붙임으로서 시문학 장르로 시조를 논하고 있음을 알 수 있다. 안자산의 『시조시학』이 바로 본격 시문학으로서의 시조를 논한 최초의 시조이론이다.

이렇게 최남선의 「조선 국민문학으로서의 시조」 이후의 자료에서는 시조를 더 이상 음악상의 장르 명칭으로 사용하지 않고 문학상의 장르 명칭으로 사용하고 있음을 볼 수 있다.

> '시조'라 하여 단가의 창작을 시조한 것은 단재(신채호) 육당(최남선) 등의 고전부흥 운동의 일익으로 근대 민족주의 풍조가 우리나라에 발흥하려던 시대의 산물이었던 것이다. …(중략)… '시조'라는 것이 국문학의 형태로 의식된 것도 이 시대의 일이었다.[16]

한국문학을 사적으로 체계화시킨 첫 업적으로 안자산의 『조선문학사』를 꼽을 수 있다. 그런데 이 책에서 안자산은 가집 소재의 노래 작품들을 '가사'라고 하였을 뿐 '시조'라는 명칭을 사용하지 않고 있다. 그러나 그 뒤 그가 발표한 「시조의 체격·품격」(『동아일보』 1931.4.12.~19) 등 여러 편의 논문들과 시조에 관한 전작 단행본으로는 첫 업적으로 추정되는 『시조시학』 등에서 이러한 상황이 달라졌음을 볼 때 적어도 근대 이후 창작이나 연구에서 시조라는 명칭을 사용한 것은 1920년대 후

---

15 안자산, 『시조시학』, 교문사, 1947.; 조규익, 「안자산의 시조론에 대하여」, 『시조학논총』 제30집, 한국시조학회, 2009, 178쪽에서 재인용.

16 지헌영, 「단가 전형의 형성」, 『호서문학』 제4집, 1959, 128쪽.

반부터라고 할 수 있다. 따라서 특정 시 형태의 명칭으로 고정되었고 창작 혹은 연구 대상으로 부각된 계기는 이 시기의 시조부흥론이었고, 그 본격적인 출발을 육당의「조선 국민문학으로서의 시조」로 잡을 수 있다는 점에 이론의 여지가 없을 것이다.[17]

위 두 평설에서도 시조의 문학상의 장르 명칭의 출발을 육당에서부터라고 말하고 있다.

시조라는 명칭은 18세기 후반 이후부터 음악상의 명칭으로 불리다가 1920년대 시조부흥운동 이후 다른 문학적 시형과 구분하기 위해 음악상의 명칭을 차용, 지금의 시의 형태인 문학상의 명칭으로 고정되었다. 그러나 1920년대 이전에도 시조가 음악상의 명칭으로만 불리지 않았던 기록도 있어 주목할 만하다. 석북과 동시대의 인물이기도 했던 채재공의『번암집』에 시조가 문학상의 명칭으로도 불리고 있었음을 시사해줄 수 있는 기록이 있어 이에 대한 심도 있는 고구가 필요하다.

余嘗侯藥山翁 翁眉際隱隱有喜色 笑謂余曰 今日吾得士矣 其人姓黃思 述其名 貌如玉 兩眸如秋 水袖中出詩若于篇 皆時調也 而其才絶可賞 請業』於余 余肯之 君其興之遊.[18]

내 일찍이 약산옹을 찾아뵈었더니 그 어른의 눈썹 사이에 즐거워하는 빛이 은은하게 서려 있었다. 미소 띤 어조로 내게 말씀하시기를, "오늘 선비를 얻었다네. 그의 성은 황씨이고 이름은 사술이라 하지. 얼굴은 옥 같고 두 눈동자는 가을 하늘처럼 맑더군." 하면서 소매 속에서 시 몇 편을 꺼내시었다. "이것이 다 시조인데 그의 재주가 썩 뛰어나서 칭찬할 만하다네. 내게 수업을 요청하므로 허락했지. 자네도 그 사람과 잘 사귀도록 하게." 하시었다.

---

17 조규익,『가곡창사의 국문학적 본질』, 집문당, 1994, 47쪽.
18 蔡濟恭(1720~1799)의『樊巖集』,「淸暉子詩稿序」.

정리하면, 지금과 같은 시조 명칭이 사용된 것은 18세기 후반 시조창이 생겨나면서부터였다. 원래 시조는 음악적인 명칭으로 쓰여져왔으나 1920년대 시조부흥운동 이후부터는 같은 명칭을 사용하면서 하나는 음악 장르로 다른 하나는 문학 장르로 쓰여 오늘에 이르고 있다. 현재 통용되고 있는 시조 명칭은 음악상으로는 '시조창'으로 문학상으로는 '시조'로 사용되고 있다.

　시조 명칭 변천사를 표로 정리하면 다음과 같다.

	1493	1713	1774	1926	현재
악조	악학궤범 낙시조				
가곡		악학습령 시조(중·삭대엽)	→		가곡(음악)
시조			★관서악부 시조(음악)	→	시조(음악)
				★조선 국민문학 으로서의 시조 시조(문학) →	시조(문학)

★표는 현 시조 명칭의 출발점을 나타냄

제2장

시조의 형식

1. 장

처음 장은 완결된 작품[1]을 지칭하는 단위로 쓰였다. 유만공의 『세시풍요』(1843)에서는 초 · 중 · 종 3장을 가리키는 단위로 쓰였다.

> 寶兒一隊太癡狂 截路聯衫小袖裝
> 時節短歌音調蕩 風吟月白唱三章
> 기생 한떼 미치광이와 같이 길을 막고 긴소매 나부끼며
> 시절단가 부르는 소리 질탕한데 찬바람 밝은 달밤에 3장을 부르더라

고악보집 『삼죽금보』(1864)와 『장금신보』(1910?)에서는 시조가 5장으로 표기되어 있다.[2] 『서금보』(연대 미상)에는 '시조장단' '삼장시립', 『양금보』(연

---

1   『평산신씨고려태사장절공유사(平山申氏高麗太師壯節公遺事)』, 정극인의 「상서문주(上書文註)」, 이황의 「어부가서(漁父歌序)」, 윤고산의 「어부사시사」의 발문, 박인로의 「사제곡발(莎堤曲跋)」 등에서 장은 완결된 작품을 지칭하는 단위로 쓰였다.

2   이로 미루어 시조가 가곡에서 파생되었다고 보는 견해가 있다. 장사훈, 『시조음악론』, 서울대학교 출판부, 2001, 15쪽.

대 미상)에는 '시조장단', '삼장시조' 등으로 표기되어 있으며 『아양금보』(연대 미상)에는 '시쥬갈낙(時調加樂)'이라 하여 구음(口音)이 삼장으로 표기되어 있다. 『방산한씨금보』(1916)에는 '시절가'로 되어 있다.[3] 현 시조 악보들도 초·중·종장으로 고정되어 표기되고 있다. 『삼죽금보』, 『장금신보』 이후부터는 시조 악보가 3장으로 되어 있어 '장'이 더 이상 시조 한 수를 지칭하고 있지 않다.

『교주해동가요』와 『증보가곡원류』, 『시조유취』, 시조전집 『교주가곡집』 등 1920년대 이후의 시조집에서도 모두 3장의 의식 밑에 기사되어 있다. 육당 최남선의 『백팔번뇌』, 노산 이은상의 『노산시조집』, 가람 이병기의 『가람시조집』, 위당 정인보의 『담원시조집』, 이호우의 『이호우 시조집』, 김상옥의 『초적』 등에서도 3장 형식을 그대로 쓰고 있다.

이와 같이 '장'은 처음에는 완성된 작품, 한 수의 시조로 지칭해오다가 『세시풍요』 이후부터는 음곡의 단위로 쓰이기 시작했고, 가곡의 영향으로 5장으로도 잠시 쓰이다가 이후 초·중·종의 시조 3장으로 굳어져 오늘에 이르고 있다. 기록으로 보면 작품 한 편이 1장, 3장, 5장, 3장으로 변천되었음을 알 수 있다.

초·중·종장 전체를 한 연으로 보아 각 장을 3행으로 쓰는 경우, 초·중·종장 각 장을 한 연으로 보아 각 장 2구를 2행으로 쓰는 경우, 각 장을 3연으로 하여 초·중장 2구는 2행으로 종장 첫구는 1행으로 나머지는 2행으로 쓰는 경우 등 쓰는 방식이 여러 가지로 변형되어왔다.

---

3 『시조예술』 6. 7. 8. 9호, 한국시조예술연구회, 2009~2011 참조.

제1부 시조 창작의 원리

조운의 『조운 시조집』에서와 같이 3장의 개념을 가지면서도 구나 장을 한 줄로 쓰지 않고 이미지 중심으로 몇 줄로 나누어 쓰고 있는 경우도 있다.[4] 현대에 와서는 3장을 염두에 두고 한 소절(음보)을 한 행으로 처리하기도 하고 한 소절(음보)마다 행갈이하기도 하는 등 다양하게 연갈이, 행갈이를 하고 있다.

장과 구는 자유시의 연, 행과는 다른 개념이다. 연은 몇 개의 행이 모여 이루어진 문학적 단위이지만 2개의 구, 4개의 소절로 이루어진 장은 음악적·문학적 단위이다. 장 대신 행이란 용어로 사용하기도 하는데[5] 시조 한 수가 3줄로 기사되기 때문에 그렇게 쓴 것으로 보인다. 한 장을 이미지 중심으로 몇 행으로 나누어 쓰기도 하기 때문에 장 대신 행의 용어를 사용하는 것은 적합하다고 볼 수 없다.

장은 음악적·문학적 단위로 시조에만 국한되어 사용되고 있다. 문학적 단위로 쓸 때는 자유시에서처럼 연갈이, 행갈이를 자유롭게 할 수 있으나 장을 연으로 생각하고, 구나 소절을 행으로 생각하는 그런 관념으로 쓰이지는 않는다.

시조	=	3장 초장 + 중장 + 종장

---

4 리태극, 「시조의 章句考」, 『시조문학연구』, 정음문화사, 1988, 63쪽. 현시조는 장을 한 줄로 쓰기도 하고 장을 다양하게 몇 줄로 나누어 쓰기도 한다.

5 정병욱, 『시조문학사전』, 신구문화사, 1975.
이능우, 『입문을 위한 국어학개론』, 국어국문학회, 1954.3.20.
장덕순, 『한국문학사』, 동화문화사, 1975.

2. 구

구는 하나의 의미 개념을 가진 문장의 단락으로 주술과는 관계 없이 2개 이상의 단어가 통합되어 나타나는 통사론적인 단위이다.

오야나기 시게타(小柳司氣太)의 『신수한화대자전(新修漢和大字典)』에는 구를 문장 중 의미가 끊어지는 단위라고 하였으며,[6] 리태극은 하나의 의미 내용이 단락이 되는 문장의 도막을 가리킨다고[7] 하였다. 이희승의 국어사전에서는 안팎 두 짝씩 맞춘 한 덩어리[8]라고 하였다.

구에 대한 개념 규정에는 안자산·정병욱 등의 6구설,[9] 이병기의 8구설,[10] 이광수·이은상·조윤제 등의 12구설[11] 등이 있다.

시조는 각 장의 둘째 마디와 셋째 마디 사이에서 기식 단위가 나타난다. 여기에서 하나의 의미가 일단락되는데 이 일단락되는 마디가 구이다. 그래서 각 장은 자연스럽게 두 구로 나누어진다.

8구설[12]은 초·중장을 2구로, 종장은 4구[13]로 나누는데 이는 구의 개념이

---

6   小柳司氣太, 『新修漢和大字典』, 박문관, 1940, 242쪽.

7   리태극, 『시조의 사적 연구』, 이우출판사, 1975, 33쪽.

8   이희승, 『국어대사전』, 민중서관, 1972.

9   안자산, 「시조시와 서양시」, 『문장』 2권 1호, 1940.1, 150쪽; 정병욱, 『국문학 산고』, 신구문화사, 1959, 163쪽.

10 이병기, 『시조의 개설과 창작』, 현대출판사, 1957, 13쪽.

11 이광수는 「시조의 의적(意的)구성」(『동아일보』, 1928.1(『시조연구논총』, 322쪽))에서 시조의 형식은 3장 12구 45음으로 되어 있다고 하였다. 이은상은 「시조단형 추의(芻議)」(『동아일보』, 1928.3.18~25(『시조연구논총』, 300쪽))에서 시조는 3장으로 되어 있고 각장 4구씩으로 성립되어 있다고 하였다. 조윤제는 「국문학개설」에서 3분장에 각 장 4구로 되어 있다고 하였다.(서원섭, 『시조문학연구』, 형설출판사, 1991, 391쪽)

12 이병기, 『시조와 그 연구』, 學海, 1937(『시조연구논총』, 166~167쪽), 서원섭, 앞의 책, 391쪽에서 재인용.

13 종장은 초장·중장과는 쓰는 구법이 다르니 여기에 쓰는 구들은 다 구독(句讀)을 두지

불분명하고 일관성이 없다. 각 장 4도막으로 되어 있는 이상 종장이라고
해서 초 · 중장의 구와 다를 수 없다. 12구설 역시 구의 개념과는 다르다.

> 동창이 밝았느냐 / 노고지리 우지진다
> 소치는 아희놈은 / 상기아니 잃었느냐
> 재너머 사래긴 밭을 / 언제 갈려 허느니
>
> — 남구만

각 장을 2구로 구분하면 초장은 '동창이 밝았느냐'와 '노고지리 우지진
다'로 나누어지고, 중장은 '소치는 아희놈은'과 '상기아니 잃었느냐'로 구
분된다. 종장은 '재너머 사래긴 밭을'과 '언제 갈려 허느니'로 나뉜다.

각 장을 4구로 구분하면 초장은 '동창이', '밝았느냐', '노고지리', '우지
진다'로, 중장은 '소치는', '아희놈은', '상기아니', '잃었느냐'로 나누어진
다. 그리고 종장은 '재너머', '사래긴 밭은', '언제 갈려', '허느니'로 나뉜다.

구는 문장 중 하나의 의미 단락이면서 율독할 때 구 사이에 기식 단위가
나타난다. 각 장 4구로 보면 각 구는 한 단어는 될 수 있어도 하나의 의미
단락을 이루지 않는다. 각장 4구들은 단어의 도막으로 인식되지 의미 내용
의 도막으로 인식되지 않는다. 그러므로 각 장 4구 12구설은 구의 개념에
맞지 않는다.

구와 구 사이에서 기식 단위와 함께 일단의 의미가 끊어져 한 장에 두
구가 형성되어 전체 시조 한 수는 6구가 되는 것이다.[14] 시조는 대체로 강

않고 그저 구에는 일정한 3자구, 둘째 구에는 중장 첫 구와 같이 5자구부터 8자구까지, 셋
째 구에는 4자 혹은 5자구, 끝 구에는 3자 혹은 4자구를 쓴다. 위의 책, 391쪽에서 재인용.
14 리태극, 『시조개론』, 반도출판사, 1992, 94쪽. "시조도 한구는 문장의 한 分段이요. 그
분단이 둘 연결되어서 한 의미내용을 서술한 單元이 되어 초장 · 중장 · 종장을 이루는
것이다."

약으로 율독되는 것이 일반적이다.[15] 이때 각 장의 첫째 구와 둘째 구 사이에 큰 쉼인 기식 단위가 나타난다.

동창이 밝았느냐 / 노고지리 우지진다

초장 '동창이 밝았느냐 노고지리 우지진다'는 하나의 문장이다. 문을 이루면서 하나의 의미 개념을 가진 것은 '동창이 밝았느냐'와 '노고지리 우지진다'이다. 율독시 운율 단위는 자연적으로 의미 단위와 함께 읽혀진다. 그래서 의미 단위 사이에서 기식 단위가 나타나는 것이다. 한 덩어리의 생각을 나타내면서 말의 의미가 끊어지는데 이 끊어지는 의미 단위가 바로 구이다.

시조 한 수는 초장 2구, 중장 2구, 종장 2구 총 6구로 되어 있다.

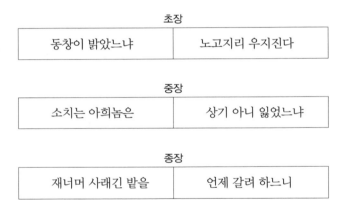

초장

| 동창이 밝았느냐 | 노고지리 우지진다 |

중장

| 소치는 아희놈은 | 상기 아니 잃었느냐 |

종장

| 재너머 사래긴 밭을 | 언제 갈려 하느니 |

구는 '문장 중 하나의 의미 내용이 단락되는 도막'이라고 규정할 수 있다.

| 시조 | = | 각 장 × 2구
총 6구 |

---

15 임선묵, 『시조시학서설』, 청자각, 1974, 35쪽.

제1부 시조 창작의 원리

3. 소절

흔히 시조를 '3·4·3(4)·4/3·4·3(4)·4/3·5·4·3'의 45자 내외의 음수율을 가진 정형시라고 말한다.[16] 고시조나 현대시조를 통틀어보아도 이러한 자수에 들어맞는 작품은 찾아보기 힘들다.

한글은 첨가어이다. 첨가어는 실질형태소인 어근에 형식형태소인 접사를 붙여 문법적 기능을 나타낸다. 그때마다 어근에 접사가 더해짐에 따라 음절수가 늘어난다. 이런 음절수를 율격적 자질로 삼기에는 어려움이 따른다.

음수율보다는 어절을 율격적 자질[17]로 삼는 음보율이 더 합리적이라고 생각해 우리 시가에서는 오래전부터 음보 율격을 적용, 사용하고 있다. 어절이 늘었다 줄었다 하는 첨가어인 우리 글에 이러한 음보율 사용이 적절하고 타당한 것인가에 대해서는 또 다른 설명이 필요할 것 같다.

> 근년에(1980년대부터) 우리 학계에서 시조 박자 단위를 영어 정형시 율격 용어 '음보(foot)'로 말하는 추세가 생겼는데, 여기에 큰 문제가 있다. 영시 율격 용어 'foot'(음보)는 그 개념이 이미 세계적으로 널리 알려져 있는 바와 같이, 우선 그 단위를 이루는 음절수가 (2/3/4⋯ 몇이건 간에) 음보마다 항상 일정하고 그 안에서 '강세(stree) 배열 순서도(이를 테면, '약강'이면 내내 약강-약강⋯ 또는 '강약약'이면 내내 강약약-강

---

16 김흥렬은 고시조 5천여 수를 조사한 결과 '3·4·4·4/3·4·4·4/3·5~7·4·3'을 시조의 기본 음수 모형으로 제시한 바 있다. 시조문학 진흥을 위한 공청회, 국회도서관 강당, 2016.11.17.

17 율격은 어떤 요소로 운이 반복되느냐 하는 운의 반복 양식을 뜻한다. 강약을 구성요소로 하면 강약률, 고저를 구성요소로 하면 고저율이 된다. 외에 장단율, 음수율, 음보율, 내재율, 의미율 같은 것들이 있다. 신웅순, 『한국시조창작원리론』, 푸른사상사, 2009, 49쪽.

약약…처럼) 똑같고, 대체로 줄(시행)마다 똑같은 음보수가 들어 있
다.[18]

　음보(foot)는 한 시행 내에 강약, 약강 등의 강세로 반복되는 율격(meter)의
기본 단위이다. 대개 한 개의 강세가 있는 음절과 한두 개의 강세가 없는
음절들로 구성된다. 한 시행 내에서 약강으로 두 번 반복되면 약강 2음보
가 되고 한 시행 내에서 약강으로 네 번 반복되면 약강 4음보가 된다.
　영시에서는 2음절의 음보인 강강(spondee), 약약(pyrrhic) 등이 있으나 주로
2음절 음보인 약강(iambus), 강약(trochee), 3음절 음보인 약약강(anapaest), 강
약약(dactyl) 등 네 가지 음보가 주로 사용되고 있다. 약강 음보와 약약강 음
보를 상승율격이라 하고, 강약 음보와 강약약 음보를 하강율격이라 한다.

　　　ᵕ　＇　ᵕ　＇　ᵕ　＇　ᵕ　＇　ᵕ　＇
　　　A book / of vers / es un / derneath / the bough
　　　나뭇가지 아래 한 권의 시집
　　　　　　　— 오마르 하얌, 「오, 황야도 충분히 천국일 수 있지」 부분[19]

　위는 영시의 약강 5보격(iambus pentameter)의 예이다. 영시의 율격은 'un/
derneath/'와 같이 한 단어 내에서 음보가 분할되어 형성되기도 하고, '/A
book/'과 같이 두 단어가 결합해서 한 음보를 형성하기도 하고, '/of vers/es
un/derneath/'와 같이 단어들이 결합하거나 분할되어 몇 개의 음보가 형성
되기도 한다.
　한국어에서는 한 단어의 음절들이 분할되어 음보를 형성하지도 않고,
단어가 결합해 음보를 형성하지도 않는다. 영어에서처럼 강세가 있는 것

18　유만근, 「시조의 운율」(시조문학 특강을 위한 공청회, 2016.11.7.), 55쪽.
19　이란의 시인 하얌의 4행시를 영국의 피츠제럴드가 영어로 번역했다.

도 아니고 강세가 있는 경우에도 분명하게 율독되지 않는다. 강약이 영어에서처럼 한국시의 율격 형성에 필수 자질로 관여하지 못하는 이유이다.

> 우리말의 악센트는 하강률을 이루고, 이것은 음보를 형성하며, 이 음보 넷을 단위로 하는 강약 4보격(trochaic tetrametre)이 곧 시조의 음보율이 된다. …(중략)… 시조는 그 (기식의 분배라는) 면에서 고찰할 때 2음보 단위로 중간 휴지를 갖고 4음보율을 구조 원리로 하는 3행시이다.[20]

시조는 2음보 단위로 중간 휴지를 갖고 '강약/강약//강약/강약'의 4음보율을 구조 원리로 하는 강약 4보격을 이루고 있다. 영시에서는 하나의 강음절을 중심으로 그것에 어울리는 약음절이 한 음보를 이루지만, 우리나라 시의 경우 대체로 휴지를 주기로 해서 3, 4음절이 한 음보를 이룬다.

<pre>
, ‿ ‿ ‿   , ‿ ‿ ‿   , ‿ ‿ ‿   , ‿ ‿ ‿
청산리 - / 벽계수야 // 수이감을 / 자랑마라
, ‿ ‿ ‿   , ‿ ‿ ‿   , ‿ ‿ ‿   , ‿ ‿ ‿
어 - 저∧ / 내일이여 // 그릴줄을 / 모르더냐
</pre>

한국어에서는 영시처럼 단어가 분할되거나 결합되어 음보를 형성하지 않는다. '어-저∧/내일이여//그릴줄을/모르더냐'로 율독되지, '어저내일/이여그릴//줄을모르/더냐-∧'로 율독되지 않는다. 이 점이 영시에서의 음보와는 다르다.

> 음절수가 일정한 영시 '음보' 박자는 음절수가 일정하지 않은 시조 마디 박자와는 성격이 다르다. 한국의 시조 마디 박자 같은 것은 영어에서 일상 보통 말씨(산문)에 나타나고 있다. 이를 영어 '말씨 박자'(speech rhythm)라고 하는데 강세 음절 하나를 핵으로 삼고 연속되는

---

20 임선묵, 앞의 책, 37, 42쪽.

박자를 말한다. 이런 보통 영어 말씨 박자가 영어 자유시에 나타나면 영시 율격 용어로 '용수철 박자'(탄력성 박자/sprung rhythm)라 한다. 시조 '소절'은 대체로 '첫음절에 강세가 오는 다음절 용수철 박자'(multi-syllabic head-stressed sprung rhythm)라 할 수 있다.[21]

언급한 바와 같이 한 단어에 강약의 음절 분할이 불가능하고 강약이 실제적으로 율격 형성에 필수 자질이 되지 못하고 있다. 시조의 마디 박자는 강세 음절 하나를 핵으로 삼고 연속되는 말씨 박자, 용수철 박자[22]와 같다. 영시의 음보 박자와는 다르다.

음보는 음절수가 일정한 영시의 음보 박자요 시조는 음절수가 일정하지 않은 마디 박자, 탄력적 박자인 용수철 박자이다. 때문에 시조에 있어서 불분명한 '음보' 대신 용수철 박자에 적합한 용어인 '소절'[23]로 대체하는 것이 바람직하다는 것이다.

우리가 시조 율격 용어로 '음보'라는 말을 이대로 줄곧 사용한다면 두고두고 국제적 오해를 부를 것이 뻔하므로, 이미 10년 전부터 나온 주장이지만[24] 앞으로 우리는 (영어 정형시 율격 용어 'foot'의 번역어인) '음보'를 미련 없이 버리고, 그 대신 '마디' 또는 '소절'이라 는 술어를 사용하면 괜찮을 듯하다는 주장에 타당성이 있다고 생각한다.[25]

---

21 유만근, 앞의 글, 55쪽.

22 시조의 마디는 3, 4음절을 중심으로 1, 2자가 가감된 음절, 즉 다음절로 이루어져 있어 음절수가 일정하지 않다.

23 이후 '음보'를 '소절'로 쓴다.

24 유상근, 『시조생활』, 시조생활사, 2006, 69쪽.

25 유만근, 앞의 글, 56쪽.

서양 음악에서의 바(bar)는 악보에서 큰 마디와 상대되는 악곡[26]의 가장 작은 단위로 오선 위에 수직선으로 표기되며 소절(小節)이라고도 한다. 마디는 박자표에 의해 정해지는데 4분의 4박자는 4분음표가 1마디 안에 4개 있다는 뜻이다. 음악에서 이 마디는 큰 마디와 상대되는 작은 마디로 소절(bar)이라고도 한다.

시조의 한 장도 4마디로 이루어져 있다. 이 4마디는 서양 음악에서 작은 악절에 해당된다. 시조에 있어서의 1마디는 4음절 기준, 1음절에 1박으로 4분의 4박자로 율독된다. 시조에 있어서의 구는 2마디로 서양 음악에서의 2마디인 동기와 같고, 장은 4마디로 4마디인 작은 악절과 같다.

    청산리 / 벽계수야 // 수이감을 / 자랑마라
    ♩♩♩ / ♩♩♩♩ // ♩♩♩♩ / ♩♩♩♩

시조로 말한다면 시조 한 수는 세 개의 작은 악절에 해당되고 한 장은 작은 악절에 해당되며 구는 동기, 한 마디(바)는 소절에 해당된다고 볼 수 있다.

장 = 작은 악절	구 = 동기	소절 = 마디(바)

시조에서 한 장은 일반적으로 하나의 문장이거나 하나의 절로 이루어져 있다. 구는 문장이나 절보다는 작은 의미 개념을 가진 하나의 단락으로 1

---

26 악곡은 동기 · 작은악절 · 큰악절의 세가지 요소로 짜여지는데 동기는 2마디, 작은 악절은 4마디, 큰 악절은 8마디를 말한다. 한도막 형식은 큰악절 하나로 이루어진 가장 작은 규모의 악곡 형식으로 8마디를 말하고 물론 두도막 형식은 두 개의 큰 악절로 구성된 악곡을 말한다. 마디는 악곡의 가장 작은 단위이다.

장이 2구로 되어 있다. 소절은 구보다도 더 작은 마디로 1장이 4마디로 이루어져 있다. 각 장 2구 4소절이다.

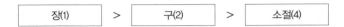

시조의 장은 초·중·종 3장으로 되어 있고 각 장은 2구이니 시조는 총 6구로 이루어져 있다. 그리고 1구가 2소절이고 각 장이 4소절이니, 시조는 총 12소절로 되어 있다. 도식화하면 다음과 같다.

시조 1장을 도식화하면 아래와 같다.

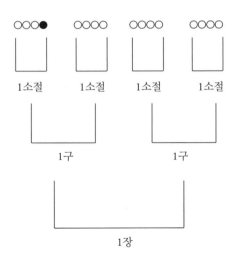

소절은 음절이 모여서 만들어진 음의 마디로 최소 운율의 측정 단위

이며 휴지에 의해 구분되는 율격적·문법적 최소 단위이다.

시조의 소절은 3, 4음절이 보통이다. 율독 시 3, 4음절을 단위로 해서 휴지가 발생하는데 이때의 율독 단위가 소절이다. 소절은 음절수가 반드시 같아야 할 필요는 없다. 동일한 시간의 양, 등시성이 휴지를 한 주기로 해서 발생되기 때문에 소절은 길이의 개념이라기보다는 시간의 개념으로 보아야 한다.

'동창이', '밝았느냐'를 읽을 때 '동창이'는 3음절로 '밝았느냐'는 4음절로 그 길이가 다르다. 그러나 율독 시엔 같은 시간으로 읽힌다. '동창이'는 '♩ ♩ ♩' 1, 1, 2박으로 읽히고 '밝았느냐'는 '♩ ♩ ♩ ♩' 1, 1, 1, 1박으로 읽혀, 같은 시간의 양인 4박으로 율독된다. 이때 휴지가 생겨 같은 시간량의 음절들이 반복된다. 이 반복되는 같은 양의 음절들이 소절이다.

시조는 초·중·종 3장으로 되어 있으며 각 장 2구, 각 구 2소절, 총 12소절로 되어 있다. 이것이 우리 고유의 정형시인 시조 형식이다.

시조 형식	=	3장, 6구, 12소절

제3장

시조의 분류[1]

1. 기존 논의

창하는 사람들은 시조를 특별히 시조창이라 하지 않고 문학하는 사람들도 시조를 특별히 시조시라고 하지 않는다. '시조'는 문학·음악 공통의 명칭으로 쓰여왔기 때문이다. 시조가 창에서 독립하여 문학 양식으로 정착되면서 시조를 시조시로 쓰자는 이도 있었으나[2] 시조 자체가 문학이자 음악이었던 관계로 시조라는 명칭을 공통으로 쓰는 데에는 재론의 여지가 없을 것으로 보인다.

음악으로서의 시조는 평시조 계열, 지름시조 계열, 사설시조 계열[3] 등으

---

1 신웅순, 『한국시조창작원리론』, 푸른사상사, 2009, 18~25쪽 ; 신웅순, 『현대시조시학』, 문경출판사, 2001, 35~42쪽에서 발췌 및 수정, 보완하였음.

2 한춘섭, 『한국현대시조논총』, 을지출판사, 1990, 21~24쪽.

3 평시조 계열(평시조, 중허리시조, 우조시조, 파연곡), 지름시조 계열(지름시조, 남창지름시조, 여창지름시조, 반지름시조, 온지름시조, 우조지름시조, 사설지름시조, 휘모리시조), 사설시조 계열(사설시조, 반사설시조, 각시조, 좀는평시조 등)이 있다. 신웅순, 『한국현대시조론』, 푸른사상사, 2018, 41쪽.

로 분류되는 것이 일반적이다. 지금도 문학으로서의 시조 분류로 평시조 · 엇시조 · 사설시조[4]를 드는 이들이 있다. 그러나 이는 창법상의 명칭이지 문학상의 명칭이 아니다. 작금의 문학상 분류 명칭으로는 일반적으로 단형시조 · 중형시조 · 장형시조 혹은 단시조 · 중시조 · 장시조를 든다. 평시조는 단형시조(단시조)가 아니다. 엇시조, 사설시조도 중형시조(중시조), 장형시조(장시조)가 아니다. 평시조 · 엇시조 · 사설시조는 단형 · 중형 · 장형시조(단 · 중 · 장시조)와 같은 자수의 문제가 아닌 창법상의 문제[5]이기 때문이다.

문학으로서의 기존 시조 분류는 두 가지 방향으로 전개되어왔다. 하나는 평시조 · 엇시조 · 사설시조, 또 하나는 단형시조 · 중형시조 · 장형시조(단시조 · 중시조 · 장시조)가 그것이다.[6]

이병기는 시조는 그 창과 작의 형태가 달라 창의 형태로는 평시조, 중허리시조, 지름시조, 사설시조 네 가지를, 작의 형태로는 평시조, 엇시조, 사설시조 세 가지를 들었다.[7] 작의 용어를 창의 용어로 사용하고 있다. 조윤제는 시조를 단형 · 장형으로 나누어 단형을 '시조'로, 장형을 '사설시조'로 불렀다.[8] 엇시조의 존재를 인정하지 않고 음악 용어와 문학 용어를 혼용하여 쓰고 있다.

리태극은 문학 형태상 시조를 단시조 · 중시조 · 장시조로 3대별하여 문학적인 명칭으로 기술하고 있다.[9] 김대행도 또한 단형시조 · 중형시조 · 장형

---

4 이병기, 『시조의 개설과 창작』, 현대출판사, 1957, 13쪽.

5 장사훈, 「시조와 시설시조의 형태고」, 『시조문학연구』, 정음문화사, 1988, 134쪽.

6 이하 음악상의 용어는 '평시조 · 엇시조 · 사설시조'로 문학상의 용어는 '단시조 · 중시조 · 장시조'로 통일하여 쓰기로 한다.

7 이병기, 『국문학개론』, 일지사, 1961, 116쪽.

8 조윤제, 『한국시가의 연구』, 을유문화사, 1948, 79쪽.

9 리태극, 『시조개론』, 반도출판사, 1992, 71쪽.

시조로 3대별하여 문학적인 명칭으로 기술하고 있다.[10] 최동원은 문학 형태상 시조를 정형과 파형으로 양대별하고 정형시조를 단시조, 파형시조를 장시조로 명칭을 정립했다.[11] 문학적인 명칭으로 양대별하고 있다. 고정옥은 평시조와 장시조로 양대별,[12] 음악 용어와 문학 용어를 혼용하여 쓰고 있다.

	2대별	3대별	4대별
음악적 분류			평시조, 중허리시조, 지름시조, 사설시조 (이병기)
문학적 분류	단시조 · 장시조 (최동원)	평시조 · 엇시조 · 사설시조 (이병기)	
		단시조 · 중시조 · 장시조 (리태극)	
		단형시조 · 중형시조 · 장형시조 (김대행)	
음악 · 문학적 분류	평시조[연시조, 단시조] · 장시조[엇시조, 사설시조] (고정옥) 시조 · 사설시조 (조윤제)		

---

10 김대행, 『시조유형론』, 이화여자대학교 출판부, 1989, 38~44쪽.

11 최동원, 『고시조론』, 삼영사, 1980, 207~208쪽.

12 고정옥, 『국문학개론』, 우리어문학회, 일성당서점, 1949, 24쪽. 평시조와 장시조로 이대별하고 평시조는 연시조와 단시조로, 장시조는 엇시조와 사설시조로 각각 양대별하고 있다. 결국 엇시조와 사설시조를 구분하고 있는 것이다.
고정옥, 『국어국문학요강』, 대학출판사, 1949, 394~396쪽.

2. 평시조 · 엇시조 · 사설시조

시조는 문학이 음악을, 음악이 문학을 떠나서는 논의될 수가 없다. 시조시[13] 자체가 가곡이나 시조창이었으며 가곡이나 시조창 자체가 시조시였기 때문이다. 시조에서 문학과 음악은 통칭되어 불려왔다. 20세기 이후 시조가 음악과 문학이라는 서로 다른 장르로 정착되었으나 문학상의 명칭을 기존의 음악상의 명칭으로 그대로 쓰고 있어 문제가 되고 있다.

1926년 『동아일보』에 발표된 가람 이병기의 「시조란 무엇인고」라는 논문 이래로 국문학계에서도 음악적 명칭인 평시조 · 엇시조 · 사설시조를 문학에서도 그대로 쓰고 있음을 볼 수 있다.

> 문학적인 형태면에서는 단형시조를 평시조, 중형을 엇시조, 장형을 사설시조라고 하지만, 음악적인 형태상으로 보면 이와 전혀 다르다.
> '평'과 '엇'과 '사설'의 이름은 자수의 많고 적음에 있는 것이 아니고, 음악 형태와 관련이 있는 것이다. 가령 중형인 엇시조도 음악적인 형태를 바꾸면 사설(엮음)이 되고, 장형인 '사설'도 그 형태를 바꾸면 '엇'이 될 수 있다.[14]

평시조 · 엇시조 · 사설시조는 자수 배열에 의한 문학적인 갈래 형태인 단시조 · 중시조 · 장시조와는 아무런 관련이 없다. 자수의 많고 적음에 있는 것이 아니고 음악 형태와 관련이 있기 때문이다.

> 중형시조가 엇시조로 불리고 장형시조가 사설시조로 불린다는 구분은 없다. 중형시조도 음악형태를 바꾸어 사설시조로 부르고, 장형시조

---

13 시조시라 함은 시조창과 구별하기 위하여 시용된 시조 용어이다.
14 장사훈, 『국악총론』, 세광음악출판사, 1985, 484쪽.

도 음악형태를 바꾸어 엇시조로도 부르는 것이다.

　이런 점으로 보아 음악 형태상의 3대별을 문학 형태상의 유별에 그
대로 적용하고, 이 문학 형태의 차이를 자수의 많고 적음으로써 설명하
려는 종래 방법이 음악과의 관련성에서 온 것이라고 하는 것은 이론적
인 타당성이 없는 것이다.[15]

　최동원은 이와 같이 음악적인 용어와 문학적인 용어를 구별하여, 문학
에서 평시조 · 엇시조 · 사설시조라는 용어를 사용하는 것이 잘못되었음을
지적하고 있다.

　평시조는 높지도 낮지도 않은 중려로 전반적으로 평평하게 부르는 곡이
며, 엇시조는 A+B의 형태로 처음은 높은 소리, 나중엔 흥청거리는 창법으
로 부르는 곡이다. 사설시조는 장단 또는 리듬을 촘촘하게 엮어 부르는 곡
이다. 창법 자체가 다르기 때문에 이를 단시조 · 중시조 · 장시조와 같은
문학적 용어로는 쓸 수가 없다.

평시조 · 엇시조 · 사설시조 (음악적 용어)	≠	단시조 · 중시조 · 장시조 (문학적 용어)

3. 단시조 · 중시조 · 장시조

　시조 분류가 3대별이냐 2대별이냐 하는 것은 중시조의 존재 여부에 달
려 있다. 중시조와 장시조의 구별에는 자수, 구, 소절 등이 활용되어왔다.

　서원섭은 많은 시조에서 공통된 요소인 음수율을 만들고 그것을 근거

15　최동원, 앞의 책, 207~208쪽

제1부　시조 창작의 원리

로 해서 시조의 개념을 규정했다. 그 결과 『교본역대시조전서』에 수록된 3,335수 중 평시조는 2,759수(82.7%), 엇시조는 326수(9.8%), 사설시조는 250수(7.5%)라고 하였다. 그는 평시조를 각 장 내외 2구로 각 장의 자수는 20자 이내로 된 시조로, 엇시조를 삼장 중 초장과 종장은 대체로 평시조의 자수와 같고 중장은 그 자수가 40자까지 길어진 시조로, 사설시조를 초장과 종장은 대체로 엇시조의 중장의 자수와 일치하고 중장은 그 자수가 무한정 길어진 시조로 규정했다.[16]

리태극은 단시조를 3장 6구 45자 내외의 시조로, 중시조를 단시조의 기준율에서 어느 한 구가 10자 이상 벗어난 시조로, 장시조를 두 구 이상이 각각 10자 이상 벗어난 시조로 규정하였다.[17]

김제현은 단시조를 3장 6구 12소절의 시조로, 중시조를 3장 가운데 한 장의 1구가 2, 3소절 정도 길어진 시형의 시조로, 사설시조를 어느 한 장이 3구 이상 길어지거나 두 장이 3구 이상, 혹은 각 장이 모두 길어진 산문적 시형의 시조로 규정했다.[18] 중시조와 장시조를 규정하는 기준들이 각각 다 다르다.

최동원은 이러한 엇시조와 사설시조의 구분이 형태상이나 내용상으로 모호하다는 점을 들어 정형인 단시조와 파형인 장시조로 2대별하였다.

　　종래 시조의 정형과 파형의 구분은 장의 신장에 두기도 하고, 구를 기준으로 하여 구분하기도 했다. 파형시조로서의 엇시조(중형시조)와 사설시조(장형시조)의 구분은, 장의 신장성에 기준을 둘 경우와 구를 기준으로 할 경우에 따라서, 한 작품이 엇시조도 되고 사설시조도 된

---

16 서원섭, 『시조문학연구』, 형설출판사, 1991, 32~50쪽.

17 리태극, 앞의 책, 71~74쪽.

18 김제현, 『시조문학론』, 예전사, 1992, 57~64쪽

다. …(중략)…

고시조의 작품들을 비교해보면 많은 수가 개작·와전·오기 등에서 변개되어 혼란한 상태를 나타내고 있다. 시조가 가창을 통해서 전승해 왔고, 또 가곡이나 시조창의 음악 형태가 가사의 장단을 제약하지 않는 다는 데에 이유가 있다고 하겠다. 이런 작품들은 비교하고 검토해서 올 바른 복원이 필요하다고 생각되는 바이다. 엇시조로 규정되는 작품 가 운데에는 이와 같은 복원을 꾀한다면 정형으로 되어야 할 작품이 많다 고 본다.

이런 점으로 보아 정형에서 몇 자가 더 늘어난다고 해서 엇시조라 내 세울 수도 없으며, 엇시조라는 중형의 설정 자체가 별다른 의의를 가지 지 못한다고 하겠다.

종래의 문학 형태상의 3류별을 전제로 하고 엇시조와 사설시조를 내 용면에서 검토해보더라도 이질적인 차이를 찾아볼 수 없다. 사설시조가 지니고 있는 내용상의 특징은 엇시조에서도 두루 볼 수 있는 것이다.[19]

	서원섭	리태극	김제현	최동원
평시조 (단시조)	각 장 2구, 각 장의 자수는 20자 이내.	3장 6구 45자 내외	3장 6구 12소절	정형(단시조)
엇시조 (중시조)	초·종장은 평시조 자수와 같고, 중장은 40자까지 길어진 시조	한 구가 10자 이상 벗어난 시조	한 장의 1구가 2, 3음보 정도 길어진 시형	파형(장시조)
사설시조 (장시조)	초·종장은 엇시조 중장 자수와 일치, 중장은 자수가 무한정 길어진 시조	두 구 이상이 각각 10자 이상 벗어난 시조	어느 한 장이 3구 이상 길어지거나 두 장이 3구 이상, 혹은 각 장이 모두 길어진 산문적 시형	

---

19 최동원, 앞의 책, 208쪽.

제1부 시조 창작의 원리

중시조는 정격에서 조금 벗어난 형태이며, 장시조는 중시조보다 더 벗어난 형태이다. 중시조와 장시조는 같은 3장을 유지하면서 구, 소절의 길이가 정해져 있지 않은 변격의 형태들이다. 이와 같이 중시조와 장시조의 구분들의 경계가 모호하고 비슷하면서도 제각각이다. 이렇게 되면 자수, 구, 소절 등을 기준으로 중시조와 장시조를 구분한다는 것은 큰 의미가 없을 것이다.

중·장시조를 포용한다면 시조의 정의는 '3장 형식의 우리 고유의 시가 문학 양식'쯤으로 정의되어야 할 것이다. 지금까지 장은 3장이되 6구 12소절 그 이상으로 늘어난 중·장시조도 시조로 취급해왔기 때문이다.

시조는 3장 6구 12소절로 그 자체가 정격이다. 여기에 사실상 변격, 파격을 붙일 수는 없다. 그러나 지금까지 오랫동안 정격에서 벗어난 중시조(엇시조), 장시조(사설시조)도 시조의 장르로 인정해왔다. 필자는 일단은 이를 변격으로 명명하고 시조를 정격과 변격으로 나누고자 한다.

시조 자체에 이미 정형이라는 의미가 내포되어 있다. 시조는 그 형이 3장으로 정해진 하나의 정형시이다. 그렇기 때문에 단·중·장시조에 단형·중형·장형시조라는 '형'의 삽입은 정해진 3장의 틀에 다시 3장의 틀을 삽입하는 것과 같다. 의미를 강조하는 것 외에는 별다른 뜻이 없다. 시조 자체에 이미 3장이라는 형이 정해져 있기 때문에 단시조·중시조·장시조라는 용어의 사용이 타당하다고 생각된다.

	시조의 문학적 분류	정의
정격	단시조	3장 6구 12소절
변격	중시조	3장이되 6구 이상의 벗어난 형태
	장시조	

중시조와 장시조는 길이에 따라 구분하는 것 외에는 별다른 내용상 차이점을 찾아볼 수 없다. 현대에 와서는 정격에서 벗어난 시조는 장시조(사설시조)라는 이름으로 창작되고 있지 중시조라는 이름으로 창작되고 있지 않다. 필자는 문학으로서의 시조를 정격인 단시조와 변격인 장시조로 분류하고자 한다.

4. 연시조와 단장시조 · 양장시조 · 혼합시조

최초의 시조 악보는 정조 때의 학자 서유구의 『임원경제지』 중 「유예지」의 거문고보 뒤 끝에 실린 양금보이다. 이 양금보의 시조는 현재의 평시조에 해당되며[20] 이와 같은 시대인 이규경의 『구라철사금자보』의 시조악보도 「유예지」의 시조 악보와 동일하다.

음악에 있어서 시조가 평시조로 그 명칭이 바뀐 것은 지름시조인 소이시조가 생겨난 『삼죽금보』(1864) 이후부터이다. 이후 평시조와 지름시조가 시조의 하위 분류가 되었다. 이렇게 볼 때 사실 '시조'와 '평시조'는 같은 용어이다. 또한 시조가 음악상, 문학상 용어로 통칭되었으므로 문학상으로의 단시조도 시조와 동일한 용어라고 볼 수 있다.

---

20 장사훈, 「구라철사금자보의 해독과 현행 평시조와의 관계」, 『국악논고』, 서울대 출판부, 1966, 314~334쪽.

시조가 통칭으로 쓰일 때의 등식이다. 1920~30년대 이후 음악·문학이었던 시조가 각각 음악과 문학, 서로 다른 장르로 정착되어감에 따라 같은 용어였던 평시조와 단시조는 장르 자체가 달라졌고 서로 다른 뜻을 갖게 되었다. 평시조, 단시조 등도 지름시조가 생긴 이후 시조의 하위 분류가 되었다.

1932년 11회에 걸쳐 연재된 「시조는 혁신하자」에서 이병기는 부르는 시조보다 읽는 시조, 짓는 시조로 발전시켜 나가야 한다고 하면서 연작시조의 도입을 주장했다. 과거의 각 수가 독립된 상태였던 것[21]과는 달리, 제목의 기능을 살리고 현대 시작법을 도입, 여러 수가 서로 의존하면서 전개통일되도록 짓자는 주장이 제기되어 오늘날과 같은 연시조가 등장하게 된 것이다. 현대시조의 연시조는 'A'라는 같은 주제 아래 지어진 'A1 + A2 + A3…'와 같은 형태들이다.

연시조를 문학상 시조로 분류해야 할 것인지의 여부는 논의가 필요하다. 한 주제 아래 지어진 연이은 단시조의 형태들이기 때문이다.

단장시조는 4소절로 된 한 장의 시조이다. 양장시조는 각각 4소절로 이루어진 두 장의 시조이다. 혼합시조는 단장, 양장, 삼장 시조들이 결합한 4, 5, 6, 7장 등 다장으로 늘어난 시조이다. 이러한 것들을 실험 삼아 창작

---

21 맹사성의 「강호사시가」나 윤선도의 「오우가」 등 연시조라 부르는 고시조들은 지금의 연시조와는 다른 서로 주제가 다른 독립된 단시조들의 집합체이다.

하는 이들이 있다. 그러나 단장시조나 양장시조는 3장이라는 시조의 형식에서 벗어나 있기 때문에 시조라고는 볼 수 없다. 적어도 변격이라도 시조이기 위해서는 장시조와 같이 3장 형식은 갖추어져 있어야 한다.

결론적으로, 단장시조, 양장시조, 혼합시조는 시조가 아니다.

제4장

운율[1]

1. 압운

운을 흔히 압운이라 하고 율은 율격이라고 한다. 압운과 율격을 가리켜 운율이라고 한다. 압운은 한시부나 서양시에서 일정한 곳에 같은 소리를 반복하여 운율적 효과를 내는 방식이다. 규칙적인 소리의 반복을 뜻한다.

압운은 동일한 음소 또는 음소군의 규칙적인 순환이다.[2] 음소는 자음이나 모음을, 음소군은 음절이나 단어, 구절, 문장 등을 말한다. 압운의 단위는 최소 음소에서 최대 문장에까지 이르게 된다. 음절 전체가 완전히 동일한 것을 요구하는 것이 아니라 한 음절 내에서 부분적으로 음성이 동일해야함을 요구하고 있다.[3] 이때의 압운 단위는 자음 혹은 모음이다. 음절, 단

---

1 신웅순, 『현대시조시학』, 문경출판사, 2001, 102~138쪽에서 일부 발췌 요약함.

2 Roman Jakobson, *Linguistics and Poetics*, p.38. "Although rhyme by definition is based on a regular regular recurrence of equivalent phonemes or phonemic groups, it would be an unsound over-simplification to treat rhyme merely from the standpoint of sound." 문덕수, 『시론』, 시문학사, 1993, 124쪽에서 재인용.

3 김대행, 『한국시가 구조연구』, 삼영사, 1976, 44~45쪽.

어, 구절, 문장 내에서는 일부 음절이나 일부 단어, 구절, 문장 등이 동일하거나 비슷하면 된다. 이때의 압운 단위는 일부의 음절, 단어, 구절, 문장 등이다.

　이러한 음소나 음소군 단위의 규칙적인 소리 반복이 압운을 형성한다. 그러나 압운은 소리 반복만이 아닌 압운이 되는 단위들 사이에 의미 관계가 필연적으로 있어야 한다.

> 　近來安否問如何(근래안부문여하)
> 　月到紗窓妾恨多(월도사창첩한다)
> 　若使夢魂行有跡(약사몽혼행유적)
> 　門前石路半成沙(문전석로반성사)
>
> 　임이여 요즈음 어떻게 지내시는지
> 　달이 창에 비낄 때마다 한스럽기만 하네
> 　만일 꿈길이 자취가 있다면
> 　임의 문 앞 돌길이 모래가 되었을 것을
>
> 　　　　　　　　　　　　　　　— 이원(李媛), 「몽(夢)」

　하(何), 다(多), 사(沙)는 모음 'ㅏ'가 행 끝에서 반복된다. 동일한 음소의 압운은 의미는 유사하지 않지만 새로운 차원의 의미 관계를 정립시켜준다. 1행의 '어떻게 지내는가'의 물음 '何'에, '한이 많다'라는 '多'로 답을 하고는 4행에서 깨알같이 많은 '모래'라는 '沙'로 1행의 '何'의 의미를 구체화시켜주고 있다. 압운은 소리 반복만이 아닌 새로운 차원으로의 의미 관계를 형성시켜준다. 그래서 압운은 압운 단위 사이의 의미론적 관계를 중요시한다.

　압운은 위치에 따라 두운, 요운, 각운 등으로 분류된다. 두운은 행이나 연의 앞의 위치에서, 요운은 중간 위치에서, 각운은 끝의 위치에서 음소나

음소군이 규칙적으로 반복되는 것을 말한다.

위 한시는 칠언절구로 기·승·결 끝에 운이 있다. 운자는 '何, 多, 沙'로 모음 'ㅏ'를 공통으로 하여 반복되고 있다. 행의 끝에 운이 반복되므로 이를 각운이라 한다. 영시에 있어서의 운도 다양하여 두운, 요운, 각운 외에 강약을 이용한 모운, 자운 그리고 남성운, 여성운[4] 등이 있다.

영시에서의 모운은 강세 음절에 같은 모음이 반복적으로 배치된 것을 말한다. 이때 강세 음절의 앞뒤에는 다른 자음이 와야 한다는 조건이 붙는다.

> Maiden crowned with glossy blackness,
> Lithe as panther forest−roaming,
> Long−armed naead, when she dances,
> On the stream of ether floating.
>
> 윤기 있는 검정 머리의 처녀는
> 표범처럼 날씬하게 숲속을 헤매고
> 춤을 출 때는 팔이 긴 요정이 되어
> 공기의 흐름따라 떠돌아 다니네.
> ─ 조지 엘리엇(George Eliot), 「스페인 집시(The Spanish Gypsy)」

1행과 3행의 bl$(\acute{a})$ckness와 d$(\acute{a})$nces 그리고 2행과 4행은 r$(\acute{o})$aming과 fl$(\acute{o})$ating은 'a', 'o'와 같이 서로 모운을 이루고 있다. 모운이 시행의 끝부분에서만 나타나는 것이 아니다. 시행의 중간이나 심지어는 서두에서도 나타날 수 있다.

각운에서 마지막 자음은 꼭 같으나 그 앞에 나오는 강세가 붙은 모음이

---

4 압운을 이루는 마지막 부분이 단순히 강세가 있는 음절로 끝날 경우 이를 남성운이라고 하고 강세가 있는 음절 뒤에 강세가 없는 음절이 따르면 이를 여성운이라고 한다.

비슷하거나 다를 때는 이를 자운이라고 한다. 모음이 동일하지 않기 때문에 불완전한 압운에 해당된다.

> There's a golden willow
> Underneath a hill
> By a babbling shallow
> Brook and water-fall;

> 황금빛 버드나무 한 그루
> 언덕 아래에 서 있고
> 그 옆에 쫄쫄 흐르는
> 얕은 시내와 폭포

hill과 fall은 마지막 자음은 같으나 모음이 다르므로 자운을 이루고 있다.[5] 운을 충족시켜주기 위해서는 동일한 음소 또는 음소군이 규칙적으로 순환해야 한다. 영시나 한시에서 논의되고 있는 엄격한 압운법을 시조에 그대로 적용한다는 것은 무리이다. 시조에 영시나 한시와 같은 운은 존재하지는 않는다. 그런 면에서 시조를 무운시로도 볼 수 있다. 그러나 시조에서의 운의 반복은 정서 환기나 음향감 등이 있어 나름대로의 운의 특성을 살릴 수 있다.

우리말에도 운, 즉 소리의 반복은 존재한다. 그 소리의 반복이 시의 의미에 부분적으로 기여하고 있는 것은 사실이다.

> 그 꽃은
> 작은 싸리꽃
> 산들한 가을이었다

---

5   김상옥 · 이경직, 『영문학개론』, 박영사, 1992, 274, 283쪽.

봄 여름
가리지 않고
언제나 가을이었다

말라서
바스러져도
향기 남은 가을이었다

— 김상옥, 「싸리꽃」 전문

위 시에서는 각 장의 넷째 소절 '가을이었다'가 반복되고 있다. 동일한
단어가 동일한 소리로 규칙적으로 반복되는데, 반복되는 음절들이 장의
끝에 있으므로 각운에 해당된다. '가을이었다'라는 단어가 반복됨으로써
그 앞의 동사나 형용사의 도움으로 반복 이상의 강조 의미를 띠고 있다.

강을
건너기 위해
산은
서 있고

산을
적시기 위해
강은
철석거린다

강물에
산이 빠질까
배 한 척
띄우는 강

— 신웅순, 「내 사랑은 40」 전문

위 시조에서는 초·중·종장의 첫 음보에 'ㅏ'라는 음운이 반복되고 있다. 두운이다. 강과 산은 대비의 의미도 있지만 종장에서의 '강', '산'의 운의 반복은 초장·중장을 합일시키는 의미도 아울러 갖고 있다. 정서 환기나 음향감뿐만 아니라 의미까지 환기시켜주고 있다.

> 그 나무
> 아래 머물면
> 잊었던 나를 찾을 것 같고
>
> 그 나무
> 아래 앉으면
> 사무친 사람 만날 것 같고
>
> 그 나무
> 아래 오래 앉으면
> 어떤 길이 열릴 것 같다
>
> — 김정희, 「보리수 아래」 전문

위 시조는 초장·중장·종장 할 것 없이 같은 음절이 반복되고 있다. 연을 기준으로 두운·요운·각운이 다 들어있다. 두운은 '그 나무', 요운은 '아래', 각운은 '것 같'의 소리가 반복되고 있다. 같은 의미가 장마다 대비되어 의미가 전개되고 있다. 같은 소리가 장마다 반복되어 있어 의미를 점점 상승시켜주고 있다.

> 길 섶에 말없이 앉아
> 빈자일등 켜 놓고
>
> 머물다 떠난 인연

제1부 시조 창작의 원리

바람결에
보낸 후

빈 집에
허리를 꺾고
열반경을
외
운
다.

— 김정희, 「민들레 초상」 전문

　얼핏 보면 압운이 있는지 없는지 확실치 않다. 자세히 살펴보면 초장의 셋째 소절과 종장의 첫째 소절의 음절 반복이 의미와 깊은 연관을 갖고 있음을 발견하게 된다. 규칙적인 반복이라기보다는 단 한 번의 반복으로 반복의 효과를 상승시켜 주고 있다.

　홀씨를 바람에 다 날려보내고 빈 집에 앉아 열반경을 외우고 있는 민들레의 모습이다. 그것은 '외운다'라는 세 음절로 꽃 대궁을 세워놓고 있어 꼿꼿하게 앉은 사람의 모습으로 시각과 함께 의미도 배가시켜주고 있다. '빈'의 음절 반복은 꽃대궁이라는 시각 이미지에 의해 더욱 새로운 의미로 태어나고 있다.

　창작에 압운을 잘 조절하기만 해도 의미는 되살아날 수 있다. 시에서 가장 중요한 요소는 운율이다. 운율 중에서도 압운은 시의 필수 요건이며 시의 생명이기도 하다. 리듬감이 없다면 이미 시가 아니다. 시조 창작에 있어서의 운은 의미를 환기시켜주는 데 없어서는 안 될 필수불가결한 요소이다.

　우리의 시는 영시에서처럼 강약을 이용한 운과는 다르며 한시에서처럼 사성을 이용한 운과도 다르다. 시조에서 강약률과 고저율이 다소 인정된다고 해도 우리말은 부착어[6]의 특성으로 단순한 소리 반복에 더 많은 비중이 주어진다. 그래서 의미와의 관계 속에서 압운 체계를 밝혀낸다는 것은 쉽지가 않다. 그러나 운은 수사적 유희만이 아닌 음조의 질적, 미적 현상, 음악성에까지 미칠 수 있어 자유시나 시조에도 운의 비중은 서양시나 한시에 비해 결코 낮다고만 볼 수 없다. 우리 시나 시조에도 의미까지 환기시켜 줄 수 있는 많은 음상과 음감들이 존재하고 있다. 이러한 운들을 창조적으로 개발할 수 있다면 시조를 더욱 격조 있게 창작할 수 있을 것이다.

2. 율격

압운은 규칙적인 소리의 반복이나 율격은 규칙적인 반복의 양식이다. 율격은 어떤 방식으로 반복되느냐의 문제이다. 이때 반복의 단위는 소리 외에도 음절군, 음절량, 이미지, 의미, 정서 등이 있다. 압운은 소리 반복의 단위가 기저가 되지만 율격은 단위 구성 요소가 그 기저가 된다.

강약을 구성 요소로 하면 강약률이 되고 고저를 구성 요소로 하면 고저율이 된다. 외에 장단율, 음수율, 음보율, 내재율, 의미율 같은 것을 들 수 있다.[7]

| 운율 | = | 운(압운, 소리 반복) | + | 율(율격, 반복 양식) |

---

6 교착어와 같은 말이다. 언어 유형학적 분류의 한 갈래로 실질형태소인 어근에 형식형태소인 접사를 붙여 단어를 파생시키거나 문법적 관계를 나타내는 언어를 가리킨다. 한국어 · 터키어 · 일본어 · 핀란드어 등이 이에 해당된다.

7 신웅순, 앞의 책, 118쪽.

1) 강약률

강약률은 악센트에 의해 강음절과 약음절이 규칙적으로 반복되는 율격을 말한다. 한시의 평측법[8]과 같이 규칙적이지는 않지만 우리말 시가에는 일종의 음성률[9]이라는 것이 있다.[10] 우리말 악센트는 하강률이 보통이며 이것이 한 음보를 형성, 넷을 단위로 강약 4보격을 이루고 있다. 이것이 시조의 음보율이다.[11]

> ′ ⌣ ′ ― ′ ⌣ ′ ⌣ ― ′ ⌣ ′ ― ′ ⌣ ′ ⌣
> 청산은　　어찌하여　　만고에　　푸르르며

3음절은 보통 '강·약·중강·(약)'으로, 4음절은 '강·약·중강·약'으로 읽힌다. 시조의 한 음보는 4음절이 기본이며 3음절은 끝음절의 장음 실현으로 3음절이 4음절의 양을 갖게 된다. '강·약·중강·(약)'의 2음절 단위로 강약이 반복되는 강약 4보격이 되는 것이다.

5음절 이상인 종장의 둘째 음보는 어떻게 처리해야 할 것인가. 시조가 각 장 4박자로만 읽혀야 한다면 기계적이고 단조로워 종장의 첫째, 둘째 음보의 파격의 멋을 한껏 살릴 수 없게 된다.

종장 둘째 음보는 대략 5~8음절이다. 6음절이라 할 때 '강·약·약·강·약·약'으로 율독해야 할 것인가 아니면 '강·약·약·중강·약·약'으로 읽을 것인가 등의 문제가 있을 수 있다. 기계적이며 어색하지 않도록

8　구절 안의 글자 소리의 높낮이를 고루 맞추는 방법이다.

9　음성률은 음의 고저, 강약, 장단 등의 반복을 통해 표현하는 운율을 말한다.

10　이병기, 『시조와 그 연구』, 249쪽.; 임선묵, 『시조시학서설』, 청자각, 1974, 32쪽에서 재인용.

11　임선묵, 위의 책, 37쪽.
　　영시에서는 약강조의 iambus, 강약조의 trochee, 약약강조의 anapaest, 강약약조의 dacty 등의 음보가 있다.

사안에 따라 신축성 있게 율독해야 할 것이다. 종장의 둘째 음보는 과음보로 다른 음보의 등가에 맞추어 발화의 양을 같은 값으로 조절해야 한다. 그러기 위해서는 빠른 속도의 읽기가 필요하다.

시조의 강약률은 존재한다. 강약률이 각 장의 음보에서 규칙적으로 실현된다면 이를 창조적으로 살릴 필요가 있다. 물론 사안에 따른 신축성 있는 율독은 인정해야 할 것이다.

2) 고저율

김석연은 시조의 운율을 형성하고 있는 기조와 고저율의 관계를 분석하고 '시조 낭송의 패턴'을 제시하였다.[12] 황희영은 '한국시의 율각의 성립 종류'라 하여 현대시 세 편(「진달래꽃」, 「모란이 피기까지는」, 「님의 침묵」)을 율독하여 분석했다.[13] 이상의 분석들은 시조나 근대시의 율독에서 고저율이 나타나고 있다는 것을 말해주고 있다.

강세는 대체로 고저를 수반하게 된다. 강약률이 '강·약·중강·약'으로 읽힐 경우 고저율도 통상 '고·저·중고·저'로 읽히게 된다.

2음보의 시는 일반적으로 '강약', '고저'로 읽는다. '새야새야 파랑새야// 녹두밭에 앉지 마라'의 경우 행의 첫째 음보인 '새야새야', '녹두밭에'에서 상대적으로 강하게, 높게 읽히고 둘째 음보인 '파랑새야', '앉지 마라'는 상대적으로 약하게, 낮게 읽힌다.

---

12 김석연, 「시조운율의 과학적 연구」, 『아세아 연구』 통권 32호, 1968.12, 35쪽 참조.
   "시조 1장을 4개 음보로 나누어 취한 고저율의 결과는 꼭 저고저·고저저의 고저율을 두 번 반복하고 있다."고 기술하고 있다. 이는 작품이나 율독자에 따라 다양한 현상이 나타날 수 있는 것은 당연하다. 최동원, 『고시조론』, 삼영사, 1980, 134쪽에서 재인용.
13 황희영, 『운율연구』, 형설출판사, 1968, 155쪽. '고저'가 57.3%, '고저저'가 27.3%, '저고고'가 6.7%로 이 세 종류가 주류라고 한다.

4음보인 시조는 2음보를 겹친 것과 같거나 비슷해 '강·약·중강·약'의 강세로 읽히며 고저율 역시 '고·저·중고·저'와 같이 하강률로 읽힌다. 4음보가 이런 원칙대로 읽히고 있는가는 다분히 의문시될 수 있다. 같은 사람, 같은 내용이라도 상황에 따라 다르게 읽히는 것이 현실이기 때문이다.

시조에도 고저율은 있다. 그러나 원칙이 있어 그에 맞추어 읽어야 하는 것은 아니다. 대체로 '고·저·중고·저'로 읽히나 그때그때 상황에 따라 얼마든지 다르게 읽힐 수 있다.

> 나무들이
> 은빛 고운 드레스를 입는다
> 밤을 맞이하는
> 가슴은 달아오르고
>
> 외딴집
> 작은 불빛이
> 금단추를 풀고 있다
>
> — 지성찬, 「설야」 전문

위 텍스트를 강·약·중강·약으로도 읽을 수 있지만 내용으로 보면 우아하고 은근한 느낌을 주는 약강의 Iambus로 읽는 것도 한 방편이 될 수 있다. 그렇다면 시조의 율독과는 정반대가 된다. 상황에 따라 얼마든지 다르게 율독하여 나름대로의 맛을 낼 수 있는 것이다.

3) 장단율

강세는 고조(高調)를 수반한다. 그 강세가 물리적으로 어느 특정한 음절

을 고(高), 강(强), 장(長)으로 발음함으로써 강조하기도 한다.[14]

우리 시가의 각 음보 내의 율성은 강약·고저·장단 등 어느 하나만
의 특징으로 이루어진 것이 아니라는 생각이 드는 것이다. 강약률의 주
장을 충분한 타당성이 있다고 인정하면서도 고저나 장단의 요소가 전
연 배제되어야 한다고만 할 수 없지 않을까 하는 의문을 가지게 된다.[15]

우리말에 있어서 음운적 자질이 가장 잘 판별된다는 근거에서 비교적
명확하고 단순한 이 장단의 음운 자질이 현대시의 율격 형성에 관여할 가
능성이 크다고 기대되기도 한다.[16]
현대시에서 강, 고, 장이 실현된다면 외형률인 시조 역시 예외일 수 없
다. 실제적으로 시조에서도 결음보에는 강·고와 함께 장음이 실현된다.

세상을‒겁탈하는 느닷없는 폭설마냥
꽃‒은∨창궐한다, 몹‒쓸∨바이러스여
혓속에‒독니를 감춘 채 나부끼고 있구나
익명의‒탐욕에 냅‒다∨꺾일지라도
백‒지∨한견에 박힌 검붉은‒ 관지 자국,
씨방 속‒감미는 남아 시간의 뼈를 깎는다
　　　　　　— 박기섭,「꽃」전문(규칙적으로 반복되는 율격만 표시함)

'‒'은 장음 실현이고 '∨'은 정음 실현이다. 각 초장의 첫째 음보와 각 중
장의 첫째, 셋째 음보가 결음절이다. 3음절일 경우 끝음절에서, 2음절일

14　임선묵, 앞의 책, 35쪽.
15　최동원, 앞의 책, 138쪽.
16　정광,『운율연구의 언어학적 접근』, 심상, 1975.7; 김준오,『시론』, 삼지원, 1993, 88쪽
　　에서 재인용.

제1부 시조 창작의 원리

경우는 첫째 음절에서 장음화 현상이 일어난다. 일정한 음보에 장음이 규칙적이고도 반복적으로 실현된다면 시조에도 장단율을 얻을 수 있을 것이다.

한국어에서는 중세 국어의 성조 체계가 무너지고, 현재는 '장단' 자질만 남아 있다. 그러나 이것이 그 자체로서 율격 형성의 기본 자질이 될 수 있을지는 의문이다. 율격 기저는 음운론적 장단에 있으며 그 장단이 교체의 규칙성을 유지해야 한다. 시조에 있어서는 결음절(초·중장의 첫째, 셋째 음보)과 과음절(종장의 둘째 음보)의 배치가 장단의 필수 자질로는 관여하지 않는다. 그러나 장단은 강약, 고저 등과 함께 율격을 형성하는 데 일조할 수 있어 시조의 맛을 한결 맛깔스럽게 해줄 수는 있을 것이다.

4) 음수율

음수율은 율격 형성의 필수 자질이 음절수에 의하여 결정된다는 율격이다. 강약·고저·장단의 운율적 자질과는 달리 일정한 음절군이 율격의 단위가 되어 형성된다. 이러한 율격은 우리의 고전시가나 현대시의 율격 연구에 지배적인 방법이 되어왔다. 우리말은 첨가어이기 때문에 체언이나 용언 등에 조사나 어미가 붙어 하나의 어절을 이룬다. 한국어 어휘는 2, 3음절이 대부분이다. 여기에 조사나 어미가 붙거나 하면 3, 4음절이 되는 것이 보통이다. 이러한 음절수가 율격의 단위가 되어 3·3조, 3·4조, 4·4조 등의 율격이 이루어진다.

시조의 기준 음수율을 흔히 초장 3·4·4⑶·4, 중장 3·4·4⑶·4, 종장 3·5·4·3이라고 한다. 고시조 중에서 이 기준 음수율을 지키는 시조는 7%밖에 되지 않는다. 실제로는 300여 종의 음수율이 검출되고 있다.[17] 이

---

17 김흥규, 『한국문학의 이해』, 민음사, 1986, 148~149쪽.

렇게 우리 시가의 음절수는 고정적이 아니고 가변적이고 다양하다. 그렇기 때문에 음수율에 의한 율격 연구는 그 타당성을 입증하기가 매우 어렵다.

고전시가나 한국시의 율격을 음수율 측면에서 다루는 학자들이 있기는 하나 음절의 가변성으로 인해 원칙을 고구해내기엔 쉽지가 않다.

> 수 겹겹 명주헝겊 떨림으로 펴 보이신
> 마지막 목숨의 불빛, 운학 무늬 서돈 금반지
> 내 손을 꼬옥 감싸며 눈감으신 어머니
>
> — 박영식, 「유품」 전문

각 장 4음보이다. 음절수는 초장의 3 · 4 · 4 · 4, 중장의 3 · 5 · 4 · 5, 종장의 3 · 5 · 4 · 3이다. 이러한 음절수는 음보에 의한 계산법이다. 시조에 있어서 음보를 기준으로 음절수를 계산한다면 음수율은 의미를 잃게 된다. 한 음보 안에 어떤 것은 2음절, 또 어떤 것은 7, 8음절인 경우도 있어 음절수가 각양각색으로 다양하게 나타난다. 시조에 있어서 각 장에 음절수 원칙을 세운다는 것은 매우 어려운 일이다. 우리 시가의 음수율은 대체로 3 · 4조, 4 · 4조가 주류를 이루고 있다.

> 시조의 형식 규율을 '음수율'로 규정하게 되면 총 12음보 가운데 종장의 첫 음보를 3음절로 고정하는 딱 한 군데에서만 맞고 나머지 11군데는 맞지 않게 되므로 이제 음수율의 망령에서 벗어나야 한다는 교훈을 얻게 된다.[18]

위 인용문은 시조의 음수율 적용이 무리라는 것을 보여주고 있다. 시조

---

18 김학성, 『시조형식론의 비판과 표준모색』, 만해축제 '유심 아카데미 시조학술세미나', 2019.

에서 음수율은 종장 첫 음보에만 적용되고 나머지는 다 다르다는 것이다. 고시조에 300여 종의 음수율이 검출되고 있다는 것은 시조에 음수율 적용이 무리가 있음을 단적으로 증명해주는 하나의 근거가 될 수 있다.

5) 음보율

음보는 시를 읽을 때 끊어 읽기의 한 단위이다. 보통 3음절이나 4음절이 하나의 단위가 되어 음보율을 이룬다. 영어에서의 음보율은 보통 강세를 받는 한 음절과 강세를 받지 않는 한 개나 두 개의 음절로 한 묶음이 되어 율격을 이룬다.

영시에서는 한 단어에서 음절이 분할되어 강약의 음보를 형성하고 있으나 우리나라의 시에서는 대체로 휴지를 주어 3, 4음절이 한 음보를 이루고 있어 영시에서와 같이 규칙적인 강약의 음보는 사실상 형성되지 않는다. 음보가 한국시의 율격 형성에 필수 자질로 관여하지 못하는 이유이다.[19]

그래서 우리 시가의 경우 호흡군, 통사 관계, 율독에 따른 시간의 등장성, 의미와 문맥 등으로 구분할 수밖에 없는 실정이다.[20] 이러한 음절의 묶음, 끊어 읽기의 한 단위가 시행에 몇 번 반복되느냐에 따라 음보율이 결정된다.

> 붉은 댕기 나풀대며 철없던 내 언니는
> 그리움의 시를 쓰다 폐렴으로 앓아눕고
> 겨울밤 백지장 위에 꽃물 쏟아 놓았었지
>
> ― 임성화, 「동백꽃」 전문

---

19 신웅순, 『한국현대시조론』, 푸른사상사, 2018, 181쪽.

20 홍문표, 『현대시학』, 양문각, 1995, 160쪽. 음보율은 영어에서와의 음보율과는 달라 이에 대한 용어 대체와 그 정립이 필요하다.

위 시조의 음보에 따른 음절을 보면 초장이 4·4·3·4, 중장이 4·4·4·4, 종장이 3·5·4·4이다. 3·4음절의 단위가 반복되어 각 장 4음보를 형성하고 있다.

6) 내재율

내재율은 문장 속에 은폐되어 있는 율격이다. 내면에 흐르는 말소리가 말뜻과 일체되어 형성되는 자유로운 호흡률이다. 외재율처럼 규칙적이고 체계화된 율격이 아닌 자유시나 산문시 같은 자유로운 율격이다. 그렇기 때문에 시인에 따라 작품에 따라 율격이 다 다르다. 정해진 틀도 없으며 율격의 단위도 천차만별이다. 내재율은 이렇게 개성적으로 특유하게 형성 되는 율격이다.

단시조에는 내재율이 존재하지 않는다. 시조 자체가 3장 6구 12음보로 정형화되었기 때문이다. 그러나 장시조는 대부분 중장에서 길어져 그 중 장에서 나름대로의 내재율이나 산문율이 은폐되어 존재하기도 한다.

뽕나무 하면 생각나는 일이 많지요

하교길에/ 뒤가 마려워/ 후다닥/ 뛰어든 뽕밭//
웃뜸/ 연심이/ 고 쪼그만/계집애//
옴시락거리며/ 먼저/ 일 보고 있던//
다른/ 무엇보다/ 고 살끈한/ 엉덩이/ 떠오르지만요//
몰라몰라/ 그 때 마침/ 노을빛/ 콩당콩콩//
방아 /몇 섬/ 찧었다던가//
쏴하니/ 개밥바라기/ 시린 살점/ 두엇/ 떠올랐다가//
달싹이다/ 끝내/ 아무 말 않고/ 팽 돌아선/ 고,고,고//
짜끌짜끌한/ 오디 입술/ 생각 나지만요//

그 후로 내 가슴 뽕밭이 하두 환해져서

환해는 와서……

— 이지엽, 「가벼워짐에 대하여」 전문

중장의 음보는 4 · 4 · 3 · 5 · 4 · 3 · 5 · 5 · 3로 분석된다. 음절수, 음보
수가 불규칙적이기는 하나 대체로 4 · 3 · 5 음보격으로 이것이 두 번 반복
되고 있다. 2~5음절을 한 단위로 하여 반복되는 나름대로의 율격, 내재율
이 존재하고 있다. 그렇게 보면 장시조는 정형율과 내재율을 동시에 갖고
있는 독특한 시조 형식이라고도 볼 수 있다. 그러한 율격들이 장시조만의
특유한 특징을 십분 살려내고 있음을 간과할 수는 없을 것이다.

7) 의미율

리듬이란 소리의 일정한 반복만이 있는 것은 아니다. 행동의 일정한 반
복, 사고의 일정한 반복, 빛의 일정한 반복도 리듬이다. 리듬은 바로 율동
이다. 모든 움직임의 규칙적인 반복이란 뜻이다. 따라서 현대시의 리듬,
현대시의 내재율을 이해하려면 시에 나타난 음성적 규칙만이 아니라 이
미지의 반복, 의미의 반복, 정서의 반복도 모두 시의 리듬이 된다는 사실
을 반드시 인식해야 한다.[21] 시 속에는 그 의미 진행이 등가적, 병치적 아
니면 함의적 등의 어떤 리듬들이 반복되어 나타날 때[22] 그것을 의미율이라
고 한다.

시조에도 그 의미들이 일정한 리듬을 가지고 나름대로 외형률과 결합,
진행됨을 볼 수 있다. 단시조는 초장에서 의미를 일으키고 중장에서 발전,
종장에서 반전하여 마무리 짓는 형식으로 진행된다.

---

21 홍문표, 『시창작 강의』, 양문각, 1997. 394쪽.
22 위의 책, 395쪽.

때 안 묻은
그대로
태초의 숨결
그대로

신의 입김
그대로
자연에 내맡긴
그대로

뻗어서
자랑도 아닌
때 안 묻은
그대로

— 이상범, 「난시(蘭詩)」 전문

위 시조의 전개 방식은 병렬식이다. 서로 독립된, 같거나 비슷한 뜻을 가진 의미가 장과 구에 분배되어 있다. 같거나 비슷한 의미가 병렬식으로 전개, 서로 반복되고 있음을 볼 수 있다.

연시조나 장시조 같은 것들은 중층 구조로 의미를 배치, 반복시켜 의미의 다양화를 꾀하고 있다. 이때도 의미율을 얻을 수 있다.

어지러운 마음속에
신호등 하나 있었으면
머물고
떠나감이
꼭
그
좋은 때 되어

들끓는 무분별함을
잡아줄 수 있다면

어두운 마음속에
촛불 하나 있었으면
몸 사뤄 밝혀주는
미더움에 뜨거워져
절망의
빗장을 푸는
그런 빛이 있었으면
— 나순옥, 「그래 그랬으면」 전문

　위 연시조는 각 연의 장들이 대구가 되어 같거나 비슷한 의미들이 되풀
이되고 있다. 대우식 전개이다.

　첫째 수 초장의 '어지러운 마음속에 신호등 하나 있었으면'과 둘째 수 초
장의 '어두운 마음속에 촛불 하나 있었으면'이, 첫째 수의 종장의 '들끓는
무분별함을 잡아줄 수 있다면'과 둘째 수의 종장의 '절망의 빗장을 푸는 그
런 빛이 있었으면'이 서로 같거나 비슷한 의미들이 짝이 되어 의미들이 되
풀이되고 있다. 서로 대우를 형성하고 있는 것이다.

제5장

은유

1. 은유란 무엇인가

1) 선택 제약

촘스키는 『통사이론의 양상』에서 선택 제약의 관점에서 은유를 설명하고 있다. 선택 제약은 한 어휘 항목이 다른 어휘 항목과 결합하는 방식을 규정 짓는 규칙을 말한다. 한 문장에서 명사는 통사 자질을 가지고 있는 반면 동사나 형용사는 명사와의 관계에 따른 선택 자질을 갖고 있다. 그러므로 한 주어는 아무 낱말이나 술어로 삼을 수 없고 오직 여러 낱말 가운데서 특정한 낱말만을 술어로 선택하게 되어 있다.[1]

불교 용어 '관세음(觀世音)'은 통사 규칙을 위반했다. '세상의 소리를 듣는다'라고 할 것을 '세상의 소리를 본다'라고 했다. 소리는 듣는 것이 아니라 보아야 한다는 것이다. 통사 규칙의 위반으로 오히려 의미가 깊어졌다. 규칙을 위반함으로써 은유가 생성되는 것이다.

---

[1] 김욱동, 『은유와 환유』, 민음사, 2000, 94쪽.

제1부 시조 창작의 원리

점과 점이 방울방울
선긋기 공부하네

내려온 하늘 높이
깊이도 재보고

지구에
점을 찍어서
오목판을 만들고

— 백민, 「비」 전문

'점과 점이 방울방울 선긋기 공부하네', '내려온 하늘 높이 깊이도 재보고', '지구에 점을 찍어서 오목판을 만들고' 등은 통사 규칙을 위반한 문장들이다. 비가 선을 긋고 하늘 높이를 재볼 수 없다. 비는 선을 긋는 것이 아니라 내려오는 것이다. 내려오는 모습을 그렇게 표현한 것이다. 비는 점을 찍는 게 아니라 땅이 파이는 것이다. 오목판도 물론 만들 수 없다. 사실 빗방울을 점으로, 빗줄기를 선으로, 땅이 파인 것을 오목판으로 은유했다. 일상의 통사 규칙에서 어긋나 있다. 통사 규칙을 위반함으로써 그 의미의 폭과 깊이가 달라졌다. 촘스키는 이런 선택 제약을 어김으로써 은유가 성립된다고 보았다.

2) 질의 격률

폴 그라이스는 화용론의 입장에서 은유를 설명하고 있다. 정상적인 의사 소통을 위해 지켜야 할 원칙이 있는데 이를 협조의 원리라고 한다. 그라이스는 이 원리를 양의 격률, 질의 격률, 관계의 격률, 방법의 격률로 나누어 설명하고 있다.

양의 격률은 대화의 목적에 꼭 필요한 만큼의 정보만을 제공하고 필요

이상으로 많은 정보를 주거나 필요 이하로 적은 정보를 주어서도 안 된다고 규정짓고 있다. 질의 격률은 대화에서 그릇된다고 믿고 있는 것을 말해서는 안 되며 진실된 것만을 말해야 한다고 규정짓고 있다. 적절한 증거를 가지고 있지 않은 것에 대해서도 말을 해서는 안 된다. 관계의 격률은 대화와 직접 관련된 것만을 말하도록 규정하고 있어 적합성과 연관성을 강조하고 있다. 방법의 격률에서는 명료성을 생명처럼 소중히 여긴다. 될 수 있는 대로 모호하거나 애매한 말을 피하고 간결성과 논리적 질서를 추구하려고 한다.[2]

그라이스는 협조의 원리 중 질의 격률을 어긴 것으로 은유를 설명하고 있다. 질의 격률은 진실된 것만을 말해야 한다. 은유는 대상을 빗대어 말해야 하기 때문에 진실과는 상대적으로 거리가 멀다. 이를 어긴 것으로 은유를 설명하고 있다.

> 이 세상 모든 꽃이
> 다 그만한 아픔이란다
> 소망만큼 꽃잎이 다치고
> 절망만큼 마디가 굵은
> 노숙자 마른기침 소리
> 온 들녘이 꽃이구나
>
> ― 고정국, 「구절초 피었구나」 부분

2　이 점에 대해서는 H. Paul Grice, *Studies in the Way of Words*, Cambridge: Harvard University Press, 1989, pp.22~40을 보라. 적어도 은유를 표준 일상어에서 벗어난 일탈로 본다는 점에서 스피치 행위 이론가 존 R. 설은 그라이스와 비슷하다. 설은 한 표현이 '아주 큰 결점이 있다'고 판명될 때 비로소 은유가 성립한다고 주장한다. 설의 이론에 대해서는 John R. Searle, "Metaphor," in *The Philosophy of Language*, ed. A.P. Martinich, Oxford: University Press, 1990, pp.408~429. 김욱동, 앞의 책, 96~97쪽에서 재인용.

이 세상 모든 꽃이 어찌 아픔이고 소망만큼 꽃잎이 다치고 절망만큼 마디가 굵어지는가. 온 들녘 구절초가 노숙자의 마른기침 소리라니 작자는 정확한 정보를 말하지 않았고 분명한 사실을 말하지도 않았다. 진실된 것을 말해야 하는 질의 격률을 어겼다. 질의 격률은 축어와 비유를 구분, 진실된 것만을 말해야 하는데 꽃을 아픔이나 노숙자의 마른기침이라고 말했다. 소망만큼 꽃잎이 다치고 절망만큼 마디가 굵어진다고 말했다.

댄 스퍼드와 디어드리 윌슨 같은 적합성 이론가들은 의사소통에 최적의 적합성은 축어적 발화로 얻어진다고 생각해왔다. 그러나 정보를 처리하여 얻는 소득이 그것을 처리하는 데 드는 노력에 미치지 못할 때는 축어적 발화가 비유적 발화보다 그 적합성 면에서 떨어질 수 있다고 말한다.[3]

적합성 이론에서 중요한 두 개념은 맥락 효과와 처리 노력인데 맥락 효과는 적합성을 지녀야 할 필요 조건이며 다른 조건이 같다면 이 맥락 효과가 크면 클수록 적합성도 그만큼 커진다고 한다. 적합성 정도를 판단하는 데 필요한 요인은 맥락 효과를 위하여 들이는 처리 노력이다. 처리 노력이 크면 클수록 적합성의 정도는 그만큼 떨어진다.[4]

누가 몇 살이냐고 물었을 때 30세 3개월 3일이라고 말한다면 노력에 비해 그 효과는 떨어진다. 처리 노력이 많은 반면 맥락 효과는 그만큼 떨어진다. 참이냐 거짓이냐보다 경제적이냐 비경제적이냐가 더 중요하다. 적합성의 원칙은 최소의 노력으로 최대의 효과를 얻는 것이다.

> 너라고 어쩌겠느냐 이 가을 햇살 앞에선
> 푸른 하늘을 향해 짐승처럼 울던 산아

---

3 Dan Sperber and Deirdre Wilson, *Relevance: Communication and Cognition*, Oxford: Blackwell, 1986, pp.231~237 참조. 김욱동, 위의 책, 99쪽에서 재인용.

4 위의 책, 99쪽.

붉은 죄 고해성사를 온몸으로 쓸 수밖에

— 정광영, 「단풍」 전문

단풍을 '붉은 죄 고해성사'라고 했다. 단풍은 축어적 의미로는 늦가을에 붉은 엽록소가 분해하여 붉거나 누른빛으로 변하는 나뭇잎을 말한다. 이런 사전적 의미는 적합성의 원칙에서 보면 최대의 효과를 얻었다고 볼 수 없다. 적어도 붉은 나뭇잎으로 표현하였다 한들 이는 의미 손실로밖에 볼 수 없다. 문학에 있어서의 필요한 정보는 축어적 의미뿐만이 아니라 전달하고자는 문장의 맥락 효과를 높일 수 있어야 한다. 필요한 정보가 '붉은 죄 고해성사'인 은유적 표현이 훨씬 의미의 파장이 크고 깊다. 이렇게 최소의 노력으로 최대의 효과를 얻을 수 있어야 한다. 맥락효과 면에서 보면 은유는 그만큼 경제성이 있다.

2. 은유 이론[5]

1) 치환 이론

치환 은유는 한 사물의 다른 사물로의 전이를 말한다. 축어적 의미를 비유적 표현으로 바꾸어놓는 것이다.

우리가 새로운 사물을 경험했을 때 이것을 기술할 새로운 언어가 없어서 이와 유사한, 우리가 이미 잘 알고 있는 다른 사물의 이름을 여기에 부여한다. 이것이 은유이다. 아리스토텔레스에게 은유는 '전이'이고 전이는

---

5 위의 책, 102쪽. 김욱동은 은유의 이론을 치환이론, 상호작용이론, 개념이론, 맥락이론으로 나누어 설명하였다.

유추, 곧 유사성이다. 휠라이트는 아리스토텔레스의 이런 은유 개념을 치환 은유란 용어로 기술했다.[6] 그러므로 아리스토텔레스의 은유 개념으로서의 치환 은유는 보다 가치 있고 중요하지만 아직 모호하고 불확실한 것(원관념)으로부터 상대적으로 이미 잘 알려져 있거나 보다 구체적인 것(곧 보조관념)으로 옮겨지는 의미론적 이동을 특징으로 한다.[7]

> 은유란 사물에다 다른 사물에 속하는 명칭을 부여해주는 것이다. 이같이 명칭의 전이는 유에서 종으로, 종에서 유로, 종에서 종으로, 또는 유추에 의거해서 이루어진다.[8]

치환 은유는 모호하고 불확실한 사물을 잘 알려져 있거나 구체적인 사물로 유추에 의해 바꾸어놓은 'A는 B이다'의 식의 비유법이다. 치환 은유는 위 네 가지 중 네 번째에 해당되고 앞의 세 가지는 주로 환유나 제유에 해당된다.

'백합은 화원의 귀부인'이라고 했을 때 백합은 '순수하고 깨끗하고 고상하다'라는 귀부인의 이미지에서 유추했다. 백합을 귀부인으로 치환, 백합의 식물 이름인 축어적 의미를 귀부인인 비유적 의미로 전이시켰다.

> 눈송이가
> 쏟아진다
> 하하하 웃음꽃도

---

6 은유는(metaphor)란 어원상 meta(초월해서, over, beyond)와 phora(옮김, carring)의 합성어로 의미의 전이와 상승을 뜻한다. 휠라이트에 의하면 치환은유(epiphor)란 어원상 'epi(over · on · to)+phor(semantic movement)'의 뜻이다.

7 김준오, 『시론』, 삼지원, 1993, 120~121쪽.

8 Aristotle, *Rhetoric and Poetics*, trans. by Infram Bywater, New York: The Modern Libary, 1954, p.251.

다발다발
묶어놓은
수다쟁이 가시내야
까르르
입을 모으면
이야기가 쏟아진다

— 신명자, 「안개꽃」 전문

　　은유의 원개념 안개꽃이 생략되어 있다. 눈송이라든지 웃음꽃이라든지
이야기 등을 안개꽃으로 전이시켰다. 원개념은 안개꽃 하나지만 매개념은
여러 개로 되어 있다. '안개꽃=눈송이, 웃음꽃, 이야기'이다. 여러 형태의
매개념을 원개념 안개꽃으로 전이, 밝은 이미지로 치환시켰다.

2) 상호작용 이론

　　리처즈는 은유의 구성요소를 원개념과 매개념[9]으로 나누었다. 주의(主
意, tenor)와 매체(媒體, vehicle)가 그것이다. 매체라는 운반 수단으로 주의라
는 의미를 실어나른다는 뜻이다. 'A는 B이다'라고 할 때 A는 주의, 원개념
(원관념)에 해당되고 B는 매체나 매개념(보조관념)에 해당된다. A는 축어적
관념 B는 비유적 관념이라고 부르기도 한다.
　　이렇게 리처즈는 한 사물의 의미인 주의를 다른 의미인 매체로 은유를

9　원개념을 원관념, 제1차 개념, 축어적 관념으로, 매개념을 보조관념, 제2차 개념, 비유
　　적 관념으로 부르기도 한다.

　　　　　　　　　　　　　　　　제1부　시조 창작의 원리

설명했다. 주의와 매체가 서로 공존, 두 관념의 상호 작용에 의해 은유가 생겨난다는 것이다. 두 관념이 함께 지니고 있는 특징을 은유의 기반이라고 불렀다.[10]

> 쳐라, 가혹한 매여 무지개가 보일 때까지
> 나는 꼿꼿이 서서 너를 증언하리라
> 무수한 고통을 건너
> 피어나는 접시꽃 하나
>
> — 이우걸, 「팽이」 전문

원개념과 매개념을 'A=B'라 할 때 위 시조는 '팽이=접시꽃'이다. 팽이의 의미와 접시꽃의 의미인 두 개념의 상호작용에 의해 의미가 생성되고 있다. 팽이는 무수한 채찍이 가해져야 돈다. 이를 접시꽃에 비유했다. 접시꽃도 무수한 비바람을 견뎌야 꽃을 피울 수 있다. 무지개가 보일 때까지 고통을 줌으로써 접시꽃이 피어난다는 이야기이다. 인내와 고통이 없이는 어떤 일도 이룰 수 없다. 두 개념의 상호작용의 기반은 고통과 인내이다. 이러한 기반으로 해서 이루어지는 것이 '도는 팽이'이고 '피어나는 접시꽃'이다. 팽이의 특징과 접시꽃의 특징이 결합하여 새로운 의미를 창조해내고 있다.[11]

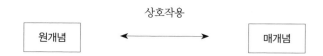

---

10 I.A. Richards, *The Philosophy of Rhetoric*, New York: Oxford University Press, 1936, pp.93, 100, 117 참조.

11 신웅순, 『현대시조시학』, 문경출판사, 2001, 159쪽.

3) 개념 이론

레이코프와 터너는 은유에서는 의미 변화가 일방적으로밖에 일어나지 않는다고 한다. 그들은 기점(원개념)에서 시작하여 목표(매개념)로 옮아갈 뿐 기점과 목표 사이에 어떤 관계가 일어나지 않는다는 것이다.

'인생은 나그네길'이라고 한다면 상호작용 이론은 인생과 나그네길의 의미가 쌍방으로 작용하여 제3의 의미가 생겨난다고 생각한다. 인생을 나그네길의 관점에서 볼 수도 있고 나그네길의 관점에서 인생을 볼 수도 있다. 인생은 나그네 길이요, 나그네는 인생길이라는 은유가 쌍방으로 성립될 수 있다.[12]

그러나 개념 이론에서는 은유가 쌍방으로 성립할 수 없다. 인생은 여행이라는 은유는 성립해도 여행은 인생이라는 은유는 성립하지 않는다는 것이다. 인생의 탄생은 여행의 출발, 인생의 죽음을 여행의 도착은 성립되어도 여행의 출발은 인생의 탄생, 여행의 도착은 인생의 죽음이라는 말은 성립할 수 없다는 것이다. 누군가가 여행을 떠날 때 '그 사람이 이 세상에 태어났다'고 말하거나 여행을 마치고 집에 돌아왔을 때 '그가 이 세상을 떠나갔다'고 말하지 않는다는 것이다.[13]

> 몇 겹을 내비쳐야 푸른 속살 내비칠까
> 온 땅을 과녁 삼아 쏘아 붓는 그 화살을
> 그 누가 항변할 것인가 도리없는 이 질책
>
> — 장정애, 「소나기」 부분

소나기를 화살이라고 했다. 개념 이론에 따르면 의미의 기점은 소나기

---

12 김욱동, 앞의 책, 109쪽.

13 George Lakoff and Mark Turner, *More than Cool Reason*, pp.131~132.

이다. 소나기가 목표인 화살로 의미가 이동하는 것이다. 소나기는 갑자기 세차게 쏟아졌다가 그치고 화살 역시 갑자기 과녁으로 쏘아 붓다 그친다. 소나기는 화살이지만 화살은 소나기가 아니라는 얘기이다. 상호작용 이론에는 쏟아내는 것이 쌍방으로 작용하여 새로운 의미가 형성되지만 개념 이론에서는 소나기는 화살처럼 쏟아지지만 화살은 소나기처럼 쏟아진다고 말할 수는 없다는 것이다.[14]

4) 맥락 이론

치환 이론, 상호작용 이론, 개념 이론은 은유의 의미를 해석하고 실마리를 보편적 원리에서 찾으려고 하지만 맥락 이론은 이러한 원칙이 존재하지 않는다. 은유의 의미를 구체적인 상황에서 찾고자 한다. 은유의 의미가 상황과 맥락에 따라 얼마든지 달라질 수 있기 때문이다. 이런 점에서 맥락 이론은 역동적이고 상호 의존적인 특성을 갖는다.[15]

버그먼은 '은유가 일어나는 맥락과 그 은유를 사용하는 장본인이 누구인지 모르고서는 그 은유가 과연 무엇을 의미하는지 명확하게 말하기는 불가능하다'[16]고 말한다. 스탬보브스키도 '은유적 표현은 무엇보다도 먼저 오직 그 표현이 사용되는 어떤 맥락 안에서만 은유로서 이해할 수 있다'[17]

---

14 신웅순, 앞의 책, 161쪽.

15 김욱동, 앞의 책, 110쪽.

16 Merrie Bergmann, "Metaphorical Assertions", *Philosophical Review* 91 : 2(1982), p.231. 김욱동, 앞의 책, 110쪽에서 재인용.

17 Philip Stambovsky, *The Depictive Image: Metaphor and Literary Experence*(Amherst:

고 말했다. 은유는 맥락이 의미를 결정하게 할 뿐만 아니라 은유가 맥락을 결정 짓기도 한다는 것이다. 상황이 전제가 되어야 은유의 뜻을 알 수가 있다는 말이다.

예쁜 아이를 보고 '야, 이 여우야' 했을 때와 성인 여성에게 '야, 이 여우야' 했을 때 그 의미는 서로 다르다. 전자는 영리하고 똑똑하다는 칭찬이지만 후자는 약삭빠르고 교활하다는 질책이다. 장미꽃을 연인에게 주었다면 그 장미꽃은 사랑의 의미이고 선생님께 드렸다면 존경의 표시일 것이다. 같은 장미라 할지라도 상황에 따라 의미가 달라질 수 있다. 이렇게 상황에 따라 의미가 달리 읽힐 수 있다는 것이다.

> 맑아서 슬퍼지는 물빛꽃 저 눈망울
> 별빛이 몇십 광년 미치게 달려와서
> 망울진 그 눈빛 속에 퐁당 빠져 있는 게야
>
> — 최경희, 「산꽃」 전문

위 시조를 소녀와 여인에게 각각 들려주었다고 한다면 소녀가 해석한 산꽃과 여인이 해석한 산꽃은 그 의미가 다를 것이다. 은유는 '물빛꽃 = 별빛 = 산꽃'의 등식이다. 소녀는 순수하고 깨끗한 이미지를 떠올릴 것이고 여인은 그리움의 이미지를 떠올릴 것이다.

위 시조를 쓰게 된 상황과 은유가 일어나는 맥락에 의해 은유가 좌우된다고 본다면 은유의 뜻을 명확히 말한다는 것은 불가능하다. 접하는 상황이나 표현이 사용되는 맥락에서 의미를 해석할 수밖에 없다.

'물빛꽃'은 '맑아서 슬퍼지는' 맥락에서 찾아야 할 것이고, '별빛'은 '몇십 광년 미치게 달려온' 맥락에서, 또한 '눈빛 속에 빠진' 맥락에서 찾아야 할

University of Maccachusetts Press 1988), p.37.

제1부 시조 창작의 원리

것이다. '눈빛'은 '망울진' 맥락에서 그 의미를 유추해야 할 것이다. 그러나 은유는 한 맥락에서만 찾아야 하는 것이 아니라 맥락 전체에서도 처해 있는 상황에서도 찾을 수 있어야 한다. 이렇게 여러 맥락에서 찾을 수 있어 한 맥락에서만 가능하다는 은유의 전제는 무색해질 수밖에 없다.

상징처럼 은유도 전체 문맥을 필요로 할 때도 있을 것이다. 텍스트 자체뿐만이 아니라 텍스트를 읽는 분위기까지도 감안해야 상황에 맞는 은유를 찾아낼 수 있다.[18] 이처럼 맥락의 범위가 다양할 뿐만 아니라 이론적으로는 거의 무한에 가깝다고 말할 수 있을 것이다.

3. 은유의 원리[19]

1) 유사성의 원리

비유는 자아가 세계와 결합, 동일화되고 싶어 하는 욕구에서 비롯된다. 그러기 위해서는 두 사물 간의 의미의 유사성이 있어야 한다. 그래야 두 사물과의 결합을 시도하게 된다. 이 유사성의 원리에 의해 은유가 성립된다.

꽃잎이 타오르면 몸 속의 불 켜들고
나는 저 어두워지는 못 아래로 내려갔다

18 신웅순, 앞의 책, 163쪽
19 위의 책, 164~169쪽에서 발췌 정리.

어둠에 더욱 빛나는 고요가 끓는 뻘 속

죽은 이들이 돌아와 물은 홀로 넘치고
화톳불 이글거리는 내 음각의 눈물들은
깨끗한 팔을 들어 해를 건져 올렸다

— 박권숙, 「수련」 전문

수련을 해로 은유했다. '내 마음은 호수'보다 '수련은 해'가 더 참신하다. 유사성이 덜해야 의미가 확장된다. 독자들에게 신선한 이미지를 주게 되는 것도 이 때문이다. 참신하다는 의미는 두 사물 간의 유사성의 약화를 의미한다. 이는 두 기표 간의 의미의 저항을 가져와 이 때문에 의미의 증가를 가져오게 된다. 이럴 때 '두 기표 사이가 팽팽하게 긴장되어 있다' 라고 말할 수 있다.

수련과 해를 연결시키기 위해서는 생각이 필요하다. 위 시조는 '깨끗한 팔을 들어 해를 건져 올렸다'고 했다. 수련은 못이나 늪 같은, 진흙이 있는 물에서 자라나는 식물이다. 탁한 물에서 자라나는 것이기는 하나 꽃은 깨끗하고 아름답다. 이러한 밝은 이미지를 해와 연결시켰다. 둥근 모양이나 눈부신 것 등에서 수련과 해가 유사하다.

기표	기의		
수련	깨끗하다	접시 같다	아름답다
	ǀ	ǀ	ǀ
해	밝다	둥글다	눈부시다

두 기표 간의 상호작용에 의해 은유의 의미를 읽어낸다. 기표 간의 의미

제1부 시조 창작의 원리

의 유사성을 찾기 어려우면 독자들은 읽기를 포기한다. 은유의 객관성을 확보하기 위해서는 기표 간의 적당한 거리 유지가 필요하다. 적당한 거리는 두 사물의 축어적 의미가 멀지 않다는 것을 의미한다. 너무 멀면 두 의미 사이를 읽어낼 수가 없다.

2) 차이성의 원리

인간은 자아와 세계를 동일시하기도 하지만 비동일시하기도 한다. 비유는 비동일시에서도 탄생된다. 이는 현실로부터 도피하려는 본능적 욕구에서 비롯된다. 비동일시는 두 사물 간의 축어적 의미가 멀다는 것을 의미한다.

> 은유는 그 어떤 대상을 다른 용모로 뒤집어씌움으로써 그 대상에 의해 그 원모습을 지워버리고 만다. 우리들로서는 이러한 은유의 등뒤에서 현실을 피하려고 하는 인간의 그 어떤 유의 본능적인 움직임이 있다는 것을 솔직히 인정하지 않으면 안 된다.[20]

개념 이론에서는 기점(원개념)에서 시작하여 목표(매개념)로 옮아갈 뿐 기점과 목표 사이에 어떤 관계가 일어나지 않는다. A에서 시작하여 B로 이동한다면 A를 회피하기 위하여 B로 이동한다고 볼 수 있다. 은유는 A로부터 도피하려는 소망의 산물일 수 있다. 유사성에 근거한 것이 아니라 비유사성, 차이성에 근거한 것이다. 서로 이질적인 기호를 대치시킴으로써 의미의 긴장과 충돌을 가져오게 된다. A를 피하고 B로 이동한다고 해서 A의 속성을 B의 속성으로 가져갈 수는 없다. 회피는 유사한 쪽으로의 이동이 아니라 이질적인 쪽으로의 이동이다. 유사성보다는 차이성이 더 많이 요구되

---

20 Jose Ortega Y. Gasset, 『예술의 비인간화(*La Deshmanizin Del Arte*)』, 장선영 역, 삼성출판사, 1976, 340쪽; 김준오, 『시론』, 삼지원, 1993, 128쪽에서 재인용.

는 소이가 여기에 있다. A와 B의 차이성은 은유 의미의 확장을 가져온다. 그 때문에 독자들에게는 신선한 이미지를 제공해줄 수 있다.

지금,
떠나는 자
흔들리는 어깨 위에
가칠한 놀빛이 와 입술을 깨물고 있다.
잦아든
목숨의 심지
끝내 놓친 매듭 하나.
— 이승은, 「피아니시모」 전문

피아니시모는 음의 세기를 표시하는 음악 기호로 '아주 여리게'라는 뜻이다. 이 피아니시모를 '끝내 놓친 매듭 하나'라고 했다. 상징적인 의미는 있겠지만 '피아니시모'와 '놓친 매듭' 사이에는 아무런 관련이 없다. 매듭은 끈, 노, 실 따위를 잡아매어 마디를 이룬 것을 말한다. 이러한 마디가 피아니시모와 매치된 것이다. 음의 세기와 마디에는 어떠한 공통점도 찾아보기 어렵다. 긴장된 두 기호들이 서로 충돌, 팽팽하게 맞서고 있는 것이다.

피아니시모는 추상적이고 여리고 음악 기호이며 불가시적이고 과정을 뜻한다. 매듭은 물질적이고 적당하고 일상의 물건이고 가시적이며 끝을 뜻한다.

A와 B가 어떤 유사성도 찾을 수 없다면 의미 형성에 문제가 될 수 있다. 두 기호가 끝까지 대치하고만 있다면 독자는 의미 연결을 포기할 수밖에 없다. 위치 이동이 되었다고 해도 원개념의 의미가 전부 없어지는 것은 아니다. 다만 '팽팽한 정도가 세다'라고 말할 수 있다. 의미가 느슨하게 연결된 것이 아니라 팽팽하게 연결되어 있다는 얘기이다. 느슨하게 연결된 것은 '두 기호 사이의 의미의 거리가 가깝고 팽팽하게 연결된 것은 그 의미의 거리가 멀다'는 뜻이다. 거리가 멀수록 의미가 확장되고 가까울수록 의미가 축소된다는 뜻이다.

A와 B 사이의 유사성의 정도에 따라 양극단을 0과 1로 설정한다면 다음과 같은 도식으로 표시할 수 있다. 0은 차이성이 없고 유사성이 많은 정도를, 1은 유사성이 없고 차이성이 많은 정도의 표시이다.

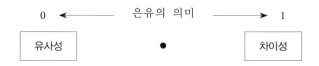

두 기표 사이에 유사성이 많으면 0의 영역에, 차이성이 많으면 1의 영역에 가까워진다라고 말할 수 있다. 은유는 언제나 '0 < 은유의 의미 > 1'의 범위에 놓이게 된다. 0에 가까울수록 신선도가 떨어지고 1에 가까울수록 신선도가 높아진다는 뜻이다.

유사성과 차이성도 따지고 보면 두 개념 간의 거리에 다름 아니다. 두 사물 간의 거리가 가깝거나 멀거나이다. 가까우면 유사성이 많고 멀면 차이성이 많다는 얘기다. 유사성 속의 차이성, 차이성 속의 유사성은 은유에 있어서 필수불가결한 속성이다. 서로 다른 기표끼리의 결합은 결국 서로 다른 사고끼리의 결합이다. 두 사물 간의 거리 조절이 얼마나 잘 되어 있는가는 바로 은유가 얼마나 신선한가를 의미한다. 이 두 사물을 어떻게 어디에 잘 결합시켜야 하느냐에 은유의 생명이 달려 있다.

4. 은유의 유형

1) 명사 은유
명사 은유는 두 명사가 결합하여 만들어내는 은유이다. 'A=B'의 형태나 'A의 B' 형태가 이에 속한다.

> 피면 지리라
> 지면 잊으리라
> 눈감고 길어올리는 그대 만장 그리움의 강
> 져서는 잊혀지지 않는
> 내 영혼의 자줏빛 상처
>
> — 이우걸, 「모란」 전문

위 시조는 'A=B'의 형태와 'C의 B' 형태를 다 갖추고 있다. A=B의 형태인 '모란은 상처'는 모란을 상처로 본 것이다. 모란은 5월에 피는 붉은 꽃이다. 이를 자줏빛 상처에 비유한 것이다. 자줏빛 상처라면 잊을 수 없는 사랑의 상처쯤으로 생각할 수 있다. 자줏빛 상처가 모란이라는 것이다. 제목에는 원개념 모란이 제시되어 있으나 텍스트에는 생략되어 있다.

C의 B의 형태는 '영혼의 상처'이다. 영혼과 상처가 두 명사를 결합, 하나

의 은유를 만들었다. 영혼은 정신적인 것, 상처는 물질적인 것이다. 영혼과 상처가 대등한 관계로서 상처는 피부에만 나는 것이 아니라 영혼에도 상처처럼 다칠 수도 있다는 것이다. 영혼과 상처, 정신적인 것과 물질적인 두 명사를 결합, 동격의 은유로 만들었다. 이 경우에는 모란이 상처라는 말이 아니라 영혼이 상처라는 것이다.

두 은유를 결합해보면 '모란은 상처', '영혼은 상처'인 'A=B, C=B'의 형태가 된다. 한 매개념인 '상처'(B)에 두 원개념, '모란'(A)과 '영혼'(C)이 결합된 은유이다.

> 우러르면 내 어머님 눈물 고이신 눈매
> 얼굴로 묻고 아 우주이던 가슴
> 그 자락 학같이 여시고 이 밤 너울너울 아지랑이
>
> — 이영도, 「달무리」

'우주이던 가슴'은 'B=A'의 형태, '우주=가슴'의 등식이다. 어머니의 가슴을 넓은 우주에 매치시켰다. 어머니의 가슴은 우주같이 넓다는 말이다.

'우주이던 가슴'을 '가슴은 우주이다'로 바꾸면 앞뒤의 어순만 달라진 'A=B'의 형태가 된다.

2) 형용사 은유

형용사 은유는 명사와 그 명사를 꾸며주는 형용사가 결합하여 만들어내는 은유를 말한다.

> 고개 들지 못하는 예쁜 죄 하나 저질러
> 없는 듯 들풀 같이 흔들리며 가려는 길에
> 허물만 손톱이 길어 찬 하늘을 긁는다
>
> — 박재두, 「들풀같이」 부분

'예쁜 죄'는 형용사 은유이다. 'B의 A'의 형태이다. '예쁘다'는 뜻은 생긴 모양이나 하는 짓이 아름다워서 보기에 귀엽다는 뜻이다. 죄는 양심이나 도의에 벗어난 짓을 뜻한다. 도의에 벗어난 짓을 아름다운 모양이나 짓에 비유했다. 죄가 예쁠 리가 없다. 역설일 수는 있겠지만 나쁜 짓을 예쁜 모양으로 은유했다. 그렇게 함으로써 죄를 정당화시키고 있다.

> 나의 그리움은 오직 푸르고 깊은 것
> 귀먹고 눈 먼 너는 있는 줄도 모르는가
> 파도는 뜯고 깎아도 한 번 놓인 그대로
>
> — 이영도, 「바위」 전문

'B의 A'의 형태인 '푸르고 깊은 그리움'이다. 깊고 푸른 것은 바다 같은 것들일 것이다. 바다는 눈으로 볼 수 있고 깊이를 측정할 수 있는 물질적인 것이다. 그리움은 눈으로 볼 수도 없고 깊이를 측정할 수가 없다. 그리움은 마음으로만 느낄 수 있는 것인데 그리움을 바다와 같은 푸르고 깊은 구체적인 것으로 은유했다. 명사인 그리움의 비물질적인 것을 형용사인 푸르고 깊은 구체적인 바다와 같은 물질적인 것으로 치환시켰다.

3) 부사 은유

부사 은유는 부사가 동사나 형용사를 꾸며주는 데서 생기는 은유를 말한다. 이때 모순어법이 구사되어 역설을 불러일으키게 되는 경우가 많다.

> 저물 듯 오시는 이
> 늘
> 섦은
> 눈빛이네.

엉컹퀴 풀어놓고
시름으로
지새는
밤은

봄벼랑
무너지는 소리
가슴 하나 깔리네.

　　　　　　　　　— 한분순, 「저물도록 오시는 이」 전문

　'저물다'는 말은 해가 져서 어두워지는 것을 말한다. 일상적인 말에서 사
람이 저물듯이 올 수는 없다. 날이 저물거나 해가 저무는 것은 이해가 가
지만 사람이 저물게 오는 것은 이해가 가지 않는다. 또한 저물 듯 가는 것
은 이해가 되지만 저물 듯 오는 것은 이해가 가지 않는다. 정서를 환기시
키는 데 이러한 역설적인 시적 표현은 많은 생각을 하게 만든다.

　화자는 사랑하는 님을 간절히 기다리고 있다. 그래서 온다는 표현을 '저
물듯이'라는 부사어를 통하여 더욱 가슴 아프게 만들고 있다. 온다는 사람
은 화자가 사랑하는 사람이다. '저물듯이'라는 부사어로 '온다'는 말을 은
유한 것이다. 하도 오지 않기에 그 답답한 마음을 해가 저물다라는 말로
은유했다.

　'B듯이 A이다'가 부사의 은유 형태이다.

4) 동사 은유

　동사 은유는 주체의 묘사와 행동 때문에 생기는 은유이다. 그 때문에 의
미를 가장 실감 나게 표현할 수 있다. 의미를 직설적으로 드러내지 않기
때문에 명사 은유나 형용사 은유 또는 부사 은유보다 훨씬 더 은근하다.

이 동사 은유는 일상생활에서나 문학작품에서 가장 많이 쓰이는 은유이다.[21] 동사 은유는 변형동사와 서술동사로 나눌 수 있다.[22]

변형동사는 '만들다', '되다'와 같이 한 대상을 다른 어떤 것으로 바꾸어 놓는 동사이다. 'A는 B가 되다'와 같은 형태이다.

> 닳아, 닳아진다면 천만 번 티끌 되었거니
> 쌓아, 쌓여진다면 억만 번 태산 되었거니
> 이 자리 천년을 서서 강이 되고 바다가 되고
>
> — 서숙희, 「생각」 전문

화자는 생각이 티끌이 되고 태산이 되고 강과 바다가 된다고 했다. 생각은 추상어이고 티끌, 태산, 강, 바다는 구체어들이다. 생각은 마음속으로 판단하거나 인식하는 일을 말한다. 이러한 추상어가 티끌 태산이 된다는 것은 상상할 수 없다. 생각이라는 추상적인 기호를 구체적인 기호 티끌 태산 등으로 변형시켜 은유한 것이다. 비물질적이고 비가시적인 기호를 물질적이고 가시적인 기호로 대체했다.

'생각은 티끌/태산/강/바다(이/가) 되다'는 'A는 B가 되다'의 은유 형태이다.

서술동사의 은유는 A라는 기호를 B라는 기호의 동사로 서술, 묘사하여 은유한 것을 말한다.

---

21 김욱동, 앞의 책, 133쪽.

22 위의 책, 133~135쪽. 김욱동은 동사 은유로 연계동사, 변형동사 그리고 서술동사 등 세 가지를 들었다. 연계동사란 한 대상이나 개념을 다른 대상이나 개념으로 이어주는 동사를 말한다. '-이다'처럼 존재나 상태를 가리키는 동사가 바로 여기에 속한다. 그러나 '-이다'는 우리 문법에서는 서술격 조사로 분류되어 있다. 명사에 서술격 조사 '-이다'를 붙여 만든 것은 명사 은유로 볼 수 있기 때문에 동사 은유에서 이를 제외했다.

제1부 시조 창작의 원리

멀리 보낸 그리움, 그대 맘에 닿지 못하고
그 언저리 맴돌다 와도 마냥 행복했는데

그리움
그도 늙었나
저만치 가다 돌아서네
— 김원각, 「첫사랑 그리움」 전문

'늙었나', '돌아서네' 등은 동사 은유이다. 사람이 늙는 것이고 사람이 돌아서는 것이지 그리움이 늙거나 돌아서는 것은 아니다. A라는 그리움을 B라는 사람으로 빗대어 은유했다. 그리움을 사람처럼 묘사한 동사 은유 때문에 첫사랑이 실감 나게 그려져 있다.

우리 차(車)가
왜 이리
힘들어하죠, 아빠

뒤에서
밀어야 할까 봐요

어영차

차랏 차 차 차

따르던
별들이 송송송
오선지를 달려요.
— 김주석, 「다영이」 전문

별들이 달린다고 했다. 별들은 반짝이는 것이지 사람처럼 달리는 것은 아니다. 무생물을 의인화시켰다. 움직이지 않던 차가 갑자기 달리니까 하늘에서 반짝이던 별들이 오선지 위를 달리는 것으로 그 행동을 묘사했다. 별들을 음표로 은유하고 별들이 따르는 모습을 오선지에서 달리는 모습으로 은유했다.

'사람=별, 음표'의 등식이 성립한다. '송송송'은 구멍 같은 것이 또렷또렷 많이 뚫린 모습을 말한다. 오선지를 달리는 모습을 별들이 노래하는 모습으로 은유했다.

5. 은유의 종류

은유는 원개념(축어적 관념)과 매개념(비유적 관념)이 명시적으로 드러나 있느냐 묵시적으로 드러나 있느냐에 따라 네 가지 형식으로 나눌 수 있다.[23] 원개념과 매개념이 둘 다 명시적으로 드러나는 경우, 둘 다 묵시적으로 드러나는 경우, 아니면 어느 하나가 명시적이거나 묵시적으로 드러나는 경우이다.

> 출렁이는 장미밭은 대낮 같은 불빛의 궁전
>
> 한창 어여쁜 음모 거미줄을 치고 있다.
>
> 수상한 기침 소리만 꼬리에 꼬리를 물고…

---

23 위의 책, 140쪽.

누가 겹겹으로 도화선을 깔았는가

구석마다 부챗살 그리며 그림자 걷혀 가자

일제히 솟는 불기둥

뒤집히는 색채의 폭발.
— 박재두, 「꽃밭의 모반」 전문

　원개념과 매개념이 명시적으로 드러난 경우이다. 원개념은 '장미밭'이고 매개념은 '궁전'이다. 갖가지 장미들이 요란하게 피어 색채들이 폭발하고 있는 장미밭을 대낮같이 화려한 불빛의 궁전으로 비유했다. 원개념과 매개념이 명시적으로 드러나 있어 비유의 뜻을 쉽게 짐작할 수 있다.

　　　오동나무 숨은 소리 님이라 부르노라
　　　열세 줄 오리오리 젖 먹은 핏줄인가
　　　가락은 내 모르건만 넋이 불러 님이라네
— 한설야, 「가야금」 부분

　가야금의 열세 줄을 젖 먹은 핏줄로 은유했다. 님에 대한 그리움이 사무쳤기 때문이라 생각된다. 명시적으로 드러난 비유는 이렇게 작가의 의도를 쉽게 짐작할 수 있다.

　　　그날도 하루 종일
　　　괜한 눈만 내렸었다

　　　무성영화 속으로
　　　무너지는 종소리

지금껏 건네지 못한

눈에 갇힌
목소리…

— 전병희, 「그 소녀」 전문

위 시조는 원개념과 매개념이 둘 다 암시적으로 드러난 경우이다. 확연히 드러내지 않기 때문에 텍스트를 꼼꼼히 읽어보지 않으면 의미를 짐작하기 어렵다. 원개념이 생략되어 있는 것도 그렇고 매개념조차도 확연하게 드러나 있지 않다. 그 소녀를 설명하려고 하고 있지만 분명하게 드러나 있지 않다. 제목이 없으면 무엇을 은유했는지 알 수가 없다. 제목과 연결시켜보면 '그 소녀'는 '종소리', '목소리'쯤으로 짐작할 수 있다. 이 또한 소녀와도 유사성을 갖고 있지 않다. 그 소녀라는 사람을 종소리나 목소리라는 추상적인 기호로 매치시켰을 뿐이다. 그렇다고 '그 소녀'가 반드시 원개념이라고 볼 수도 없을 정도로 모호하다. 그녀의 그 무엇을 은유했는지도 모른다. 오히려 이런 모호성 때문에 은유의 진가를 발휘할 수도 있다.

소녀를 '무성영화 속으로', '무너지는 종소리'쯤으로 은유했다. 화자의 상상력은 여기에서 끝나지 않는다. 눈에 갇힌 목소리로 또 은유했다. 그 소녀는 무너지는 목소리요 눈에 갇힌 목소리이다. 독자들에게 은유의 의미를 맡길 수밖에 없다.

세 번째는 원개념은 암시되어 있고 매개념만 드러난 경우이다.

그대는 총애받는 어느 왕조 여인처럼

색조도 짙은 미소 농염어린 눈길하며

담 너머 소문난 자색 뉘 가슴인들 성했으랴.

타고난 운명대로 끝 모를 유혹의 체질

　　더운 피 짙은 향기로 제 몸살 제 앓으며

　　한 왕조 사로잡고도 붉게 타는 저 입술
　　　　　　　　　　　　　　　— 이차남, 「장미」 전문

　붉은 입술을 가진 어느 왕조의 여인을 빌려 장미를 은유했다. 원개념이
제목에는 나타나 있으나 텍스트 내에는 나타나 있지 않다. 제목을 보지 않
으면 무슨 꽃인지 알 수가 없다. 모란 같은 화려한 다른 꽃일 수도 있다.
원개념은 암시적으로 드러나 있고 매개념은 명시적으로 드러나 있다.

　'저 입술'에서 '저'는 대상을 보고 하는 말이다. 장미가 텍스트 밖에 있어
원개념이 반드시 장미라고 생각할 수는 없다. 여인이 텍스트 내에 직유로
처리되어 있어 장미가 여인으로 여인이 입술로 은유 이동했다고 보는 것
이 옳을 것 같다.

　네 번째는 원개념은 명시적으로 매개념은 암시적으로 드러나는 경우이
다.

　　언제부터 울었을까
　　백두의 햇살 눈뜨는 곳
　　차마 잠들 수 없는
　　저 천년의 피리 소리
　　별 하나 어둠을 사루며
　　단념 밖으로 나서고.

　　더께더께 쌓인 세월
　　뼈 시린 결빙의 땅
　　우직한 소 한 마리

휴전선을 넘고 있다
아득히 감겼다 펴는
천만년의 춤사위.

한 번도 주목받지 못한
하찮은 쑥부쟁이
때론 슬픔이고 기쁨인
저 들판에 서서
긴 세월 어두운 세상
등불 밝히고 있다.

— 이승태, 「새천년」 전문

피리 소리가 '아름답다'라든지 '구슬프다'라든지 등은 쓸 수는 있어도 '잠들다', '잠들지 않다'라고는 쓸 수 없다. 원개념 '피리 소리'를 매개념 '살아 있는 사람'으로 은유했다.

셋째 수의 쑥부쟁이는 산이나 들에 피어나는 식물이다. 이것이 들판에 서 있거나 어두운 세상에 등불을 밝힐 수는 없다. 들판에 핀 쑥부쟁이를 들판에 서 있거나 등불을 밝히는 사람으로 은유했다. '피리 소리', '쑥부쟁이' 같이 원개념이 명시적으로 드러나 있지만 '잠들 수 없는', '들판에 서서', '등불 밝히고'와 같이 의인화되어 있어 매개념이 암시적으로 드러나 있을 뿐이다.

제1부 시조 창작의 원리

제6장

상징

1. 상징의 정의

상징(symbol)의 어원은 그리스어로 '짜맞추다'를 뜻하는 동사 symballein에서 유래한 말이다. symballein의 명사형 symbolon은 부호(mark), 증표(token), 기호(sign)를 뜻한다. 그렇다면 상징은 어떤 것을 대신하는 기호라고 볼 수 있다.

『우리말 큰사전』에 의하면 상징은 '추상적인 사물이나 개념을 구체적인 사물로 나타내는 것'[1]을 말한다. 『웹스터 사전』에는, 상징은 '관련이나 연상이나 관례 또는 의도적이 아닌 우연적 유사성에 의하여 다른 무엇을 대신하거나 암시하는 그 무엇'[2]이라고 했다.

상징은 어떤 것을 다른 무엇으로 나타내야 한다. 원개념이 '어떤 것'에 해당되며 '다른 무엇'이 매개념에 해당된다. 상징에서는 매개념은 제시되어 있으나 원개념은 제시되어 있지 않다. 매개념이 원개념의 의미에 이를

---

[1] 한글학회, 『우리말 큰사전』, 1992.

[2] *Webster's Third New International Dictionary*, Springfield: G&C Merriam Company, 1971.

때까지 문맥의 도움을 받아야 한다. 매개념으로 원개념을 유추해야 하기 때문이다.

2. 상징의 종류[3]

1) 관습적 상징

관습적 상징은 역사나 종교 등 같은 문화권이면 누구나가 이해할 수 있는 보편적인 상징이다. 인습적 · 제도적 · 문화적 · 자연적 상징들이 이 범주에 포함된다.

    이만큼 뻗었으면
    한껏 자란 것을
    나이테 팽개치고
    세속 또한 물리치고
    마음을 비워온 것이
    영생하는 길이려니

    바람이 불어오면
    상념 끝을 쓸어내고
    한 삭신 풍상 속에
    마디마디 빈 공간

---

3 휠러(P. Wheeler)는 상징은 언어적 상징과 문학적인 상징으로 구분한 바 있다. 여기에서 문학적 상징은 언어나 과학의 논리성에 의한 상징들과는 달리 암시하는 의미가 다양하게 해석될 수 있는 모호성을 가진 상징들을 의미한다. 문학적 상징은 그 환기력의 범위에 따라 다시 관습적 상징, 원형적 상징, 개인적 상징 등으로 유형화된다. 한국비평가협회 편, 『문학비평용어사전(하)』, 국학자료원, 2006, 146쪽.

꺾이는 아픔이어야
이 시절을 노래하지

오로지 올려다보는 것이
하늘, 하늘임을
누대의 변혁을
신화처럼 잠재우고
초승달 괴괴한 밤엔
죽창으로 서 있는가

—장지성, 「죽」 전문

사군자는 문인화의 대표적인 화목으로 매화·난초·국화·대나무를 말한다. 우리나라의 선비·문사들은 이들을 고결한 군자의 인품에 비유하여 즐겨 그려왔다. 온갖 고난 속에서도 스스로의 의지를 굽히지 않는 이들의 생태적 특성은 유교적 인륜 의식과 결부되어 변함없는 절개와 지조의 상징으로 널리 애호되어왔다. 그중에서도 대나무는 예로부터 선비의 고결하고 매운 기개를 상징한다.

위의 시에서는 마음을 비우며 살아야 하고 꺾이는 아픔을 노래하고 있다고 했다. 올려다보는 것은 오로지 한 점 부끄럼이 없는 하늘이다. 이런 하늘은 윤동주의 「서시」에서도 그대로 나타나고 있다. 죽창은 또한 우리 민초들의 끈질긴 생명을 상징하기도 한다. 죽이나 죽창은 외세의 침략이 빈발했던 우리 민족에게는 누구나 다 공감할 수 있는 전통적인 절의의 상징으로 여겨져왔다.

2) 원형적 상징

원형은 한 사회, 집단, 종족을 지배해온 의식의 틀로 사물들의 본질을 집약시킨 어떤 원리의 범주[4]이다. 역사, 종교, 문학 등에서 무수히 반복되어온 본능적이고 선험적인 집단 무의식의 원초적 이미지이기도 하다. 이러한 근원적인 이미지가 작품 속에 상징화되어 나타나는 것이 원형적 상징이다. 물이 신비 · 탄생 · 죽음 · 정화를 상징하고, 빛이 근원 · 신성을, 어둠이 혼돈 · 죽음을, 봄 · 여름 · 가을 · 겨울이 탄생, 성장, 노쇠, 죽음을 상징하는 것들이 바로 그것이다.

> 하늘이 만판 내려와 빛을 빚는 가을걷이
> 무슨 영을 받드는지 햇살은 눈을 굴리고
> 불 쓰는 제단의 손을 힐끔힐끔 돌아봤다
> 물소리 가슴을 흘러 고요가 눈을 뜨면
> 법의 자락에 끌려 빠지지 타는 생각
> 신전이 잠시 뜨는 걸 곁눈질로 보곤 했다.
> 가을빛 들끓는 곳 번뜩이는 갈겨니떼
> 기도가 하늘에 닿으면 지상에 버는 꽃잎
> 그 꽃빛 밤이면 별로 숨 쉬는 걸 나는 보았다
> —— 이상범, 「신전의 가을」 전문

신전은 신령을 모시는 전각이다 일찍 농경사회가 시작된 이래로 우리 고대 사회는 추수가 끝날 무렵 동맹, 무천, 삼한의 10월제 같은 농경 의례를 행해왔다. 결실의 계절에 신께 추수감사절과 같은 제천의식을 행한 것이다. 이러한 의식은 신전에서 베풀어졌는데 신전은 인간계와 신계를 연결하는 통로 구실을 하는 신성한 공간이었다.

하늘은 그 자체에 부여된 신격으로 인해 우주를 창조한 초월적 존재로 간주된다. 비를 내리게 하여 모든 작물의 수확을 책임지는 존재로, 신들이

---

4 김용직, 『현대시원론』, 학연사, 1988, 312쪽.

제1부 시조 창작의 원리

거처하는 신성한 공간으로 상징된다.[5]

불은 영웅 탄생이나 정화, 생명력을, 햇빛은 근원, 생성, 희망을, 물 역시 창조의 원천으로 풍요, 생명력을 상징한다. 생명력이 넘치는 물 속의 갈겨니 떼들은 풍요를 상징한다고 보여진다. 하늘, 불, 햇빛, 물 등의 이미지들은 원형적 상징들이다.

이러한 원형적 상징은 현대시에 있어서 시대나 사회의 정신적인 갈망에 부응하는 중요한 이미저리로 작용하고 있다.

3) 개인적 상징

개인적 상징은 개인의 독특한 체험이 바탕이 되기 때문에 일반적인 심상에 기초를 두지 않고 개인적인 심상에다 포커스를 맞춘다. 개인의 독창적 표현에 의해 이미지가 이루어지기 때문에 보편적인 상징과는 달리 독특한 의장이 문맥 속에 숨겨져 있다.

> 목수가 밀고 있는
> 속살이
> 환한 각목
>
> 어느 고전의 숲에 호젓이 서 있었나
>
> 드러난
> 생애의 무늬
> 물젖는 듯 선명하네
>
> 어째 나는 자꾸, 깎고 다듬는가

---

5 한국문화상징사전 편찬위원회, 『한국문화상징사전』, 동아출판사, 1992, 623쪽.

톱밥
대패밥이
쌓아가는 적자더미

결국은
곧은 뼈 하나
버려지듯 누웠네

— 서벌, 「어떤 경영 1」 전문

목수가 밀고 있는 속살 환한 각목은 어느 고전의 우람한 나무였다. 살아왔던 생애의 나이테가 선명하다. 깎고 깎고 다듬었지만 결국 대팻밥처럼 적자 더미만 늘어갈 뿐이다. 결국 버려지듯 뼈 하나가 누워 있다. 여기에서 '뼈'는 '올곧은 정신'을 상징하는 것으로 보여진다. 이는 시인, 서벌만의 독특한 의장이다.

개인적 상징은 시인이 개인적으로 특수하게 의미를 부여해서 생긴 상징이다. 보편성이 없기 때문에 난해하기도 하지만 심리적인 특성이 드러나 있어 개인의 독특한 심상을 읽어낼 수 있다.

나루는 몸을 틀어 마을 가는 길을 내어
머슴새 쑥빛 울음 그 소리 엮는 거냐
갑자기 돌이 되는 사내 목에 노을 걸었다

— 서벌, 「어떤 경영 36」 부분

'나루가 몸을 틀어 길을 내고, 쑥빛 울음 그 소리를 엮고, 돌이 되는 사내 목에다 노을을 걸고' 등의 언어 배치는 매우 독특한 개인 심상을 보여주고 있다. 언어 배치에 의해 생기는 이러한 상징은 그만의 독특한 의장이다.

개인적 상징은 같은 시어라도 사람에 따라 달리 의미를 배치시킬 수 있

제1부 시조 창작의 원리

다. 그것은 보편적이고 인습적인 것과는 달리 문맥 간의 언어들을 긴장시켜 의미를 새롭고 생생하게 만들어 낼 수 있다.

3. 상징의 특성[6]

1) 다의성

인습적 상징이나 알레고리는 원개념과 매개념이 흔히 1대 1로 조응되어 있고 원개념이 제시되어 있지 않다. 원개념 제시 없이도 원개념과 매개념의 관계가 1대 1이면 이미 상징으로서의 효력은 상실된다. 의미가 고정되어 있기 때문에 진정한 의미에서의 상징이라고는 볼 수 없다.

상징은 원개념과 매개념의 관계가 다대일이다. 상징은 상징이 내포하고 하는 원개념의 의미가 고정되어 있지 않고 문맥에 따라서 얼마든지 달라질 수 있다.

> 첩첩 산속 찾아갔더니
> 그분은 부재 중이다
>
> 한 동자가 그의 처소를
> 일러준 대로 찾아갔더니

6　홍문표는 다의성 · 암시성 · 분위기 · 초월성 · 입체성 · 문맥성으로 분류했고, 문덕수는 동일성 · 다의성 · 암시성으로, 김준오는 동일성 · 암시성 · 다의성 · 입체성 · 문맥성 등으로 제시해놓았다. 홍문표, 『현대시학』(양문각, 1995); 문덕수, 『시론』(시문학사, 1993); 김준오, 『시론』(삼지원, 1993); 신웅순, 『한국시조창작원리론』(푸른사상, 2009, 80~86쪽 참조.

잠실의 우리집 아파트
아내와 마주쳤다

—김원각, 「부처」전문

아내가 상징하는 것은 무엇인가. 두려운 존재 같기도 하고, 거룩한 존재
같기도 하고, 편안한 종교 같기도 하다. 언뜻 제목이 부처로 되어 있어 아
내는 부처로 은유되어 있는 것처럼 보인다. 그러나 문맥 간을 살펴보면 꼭
그렇지만 않은 뭔가를 상징하고 있다는 것을 알게 된다.

아내는 남편을 꿰뚫어보고 있으며 숨겨진 생각까지 속속들이 알고 있
다. 말을 하지 않을 뿐 비수 같은 말 한마디를 던지기도 한다. 화자는 부처
인 그분을 찾아 나섰지만 부처는 결국 집에 있는 아내였다는 것이다.

아내는 무엇을 상징하고 있을까. 두려움, 편안함, 거룩함 등 여러 의미
로 읽힐 수 있다. 아내는 부처의 의미 외에 부처를 통해 어떤 깨달음에 이
르게 된다는 깊은 의미로도 읽힐 수 있다. 은유를 넘어 상징으로 읽힐 수
있는 이유이다.

2) 동일성

상징은 이질성에서 출발한다. 매개념이 이질적인 원개념과 일체가 되기
위해서는 매개념에서 원개념으로의 의미 작용이 일어나야 한다. 몇 번의
기표 과정을 거치면서 의미를 결합시켜가야 한다. 가시와 불가시, 물질과
비물질, 구상과 추상 사이에는 의미 저항이 있기 마련이다. 원개념과 매개
념 사이의 의미의 저항선을 통과하게 되면 새로운 의미가 형성된다. 매개
념과 원개념이 일체를 이루게 되는 것이다. 이것이 동일성이다.

별들이 숨어서지
파도 소리 담겨서지

제1부 시조 창작의 원리

물소리 담아서지
산소리 받아서지

한 바달
흰나비 떼가
하늘 끝을 찾는다

— 박석순, 「종소리」 전문

하늘가에 퍼지는 종소리를 흰나비 떼가 하늘 끝을 찾아가는 것으로 되어있다. 은유이다. 그러나 흰나비 떼는 종소리만을 은유하고 있는 것은 아니다. 문맥들을 살펴보면 흰나비 떼는 종소리를 넘어 무엇인가를 상징하고 있음을 볼 수 있다. 별, 파도, 물, 산 같은 자연의 소리인 의미의 저항을 받고 있다. 이를 통과해야 상징에 이를 수 있다.

흰나비 떼들은 종소리로 이런 자연의 소리를 담기도 하고 받기도 하면서 하늘 끝을 찾아가고 있다. 종소리가 가는 곳은 하늘 끝, 평화의 상징인 인간이 꿈꾸는 유토피아일 것이다.

흰나비 떼, 즉 종소리는 별, 파도, 물, 산 같은 의미들을 결합, 저항선을 통과하면서 종국엔 이상향이라는 의미로 수렴하게 된다. 동일성에 이르게 되는 것이다.

3) 암시성

암시는 넌지시 일깨워주는 것을 말한다. 매개념으로 원개념의 의미를 암시해주어야 한다. '머리를 풀어헤치고 하늘로 올라가는 것은 무엇이냐고 물었을 때 '연기'라고 대답한다. 머리를 풀고 하늘로 올라가는 모양이 연기의 모양을 은연중 암시하고 있기 때문이다. 매개념은 확정적 의미로써 드러내는 것이 아니라 무언가를 암시하기 위해서 제시된다. 객관적 상

관물로 분명하게 드러내어져서는 안 되고 암시하기만 하면 되는 것이다.[7]

> 꽃이
> 고운 꽃이
>
> 환장하게
> 고운 꽃이
>
> 사람은
> 간 데 없는
>
> 무덤가
> 거기 피어
>
> 돌 위에
> 창자를 놓고
>
> 찧는 듯이
> 아파라
>
> — 이종문, 「꽃」 전문

　매개념 꽃은 평범한 꽃은 아니다. 환장하게 곱고 그것도 무덤가 돌 위에 창자를 놓고 찧을 듯 아픈 꽃이다. 이럴 때 우리는 그와 관련된 여러 꽃들을 연상하게 된다. 죽은 넋으로 피었다는 상사초 같은, 할미꽃 같은 사랑하는 이의 무덤가에 핀 꽃 등등 여러 꽃들을 떠올리게 된다. 창자를 놓고 찧는 듯이 아프다고 했으니 분명 흔한 꽃이라고는 생각하지 않는다. 달랠 수 없는 한 많은 어떤 여인일 수도 있고, 피치 못할 어떤 가슴 아픈 사연이 있는 여인일 수도 있다. 이렇게 상징은 매개념을 통해 무엇인가를 암시하

7　홍문표, 앞의 책, 265쪽.

　　　　　　　　　　　　　　　제1부　시조 창작의 원리

고 있다.

4) 초월성

시인은 현실 세계를 뛰어넘어 피안의 세계를 투시할 줄 알아야 한다. 현실 세계를 통해 이상 세계에 숨겨져 있는 진실을 볼 수 있어야 한다. 현실을 초월하여 근원적인 이미지를 제시해주는 것이 초월성이다.

이육사의 「절정」은 '이러매 눈감아 생각해 볼 밖에/겨울은 강철로 된 무지갠가 보다'에서 현실 세계를 넘어 초월적 세계를 강철로 된 무지개로 제시해놓고 있다. 시인이 예언자 역할을 할 수 있는 것도 이러한 상징에서 비롯된다고 볼 수 있다.

> 마음 맑게 괴는 곳에 빈 터 하나 열린다
> 높은 산 둘러 앉히면 만사가 쉬게 된다.
> 극명한 이 이치 하나로 내 속에 세워진 절
>
> ─ 김원각, 「백담사」 전문

내 속에 세워진 절은 물론 백담사를 두고 말한 것이다. 그러나 내 속에 세워진 절은 백담사만의 얘기는 아니다. 이것은 현실 속에 세워진 절이 아니라 현실을 초월한 그 무엇인가를 상징하고 있다.

마음 맑게 괸 빈터에 높은 산 둘러앉혀 만사를 쉬게 하는, 여기에 극명한 이치 하나로 세운 내 속에 있는 절이다. 이 절은 현실을 초월한 정신 속에 있는 절이다. 그것이 무엇인지는 확실히는 알 수 없으나 화자가 꿈꾸고 있는, 현실을 초월한 그 어떤 세계임에는 틀림없을 것이다.

5) 입체성

상징은 물질과 정신과의 결합이며 구상과 추상과의 결합이다. 이 두 개념들이 조용하게 되면 불가불 입체성이 드러나게 된다. 입체는 상하좌우가 부피를 갖는 삼차원의 세계이다. 언어의 상징적 사용을 위해서는 매개념으로 하여금 여러 정황들을 동원시켜 입체적으로 구성할 필요가 있다.

> 천지에 왼통 천지에 당신 밖에 없습니다
> 내 안에도 내 밖에도 당신 밖에 없습니다
> 나 하나 설자리에도 당신 밖에 없습니다
>
> — 류제하, 「변조 18」 전문

당신의 상징은 입체적이다. 천지 속의 당신은 상하좌우 중심에 있다. 당신은 하느님일 수도, 부처님일 수도 있고 상황에 따라서는 부모일 수도 친구일 수도 있고 사랑하는 이일 수도 있다. 안에도 밖에도 당신 밖에 없다는 말은 안과 밖이 당신을 중심으로 입체적으로 둘러싸여 있다는 말이다.

초장에서는 천지라는 거대한 공간에 당신이 있고, 중장에서는 나와 내 밖의 축소된 공간에 당신이 있다고 했다. 종장에서는 내가 있는 자리에 당신밖에 없다고 했으니 공간은 더욱 축소되어 있다. 당신을 중심으로 카메라가 먼 데서 가까운 곳으로 이동되어 가고 있어 마치 애니메이션을 보는 것 같은 입체성을 느끼게 된다.

6) 문맥성

상징은 한 문장에서 해석될 수 있는 것이 아니다. 문맥 전체를 통해 해석해야 한다. 개인의 배경지식, 문화에 따라 달라질 수 있다. 읽어가는 문맥 하나하나에 의미가 생성되기 때문에 상징은 전후 좌우의 문맥에 의존할 수밖에 없다. 이러한 문맥에 의해 상징은 살아 있는 언어로 탈바꿈되고 생기 있는 언어로 새롭게 탄생된다.

정갈한 댓돌 위에
여린 햇살이 따습다

고단한 낙엽 한 잎
흰 고무신 속에 들어

어디로
가야 하는지

부처님께 묻고 있다

— 신군자, 「산사에서」

    낙엽 한 잎은 무엇을 상징하고 있을까. 고단한 낙엽 한 잎이 흰 고무신 속에 들어 있다. 이 중장의 구절 하나로는 낙엽 한 잎이 무엇을 상징하고 있는지 알 수 없다. 초장의 '정갈한 댓돌', '여린 햇살'과 종장의 '부처님께 묻고 있다'의 문맥 그리고 제목까지 도움을 받아야 비로소 상징하는 바를 짐작할 수 있다.

    제목에 산사라는 단어가 들어 있다. 초장에서는 저녁 산사의 고즈넉한 저녁 풍경을 보여주고 있다. 그 정갈한 댓돌 위의 흰 고무신 속에 낙엽 한 잎이 떨어져 있다. 종장에서 낙엽 한 잎이 어디로 가야 하는지 부처님께 길을 묻고 있다. 비로소 상징의 의미가 무엇인지 짐작이 간다. 고무신은 스님의 발이기도 하고 스님의 길이기도 하다. 가야 할 길을 부처님께 묻고 있으니 딱히 스님으로만 단정지을 수는 없지 않은가. 바로 세상을 살아가는 어리석은 중생들, 스님만이 아닌 우리들이 가야 할 먼 수행길이라는 생각이 든다. 바로 진리라는 화두를 중생들에게 던져주고 있다. 제목과 초장·종장의 문맥에 의해 그 의미가 변화되는 과정을 보여주고 있다.

제7장

환유

1. 은유와 환유

문장은 각기 선택된 언어들이 일정한 순서에 의해 결합됨으로써 가능하다. 하나의 언어 목록에서 선택된 언어는 다른 언어 목록에서 선택된 언어와 결합함으로써 문장이 이루어진다. 야콥슨은 이러한 수직의 선택 관계 즉 유사 관계를 은유에, 수평의 결합 관계, 즉 인접 관계를 환유에 상응시켰다.

→ 환유

나는	셰익스피어를	읽었다
너는	괴테를	보았다
그대는	헤밍웨이를	사랑했다

↓
은유

은유는 원개념과 매개념과의 관계이지만 환유는 지시나 지칭과의 관계이다. '그녀는 곰이다'라고 한다면 원개념 '그녀'와 매개념 '곰' 사이에서 '미련하다'라는 새로운 개념이 산출된다. '그녀'라는 용기에 '곰'이라는 물체를 넣으면 '곰'의 원래의 의미는 사라지고 '미련한 그녀'의 새로운 의미가 채워진다.

은유는 'A=B'의 형식으로 두 개념 간의 합의점을 찾아낸다. 해석의 한계는 있지만 은유는 원개념 A와 매개념 B사이에서 새로운 의미를 찾아내야 하지만 환유는 지칭하고 있기 때문에 은유와 같은 새로운 의미를 산출할 필요가 없다.

'나 오늘 한 잔 했어.'라고 한다면 '잔'은 새로운 의미를 산출하지 않는다. 잔 속에 존재하거나 잔과 인접된 것, '술'을 의미한다. 용기 '잔'은 잔 속에 있는 '술'을 지시하는 것이다. '한 잔'이라는 언어가 '나' '오늘' '했어'라는 언어들과 결합함으로써 '잔'은 '술'을 지칭하게 되는 것이다. 매개념 '잔'이 원개념 '술'을 지칭하는 것이다. 지칭하기 때문에 매개념만 나와 있고 원개념은 생략되어 있다.

2002년 월드컵 개막전에 프랑스와 세네갈의 축구 경기가 벌어졌었다. 그때 프랑스가 세네갈에게 1대 0으로 패했다. 신문에 '검은 사자, 에펠탑 무너뜨리다'라는 헤드라인 기사가 실렸다. '검은 사자'나 '에펠탑'은 두 나라의 인접성, 같은 영역 안에 있는 대표적인 것들이다. '검은 사자'는 세네갈 축구 선수를 지칭하고 '에펠탑'은 프랑스 축구 선수를 지칭하고 있다. 이것이 환유이다.

은유는 서로 다른 두 영역 사이에서, 환유는 한 영역 안에서 의미의 전이가 이루어진다.[1]

앞에서 언급한 은유의 사례 '그녀는 곰이다'에서 '그녀'라는 사람과 '곰'이라는 동물의 두 영역 사이에서 '미련한 여자'라는 의미가 산출되고, '나는 한 잔 했다.'에서는 '잔'과 '술'이라는 한 영역 안에서 의미의 전이가 이

---

1   김욱동, 『은유와 환유』, 민음사, 2000, 196쪽.

루어진다.

은유는 한 사물을 다른 사물의 관점에서 말하는 방법이며 환유는 한 개체를 그 개체와 관련 있는 다른 개체로 말하는 방법이다.[2] 은유의 기능이 주로 사물이나 개념을 이해하는 데 있다면 환유는 사물이나 개념을 지칭하는 데에 그 기능이 있다.

'그녀는 곰이다'에서 '그녀'라는 사물을 다른 사물인 '곰'의 관점에서 말하고 있으며, '나는 한 잔 했다'에서는 '잔'은 '잔'과 관계 있는 다른 개체인 '술'로 말하고 있다.

은유는 직유로 바꿀 수 있지만 환유는 그것이 불가능하다.[3] 은유인 '그녀는 곰이다'에서 '곰 같은 그녀', '매개념 같은 원개념'은 가능하지만 환유인 '나는 한 잔 했다'에서 '잔 같은 술', '매개념 같은 원개념'은 불가능하다.

2. 환유의 유형

환유는 어떤 사물을 그와 관련된 다른 사물로 표현하는 비유 방식이다. 영역을 이동시키지 않고 한 사물을 다른 사물로 대체하는 것이다.

원인과 결과, 용기와 내용물, 부분과 전체, 생산자와 생산품, 장소와 시간, 사건, 장소와 특성, 생산품 등 여러 유형으로 나눌 수 있다.

'겁내다'와 '떨다'는 원인과 결과를 나타내는 경우이다. 떤다는 것은 어떤 충격의 결과로 물체가 흔들리는 것을 말한다. 겁이 났을 때 그 결과는 떠는 신체 반응으로 나타난다. 겁이 난 것은 원인이며 떠는 것은 결과이

---

2   위의 책, 194쪽.

3   R.W.Gibbs, *The Poetics of Metaphor*, Cambridge: University Press,1994, p.322 참조.

제1부 시조 창작의 원리

다. 결과로 원인을 나타낸 환유이다. '떨다'라는 매개념으로 '겁내다'라는 원개념을 지칭하는 것이다.

'그 사람 쪽박 찼다'라는 말은 허리에 쪽박을 찬 것이 아니라 '쫄딱 망했다'는 뜻이다. 쪽박은 작은 바가지를 말한다. 거지가 이 집 저 집 돌아다니며 얻어먹으려면 쪽박을 차고 다녀야 한다. 쪽박은 쪽박에 들어 있는 밥이나 음식을 지칭하고 있다. 용기로 내용물을 환유하고 있다. '쪽박'이라는 매개념으로 '밥이나 음식'이라는 원개념을 지칭하고 있는 것이다.

'사람은 빵으로만 살 수 없다'에서 빵은 식량을 환유하고 있다. 빵은 식량의 일부이다. 부분이 전체를 대신하고 있다. 부분과 전체와의 관계이다. 부분인 빵이 매개념이고 전체인 식량이 원개념이다.

'나는 셰익스피어를 읽었다'에서 셰익스피어는 셰익스피어의 작품을 지칭한다. 셰익스피어의 작품을 읽는 것이지 셰익스피어라는 사람을 읽는 것은 아니다. 생산자가 셰익스피어이고 생산품이 셰익스피어의 작품이다. 셰익스피어는 셰익스피어의 작품을 환유했다. 매개념이 셰익스피어고 원개념이 작품이다.

'천안문'은 베이징시의 천안문을 가리키는 것이 아니다. 중국의 민주화를 중국 정부가 무력으로 진압함으로써 빚어진 대규모 유혈 참사를 가리킨다. 6·25는 단순히 6월 25일을 지칭하는 것이 아니라 6월 25일 새벽 공산군이 38도 선 이남으로 무력 침공하여 남북 간에 벌어진 한국전쟁을 의미한다. 장소나 시간이 그때의 사건을 가리키고 있다. 천안문은 민주화의 유혈 참사를, 6·25는 한국 전쟁을 환유하고 있다.

한산, 금산, 담양 등은 지명을 말하는 것이 아니라 세모시, 인삼, 죽세공품 등 각 장소의 특산품을 지칭한다. 함흥, 춘천, 순창, 천안, 초당 등도 장소로 냉면, 막국수, 고추장, 호두과자, 순두부 등의 특산품이나 생산품을 환유하고 있다.

환유 관계는 활성역과 윤곽으로도 설명할 수 있다. 활성역은 특정한 관계에 있는 실질적으로 가장 직접적인 역할을 맡는 부분이며 윤곽은 인지 영역의 집합체, 즉 사물의 대강의 테두리나 모습을 말한다.

'개가 고양이를 물었다'에서 활성역은 개의 이빨이고 윤곽은 개이다. 윤곽 속에 숨어 있는 의미가 특정한 상황에서 활성화되면서 의미가 생겨난다. '개'라는 윤곽이 '물었다'라는 특정한 상황 때문에 '개'가 '개의 이빨'로 활성화되었다. '개'는 '개의 이빨'을 환유하고 있다. '개가 고양이를 걷어찼다'라고 하면 '개'는 '개의 다리'를 환유하고 있다. '개'라는 윤곽이 '걷어찼다'라는 특정한 상황 때문에 '개'가 '개의 다리'로 활성화된 것이다.

'나는 셰익스피어를 읽었다'에서 윤곽은 '셰익스피어'이고 활성역은 '셰익스피어의 작품'이다. 셰익스피어의 여러 기능 중에서 '읽었다'라는 특수한 기능 때문에 셰익스피어가 셰익스피어의 작품으로 활성화되어 환유가 일어난 것이다. 함흥에서는 함흥이 윤곽이고 냉면이 활성역이다. 함흥에 있는 여러 특산물 중에서 냉면이 특정한 상황에 반응하여 활성화되었기 때문에 환유가 일어난 것이다. 은유는 이해하는 장치 기능이지만 환유는 지시적인 장치 기능이다.

3. 환유의 종류

1) 명사 환유

'삼천리 금수강산' 하면 '삼천리'는 삼천 리만큼의 거리를 뜻하는 것이 아니다. '삼천리'는 '금수강산'이라는 '비단같이 아름다운 강과 산'의 특수한 상황 때문에 우리나라를 지칭하고 있는 것이다. 명사 환유이다.

오동나무 숨은 소리 님이라 부르노라
열세 줄 오리오리 젖 먹은 피줄인가
가락은 내 모르건만 넋이 불러 님이라네

— 한설야, 「가야금」 부분

오동나무는 가야금을 지칭하고 있다. 명사 환유이다. 오동나무가 숨은
소리를 낸다고 했다. 오동나무는 소리를 낼 수가 없다. 가야금이 오동나무
를 재료로 만들어졌기 때문에 오동나무가 가야금을 지칭하고 있는 것이
다. 오동나무는 윤곽에 해당되고 가야금은 활성역에 해당된다. 오동나무
가 숨은 소리를 내기 때문에 이 소리가 활성화되어 오동나무가 가야금을
지칭하고 있는 것이다.

우리가 흔히 쓰는 '가슴이 아프다', '가슴이 설레다', '가슴이 탄다' 등의
'가슴'도 사실 환유적 표현이다. 마음이 아프고, 설레고, 탈 수는 있어도 가
슴이 아프고 설레고 탈 수는 없다. 가슴은 '아프다', '설레다'. '타다'라는
상황 때문에 마음을 지칭하고 있다. 가슴은 마음의 명사 환유이다.

환유는 문학작품 등에서 습관적으로 쓰이는 경우가 많다.

바윈들 마음 없으랴
산인들 귀 없으랴

쇠북도 목젖 속에
우는 강을 재웠는데

이 한밤
팽팽한 정적 위에
천개의 얼음못을 친다

— 김남환, 「귀뚜라미」 전문

쇠북은 쇠북 소리를 환유했다. 소리는 쇠북을 때려야 난다. 쇠북은 쇠북의 무늬, 무게 같은 여러 기능 중에서 때려서 내는 소리가 활성화되어 환유적 표현이 되었다. "우는 강을 재웠는데"에서 우는 강을 재우는 것은 쇠북이 아니라 쇠북 소리이다. 재우는 소리가 활성화되어 환유적 표현이 되었다.

2) 동사 환유

명사 환유처럼 자주 쓰이지는 않지만 동사 환유도 명사 환유 못지않게 중요하다. '잔을 들다', '잔을 잡다', '한 잔 꺾다' 등도 술을 마시는 환유적 표현이다. '들다', '잡다', '꺾다' 등의 동사가 잔과 함께 쓰였기 때문에 '마신다'라는 뜻으로 대체된 것이다. '들다', '잡다', '꺾다' 등은 '마신다'의 환유적 표현들이다.

> 가시에 찔린 밤 방울새의 외마디같은
> 남루를 다 버리고 밤에 홀로 야위는
> 하현의 곧은 뼈마디
> 하얀 시를 씁니다
>
> — 김광순, 「뼈마디 하얀 시」 부분

'야위는 하현'에서 '야위다'는 동사 환유이다. '야위다'는 살이 빠져 좀 파리해진다는 뜻이다. 그런 '야위다'가 '남루를 다 버리고 밤에 홀로'라는 특수한 상황 때문에 살이 빠지는 것처럼 '작아진다'를 지칭하게 된다. 하현달은 작아지는 것이지 야위는 것이 아니다. '야위다'는 '작아진다'의 환유 표현이다. 하현달이 작아진다거나 줄어든다고 말하면 의미가 한정되어 시의 맛을 한껏 살릴 수 없다. 그래서 '야윈다'라고 표현한 것이다. 환유는 에둘러 지칭함으로써 독자들의 사고를 풍부하게 하고 의미를 풍요롭게 만들고 있다.

덩그렁 바람 따라
풍경이 웁니다

그것은 우리가 들을 수 있는 소리일 뿐

아무도 그 마음속 깊은
적막을 알지 못합니다

— 김제현, 「풍경」 부분

'풍경이 웁니다'라고 했지만 풍경이 실제 우는 것이 아니라 풍경이 바람에 부딪혀서 울리는 것을 말한다. 우는 것은 사람이 우는 것이지 쇠가 우는 것은 아니다. '덩그렁 바람 따라' 때문에 '우는'은 '부딪히거나, 울리는'이라는 뜻의 환유로 쓰이고 있다. '운다'는 '울리다'의 환유 표현이다.

3) 형용사 환유

흔히 '인생은 고달프다'라고 말한다. '고달프다'라는 말도 따지고 보면 환유적 표현이다. '고달프다'라는 것은 '몹시 지쳐 느른하다'라는 뜻이다. 육체가 고달픈 것이지 인생이 고달픈 것은 아니다. 산다는 자체가 고달프다는 말은 산다는 것이 어렵다는 말에 다름 아니다. '고달프다'는 말은 인생이라는 특수한 상황 때문에 '어렵다'는 말로 환유된 것이다.

오늘은
너도 재우고
저무는 눈벌에 섰다

지워지는 길 위로
저려드는 목숨 한 닢

감감한
하늘 떠받들고
삭정이가 울고 있다

— 진복희, 「제야」 전문

'저리다'는 뜻은 피가 잘 돌지 못하여 감각이 둔하고 힘없게 되는 것을 말한다. 육체나 뼈마디가 저린 것이지 목숨이 저린 것은 아니다. '저리다'는 말은 목숨 한 닢이 '꺼져가는' 안타까운 상태를 환유한 것이다. 감감한 하늘에서 '감감한 것'은 '쓸쓸하고 적적한 것'을 말한다. 소식이 감감하다는 말은 써도 하늘이 감감하다는 말은 잘 쓰지 않는다. '감감하다'는 말은 '쓸쓸하고 적적하다'의 환유적 표현이다.

사랑이 엇떠터니 둥글더냐 모지더냐
길더냐 져르더냐 발을려냐 자힐러냐
각별이 긴 줄은 모르되 끝 간데를 몰라라

— 작가 미상

사랑의 표현들을 여러 가지로 형태인 '둥글고', '길고', '짧고' 등으로 표현했다. 사랑의 의미를 표현한 형용사 환유들이다. '둥글다'는 뜻은 '마음이 너그럽다'는 것을, '길다'는 뜻은 '오래간다'는 것을, '짧다'는 것은 '일찍 헤어진다'는 그런 것들을 환유한 것이다. '둥글고', '길고', '짧고' 등은 입체나 길이를 쓸 때 사용하는 말이지 '사랑' 같은 추상적인 말에는 쓸 수 없는 말이다. 이렇게 환유로 여러 각도에서 에둘러 말하면 시의 의미를 더욱 풍요롭게 만들어낼 수 있다.

4) 부사 환유

부사 환유도 생각해볼 수 있다. '내가 혼자서 이 일을 해냈다'라는 문장에서 '혼자서'라는 말은 '혼자의 힘으로'라는 뜻이다. 이 일은 '여럿이 하지 않으면 안 된다'라는 문장에서도 '여럿이'라는 말은 '여럿이 힘을 합해'라는 뜻이다. '혼자서'와 '여럿이'는 '혼자의 힘으로', '여럿이 힘을 합해'를 환유한 것이다.[4]

> 주름진 어머니 얼굴
> 매보다 아픈 생각
>
> 밤도
> 낮도 길고
> 하고도 하한 날에
>
> 그래도 이 생각 아니면
> 어이 보냈을 거냐
>
> — 조운, 「어머니 얼굴」 전문

'어이'는 '어찌'라는 말과 같다. '어찌 혼자'라는 말에 다름 아니다. '어이'는 '어찌 혼자'를 환유한 부사 은유이다.

---

4 김욱동, 앞의 책, 242쪽.

제8장

퍼소나

1. 퍼소나의 개념

두 정신 세계가 있다. 내가 아는 세계인 의식 세계와 내가 모르는 세계인 무의식 세계이다. 나, 즉 '자아'는 의식의 중심에 있지만 무의식은 자아의 통제 밖에 있다. 집단 사회를 외부 세계, 의식과 무의식 세계를 내부 세계라 한다면 자아는 외부 세계와 관계를 맺고 또 한편으로 내부 세계와도 관련을 맺고 있다. 자아는 내부 세계와 접촉하면서 외부 세계와도 접촉하고 있다. 이때 외부에 대한 여러 행동 양식을 익히게 되는데 이러한 외부에 대한 내부의 태도를 퍼소나라고 한다. 퍼소나는 개인이 세계와 만나 어떤 관계를 맺어야 하며 어떻게 타협해가야 하는가 하는 타협점이다. 기대 수준에 맞추어 살아가야 하는 편의상 생긴, 세계가 요구하는 콤플렉스이기도 하다. 이러한 퍼소나는 세계에 대한 나의 작용과 세계가 나에게 요구하는 체험을 거치면서 형성된다.

개인이 외부 세계에 내던져질 때 그 집단에 맞는 탈을 써야 한다. 학생 앞에서는 교수의 탈을, 친구들 앞에서는 친구의 탈을, 가정에서는 아빠나 아내의 탈을 써야 한다. 친구들 앞에서 교수의 탈을 쓴다든지, 부모 앞에서 친구의 탈을 쓴다든지 하면 사회 문제가 야기된다. 이렇게 퍼소나는 집단 속에서 살아가야 하는 외적 태도로, 하나의 도덕률이며 행동 양식이다.

텍스트는 세계이다. 세상에는 수많은 텍스트들이 존재하고 있다. 텍스트들이 존재하기 위해서는 그에 맞는 퍼소나는 필수적이다. 퍼소나는 세계에 적응하기 위한 개인의 태도나 예절이다. 이러한 퍼소나가 작품에서는 하나의 심리 기재로 작용해 시인에 의해 각기 다른 인물로 창조된다.

퍼소나(persona)는 배우의 가면을 의미하는 라틴어 퍼소난도(personando)에서 유래한 연극 용어이다. 처음에는 가면의 입구(mouthpiece)를 뜻하다가 배우가 쓰는 가면, 배우의 역할 등의 의미로 쓰이다가, 텍스트 속의 인물이나 개성을 뜻하게 되었다.

2. 개성론과 몰개성론

시조 텍스트의 시적 자아는 두 가지로 나눌 수 있다. 실제 시인 자신인 경험적 자아와 시인 자신이 아닌 허구적 자아이다. 실제 시인이 텍스트 속에 그대로 들어가면 경험적 자아로 이를 개성론이라고 하고 실제 시인이 텍스트 속에 실제 시인이 아닌 허구적 자아로 변용되면 이를 몰개성론이라고 한다.[1]

실제 시인이 경험적 자아라 할지라도 일단 텍스트 속에 들어가면 그 텍스트 상황에 맞게 굴절되어 실제 시인과 근접한 경험적 자아로 변용되는 것이 일반적이다.

---

1   김준오, 『시론』, 삼지원, 1993, 194쪽.

내 언제 무신하여 님을 언제 속였관대
월침삼경에 올 뜻이 전혀 없네
추풍에 지는 잎소리야 낸들 어이 하리오

— 황진이

위 시조 텍스트는 개성론으로 퍼소나, 즉 시적 자아는 경험적 자아인 '나'이다. '내'가 화자가 되어 님에 대해 독백하고 있다. 위의 시적 자아는 경험적 자아로 실제 시인 황진이이다. 실제 시인이라기보다는 그 일부가 변형된 실제 시인에 가까운 시적 자아라고 보는 것이 타당할 것이다. 실제 시인이라도 일단 텍스트에 들어가면 일부가 굴절되기 마련이기 때문이다. '나'는 실제 시인이며 '님'은 실제 시인이 사랑한 사람이다. '나(실제 시인)=, ≒황진이(시적 자아)'의 등식이 성립한다.

영원히 사는 것은
세상엔 하나 없고

무성한 잎 속에나
슬픈 울음을 묻으며

가다간 하늘도 날아보는
그 짓밖에 못하네

— 박재삼, 「새의 독백」 전문

위 시조 텍스트는 몰개성론으로 실제 시인인 경험적 자아가 허구적 자아로 굴절된 형태이다. 실제 시인인 박재삼이 허구적 자아인 새로 변형되었다. 영원히 사는 것이 세상엔 하나도 없다고 하고 새는 무성한 잎 속에 슬픈 울음 묻으며 가다간 하늘도 날아보는 그 짓밖에 못한다고 독백하고 있다. 시인은 텍스트상에서 새라는 인물을 등장시켜 자신의 삶을 비유

적으로 혹은 상징적으로 표현하고 있다. '박재삼(실제시인)≠새(시적 자아)'의
등식이 성립된다.

3. 시점 선택

사람은 사회에 대해 자신을 나름대로 양식화시키듯 시인도 텍스트 속에
서 그 상황에 맞게 인물을 양식화시킨다. 이를 퍼소나라고 한다. 퍼소나를
효과적으로 극대화하기 위해서는 거기에 알맞는 인물을 등장시켜야 한다.
이때 1인칭으로 할 것인가, 2인칭으로 할 것인가 아니면 3인칭, 탈인칭으
로 할 것인가 등의 시점을 결정해야 한다. 퍼소나는 하나의 시점이기도 하
다. 시를 쓰기 전에 사물을 묘사할 것인가, 사물에 자신을 이입시켜 쓸 것
인가, 그 사물에 또 다른 퍼소나를 등장시켜 노래할 것인가 등을 결정해야
한다.

누가 누구에게 말하고 싶은가도 분명하게 해두어야 한다. 누가 누구에
게 말한다 해도 어떤 인칭으로 말해야 하는가를 고려해야 한다. 텍스트 속
의 퍼소나는 시를 구성하고 창작하는 데 없어서는 안 될 중요한 요소이다.
텍스트 속에 여러 인물들이 섞여 나타났는지 일관되어 나타났는지도 생각
해보아야 한다. 자신의 목소리로 끌고 가든, 누구의 목소리로 끌고 가든,
그것이 단성이든, 다성이든 퍼소나는 일관된 목소리여야 한다.

퍼소나는 텍스트 속의 등장인물이다. 시에서의 등장인물, 즉 시적 자아
는 소설과는 달리 시·시조 텍스트 속에서는 존재조차 잘 알 수 없는 경우
가 많다. 우리가 모르고 쓰면서도 시적 자아를 등장시키지 않으면 쓸 수
없는 것이 시이다. 그것을 몇 인칭으로 할 것인가, 화자는 누구로 하며 청
자는 누구로 할 것인가 등을 결정해야 한다. 이런 것들이 상황에 맞게 제

대로 선택되고 적절히 조정될 때 한 편의 텍스트가 완성된다.

　이러한 퍼소나가 텍스트 속에서는 화자나 청자로 나타난다. 이를 드러내느냐 숨겨두느냐의 문제는 텍스트의 여러 상황들을 고려해서 선택해야 한다.

　텍스트 밖에는 실제 시인과 실제 독자가 있고 텍스트 속에는 시적 자아인 화자와 청자가 있다. 화자는 텍스트 속에 나타난 현상적 화자와 함축적 화자가 있고 청자도 텍스트 속에 나타난 현상적 청자와 함축적 청자가 있다. 텍스트 속에서의 화자 · 청자는 사안에 따라 1인칭, 2인칭, 3인칭, 무인칭 등으로 나타날 수 있다.

　실제 시인, 텍스트 속의 화자, 청자, 실제 독자와의 관계를 다음과 같이 설정할 수 있다.

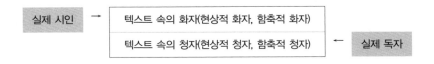

4. 화자와 청자

1) 현상적 화자, 현상적 청자

　　묏버들 가려 꺾어 보내노라 님의 손에
　　자시는 창 밖에 심어두고 보소서
　　밤비에 새잎 곧 나거든 날인가도 여기소서

　　　　　　　　　　　　　　　　　　　　　　　　— 홍랑

위 텍스트는 1인칭 화자와 3인칭 청자가 표면에 나타나 있다. 현상적 화자는 '나', 3인칭 현상적 청자는 '님'이다. 화자가 청자에게 말을 건네는 방식으로 되어 있다.

사랑하는 고죽 최경창이 내직으로 발령받아 떠나게 되었을 때 홍랑이 멀리까지 따라와 전별시로 불러준 노래이다. 날이 저물고 봄비가 소리 없이 내리고 있었다. 이때 홍랑은 길가의 버들가지를 꺾어 고죽에게 주며 이 노래를 불렀다. '묏버들을 가려 꺾어서 님께 드립니다. 주무시는 창 밖에 심어두고 보옵소서. 오늘처럼 밤비에 새잎이 곧 나거든 저인 것처럼 여겨 주십시오'라는 내용이다.

실제 시인 '홍랑'은 텍스트 속의 시적 자아인 1인칭인 '나'와 동일한 인물이다. 3인칭 '님'은 홍랑이 사랑한 고죽 최경창이다.

| 현상적 화자(나, 1인칭) | – | 현상적 청자(님, 3인칭) |

2) 현상적 화자, 함축적 청자

> 성균관 유생들이 상소를 올리고 있다
> 개혁의 먹을 갈아 하늘을 치든 붓끝
> 애채에 터지는 봄빛 일파만파 눈물빛
>
> — 남승렬, 「백목련」 전문

위 텍스트에서 3인칭 화자, 유생들은 텍스트 표면에 나타나 있고 비인칭 청자인 임금은 텍스트 속에 숨겨져 있다. 백목련은 성균관 유생으로 변용된 현상적 화자이다. 청자는 비인칭, 임금으로 텍스트상에 나타나 있지 않다. 유생들이 성균관 뜰에서 임금님께 개혁의 상소를 올리고 있다. 그 개혁이 하늘을 찌를 듯하지만 새로 돋은 나뭇가지에 터지는 봄빛은 일파만파 눈물로 번져가고 있다. 시인은 백목련을 바라보며 이를 유생의 화자로 환치시켜 유생들이 시대의 개혁을 외치도록 하고 있다.

성균관 유생들은 현상적 화자이고 임금은 함축적 청자이다. 이렇게 화자나 청자는 텍스트의 모든 상황을 향해 극대화시키는 하나의 도구로 사용되고 있는 것이다.

현상적 화자(성균관 유생들, 3인칭)	–	함축적 청자(임금, 비인칭)

3) 함축적 화자, 현상적 청자

그대를 보냅니다
등 떠밀어
보냅니다

명치끝에 아려오는
절절한
그리움을

다 덮고
혀를 깨물며
그대를 보냅니다

— 서일옥, 「파도」 전문

상대는 청자인 '그대'이다. 그대를 보냅니다. 등 떠밀어 보냅니다. 절절한 그리움 다 덮고 혀를 깨물며 그대를 보냅니다. 상대인 그대를 생각하며 화자 혼자서 말하고 있다.

표면상에 나타나 있는 것은 청자인 3인칭 '그대'이고 숨어서 말하고 있는 것은 화자인 1인칭 '나'이다. 숨어 있는 1인칭 '나'인 화자가 나타나 있는 3인칭 '그대'인 청자에게 독백하고 있는 것이다.

| 함축적 화자(나, 1인칭) | – | 현상적 청자(그대, 3인칭) |

4) 함축적 화자, 함축적 청자

> 녹슨 배경 하나 삐딱하니 버려졌고
> 그날 밤 빈 배 두엇 저음으로 가라앉는
> 바다는 4악장쯤서 가로 접혀 있었어
>
> 하얀 뼈로 떠오르는 달이며 늙은 구름……
> 누군가가 가만히 해안선을 끌고 와서
> 먼 기억 풍금 소리를 꺼내 듣고 있었어
>
> ─유재영, 「월포리 산조」 전문

위 텍스트는 화자도 청자도 텍스트상에 나타나 있지 않다. 화자는 텍스트 속에서 월포리를 바라보고 있는 실제 시인이다. 텍스트 밖의 실제 시인인 텍스트 안의 화자는 텍스트 밖의 실제 독자인 텍스트 안의 청자에게 월포리를 바라보며 독백하고 있다. 여기에서 '누군가'가 나오는데 누군가는 사실 또 하나의 실제 시인인지, 아니면 또 하나의 실제 독자인지, 아니면 어느 제3자인지 알 수 없다.

함축적 화자가 함축적 청자를 의식하지 않고 독백하는 형식으로 되어 있다. 화자가 텍스트 뒤에 숨어 말하고 있긴 하지만 실제로 자신의 이야기를 하고 있는지 불분명하다. 그렇다고 뚜렷한 화자, 청자도 나타나 있지 않다.

| 함축적 화자(무인칭) | – | 함축적 청자(무인칭) |

제9장

역설

1. 역설의 정의

역설(paradox)은 아이러니(irony)와 구별된다. 아이러니는 진술 자체의 의미와 그 속에 숨겨진 의미 사이에 모순이 일어나는 것을 말한다. 진술 자체엔 아무런 모순이 없다. 못생긴 여인을 보고 "절세 미인이다."라고 하면 아이러니이다. 사람들이 그 여인이 못생긴 것을 다 알고 있는데도 화자는 절세 미인으로 진술한 것이다. 진술 자체는 '예쁘다'라는 의미이지만 숨겨진 의미는 '못생겼다'는 의미이다. 진술 자체의 '예쁘다'의 의미와 숨겨진 의미 '못생겼다'가 서로 모순되고 있다. 이를 아이러니라고 한다.

역설은 진술 자체가 모순이다. "삶은 곧 죽음이요, 죽음은 곧 삶이다."와 같은 진술을 말한다. 진술 자체의 의미가 서로 모순이 된다. 유치환 「깃발」의 '소리 없는 아우성', 김영랑 「모란이 피기까지는」의 '찬란한 슬픔의 봄' 같은 것들이다. 아우성이 소리가 없을 수 없고 슬픔이 찬란할 수 없다. 이것이 역설이다.

밤에도 대낮이 허옇게 걸려 있다

제1부 시조 창작의 원리

누구냐, 내 숨을 곳 샅샅이 허물을 지은
천지는 거울을 대며 전 생애를 끄집어낸다

— 김원각, 「양심」 전문

밤에 대낮이 걸릴 리가 없으니 진술 자체가 모순이다. 역설은 흔히 신비스럽고 초월적인 진리가 숨어 있는 것이 보통이다. 중장과 종장을 읽어보면 표현하고자 하는 의미가 드러난다. 아무리 어두운 곳에 숨는다 해도 천지가 거울을 대면 전 생애를 끄집어낼 수 있다고 했다. 양심은 대명천지 대낮이나 칠흑같은 밤일지라도 똑같이 속일 수가 없다는 것이다. 어떤 진리를 표현하기 위해 밤과 낮이라는 서로 모순된 언어를 대비시켰다.

패러독스(paradox)는 'para(초월)+doxa(의견)'의 합성어이다. 이것은 아이러니와 함께 고대 그리스에서의 수사학의 용어로 사용되어왔다. 소크라테스의 "내가 아는 것은 내가 모른다는 것"이라든지, 공자의 "내가 아는 것을 안다고 하고 모르는 것을 모른다고 하는 것이 아는 것"이라든지, 예수의 "너희가 살고자 하면 죽을 것이요 죽고자 하면 살 것이다"라는 말 같은 것들이다.

2. 역설의 종류[1]

1) 표층적 역설

표층적 역설은 '소리 없는 아우성', '찬란한 슬픔의 봄'과 같은 상반된 단어나 모순된 단어의 결합 형태를 말한다. 일상의 상식을 파괴함으로써 새

---

1 휠라이트는 역설의 종류를 표층적 역설, 심층적 역설, 시적 역설로 나누고 있다. Philip Wheelwright, *The Burning Fountain*, Indiana University Press, 1959, pp.70~73 참조. 김준오, 『시론』, 삼지원, 1993, 226쪽에서 재인용.

롭고 참신한 이미지를 얻어낼 수 있다. 흔히 수식·피수식나 비교, 대등 관계에서 사용한다.

> 세상 허허롭기가 하늘보다 깊은 날도
> 사람 무심하여 눈물 절로 어리는 날도
> 새벽녘 까치처럼 가야 할 은혜로운 땅에서
>
> 전설 속 석수장이 명품 빚는 석수장이
> 그 아린 정과 끌에 살과 뼈를 깎아낸 뒤
> 장엄히 또한 은은히 빛살 같은 울음 우는
>
> ― 강호인, 「종 1」 부분

'하늘보다 깊은 날'이라고 했는데 사실 하늘은 높은 것이지 깊은 것은 아니다. 하늘이 바다같이 푸르기 때문에 깊다고 한 것이다. 모순 어법을 사용함으로써 더욱 뜻을 심오하게 할 수 있다.

'장엄히 또는 은은히 빛살 같은 울음 우는'이라고 했는데 장엄히 울면 은은히 울 수는 없다. 어떻게 울음을 우는가를 모순 어법으로 처리함으로써 의미를 깊게 할 수도 넓게 할 수도 있다.

2) 심층적 역설

심층적 역설은 종교적 진리, 철학적 진리나 형이상학적 진리 등을 나타내는데 주로 사용된다. 노자의 '도를 도라 할 수 있으면 진정한 도가 아니다'라든지, 불교의 색이 곧 공이요 공이 곧 색이라는 '색즉시공(色卽是空), 공즉시색(空卽是色)', 같지도 않고 다르지도 않다는 '불일불이(不一不二)' 같은 것들을 말한다.

> 바람도 없는 공중에 수직의 파문을 내이며 고요히 떨어지는 오동잎

은 누구의 발자취입니까.

　지리한 장마 끝에 서풍에 몰려가는 검은 구름의 터진 틈으로 언뜻언뜻 보이는 푸른 하늘은 누구의 발자취입니까.

　꽃도 없는 깊은 나무에 푸른 이끼를 거쳐서 옛탑 위의 고요한 하늘을 스치는 알 수 없는 향기는 누구의 입김입니까.

　…(중략)…

　타고 남은 재가 다시 기름이 됩니다. 그칠 줄 모르고 타는 나의 가슴은 누구의 밤을 지키는 약한 등불입니까.

— 한용운, 「알 수 없어요」 부분

오동잎에서 기름에 이르기까지에는 수많은 시간의 흐름이 필요하다. 오동잎이 하늘이 되고, 하늘이 향기가 되고, 향기가 시내가 되고, 시내가 저녁놀이 되고 종국에 가서는 저녁놀이 기름이 된다. 님이 여러 형태로 변화되어야 님은 밤을 지키는 영원한 불멸의 등불이 되는 것이다.

　문장마다 다른 모순된 사물들로 진술들이 바뀌고 있다. 여기에는 불교의 윤회 사상이나 연기론 사상 등이 바탕이 되어 이러한 모순 어법을 가능하게 하고 있다. 역설은 형이상학적 진리를 나타내는 데 적절하고도 필요한 또 하나의 표현 방법이다.

　흰구름은 끊어져 법의와 같고
　푸른 물은 활보다도 더욱 짧아라
　이곳 떠나 어디로 자꾸 감이랴,
　유연히 그 무궁함 바라보노니!

— 한용운, 「수행자」 전문

흰구름이 어떻게 끊어지고 푸른 물이 어떻게 짧을 수 있는지, 이는 모순이다. 흰구름은 흘러가는 것이요 푸른 물은 깊어가는 것이다. 흰구름은 법의와 같을 수 없고 푸른 물은 활과 같을 수 없다. 흰구름, 푸른 물은 실체이기는 하지만 끊을 수 있고 잴 수 있는 물체가 아니다. 흰구름은 법의일 수 없고 푸른 물은 활일 수가 없다.

　무궁함은 실체가 없다. 실체가 없는 것을 바라본다고 했으니 모순도 이 만 저만이 아니다. 모호하고 신비스럽고 초월적이다.

3) 시적 역설

　시적 역설은 시의 부분에서 나타나는 것이 아니라 시의 구조 전체에서 나타나는 역설을 말한다. 예컨대 김소월의 「먼 후일」에 등장하는 "먼 훗날 그때에 잊었노라"와 같은 구절이 역설이다.

> 나이는 열두 살
> 이름은 행자
>
> 한나절은 디딜방아 찧고
> 반나절은 장작 패고……
>
> 때때로 숲에 숨었을
> 새 울음소리 듣는 일이었다
>
> 그로부터 10년 20년
> 40년이 지난 오늘
>
> 산에 살면서
> 산도 못 보고
>
> 새 울음 소리는커녕
> 내 울음도 못 듣는다
>
> 　　　　　　　　　　　── 조오현, 「일색과후」 전문

이 시조는 작품 전체가 구조적 역설로 되어 있다. 열두 살 때 새소리를 들었는데 40년이 지난 지금은 새소리는커녕 내 울음소리도 못 듣는다는 것이다. 이는 모순이다. 못 들었을 리 없으나 인생의 깊은 울음을 아직도 듣지 못했다는 수행자의 고뇌를 역설적으로 나타낸 것이다.

'새울음 소리 듣는 일이었다'와 '새 울음 소리는커녕 내 울음도 못 듣는다'에서 보면 문장 자체엔 모순이 없다. 전체적인 구조로 볼 때는 문제가 될 수 있다. 산에 살고 있으면서 전에는 새 울음 소리를 들었는데 지금은 새 울음 소리를 듣지 못하고 있다는 것이다. 이는 모순이다. 이 시조는 두 연에서 역설이 구조적으로 연결되어 있다.

> 나 보기가 역겨워
> 가실 때에는
> 말없이 고이 보내 드리오리다.
>
> 영변에 약산
> 진달래꽃
> 아름 따다 가실 길에 뿌리오리다.
>
> 가시는 걸음 걸음
> 놓인 그 꽃을
> 사뿐히 즈려밟고 가시옵소서.
>
> 나 보기가 역겨워
> 가실 때에는
> 죽어도 아니 눈물 흘리오리다.
>
> — 김소월, 「진달래꽃」 전문

나 보기가 역겹다는데 고이 보내드린다는 것은 말이 안 된다. 진달래꽃까지 가시는 길에 뿌려준다니 또 그것을 사뿐히 즈려밟고 가라 한다니 이만 저만한 모순이 아니다. 나 보기가 역겨워 가실 때에는 눈물을 흘려야 하는 것이 상식인데 「진달래꽃」의 화자는 그렇지가 않다. 시 전체가 구조적으로 모순된 진술들을 반복하고 있다.

제10장

아이러니

1. 아이러니의 정의

아이러니(irony, 반어법)는 진술 자체에는 아무런 모순이 없다. 텍스트 속에 숨겨진 의미가 표현된 진술과 모순이 될 때 일어난다.

현진건의 단편소설 「운수 좋은 날」에서 보면 김첨지가 며칠간 허탕만 치다 그날따라 돈벌이를 많이 했다. 운수 좋은 날이다. 김첨지는 아내가 그토록 먹고 싶었던 설렁탕을 사들고 돌아왔다. 집에 와보니 아내가 죽어 있었다. 「운수 좋은 날」은 제목 자체로 보면 운수가 좋은 날이지만 정작 숨겨진 내용은 운수가 나쁜 날이다. 겉으로 진술된 제목과 그 소설의 내용이 서로 모순이 되고 있다.

부자였고 얼굴도 잘생겼고 후덕하게 생겼는데도 하루 아침에 거지가 된 사람을 보고 사람들은 운명의 장난이라고 한다. 예상치 못했던 일이 기대와는 정반대로 일어날 때도 이를 아이러니라고 한다.

겉으로는 속임수 같고 시치미를 떼는 것 같지만 사실은 정반대이다. 강조의 효과를 거두는 수사법이다.

아이러니는 '변장'의 뜻을 가진 그리스어 에이로네이아(eironeia)에서 유래

했다. 어원은 남을 기만하는 변장(dissimulation) 행위이다. 변장 행위에는 두 가지 타입이 있다. 고대 희극에서는 에이론(Eiron)과 알라존(Alazon)이라는 이름을 부여하여 이를 주인공으로 채택했다. 아리스토텔레스가 분류한 두 타입이다. 전자는 실제보다 낮추는 행위, 후자는 실제보다 높이는 행위를 한다. 에이론은 약자이지만 겸손하고 현명하다. 알라존은 강자이지만 자만스럽고 우둔하다. 두 인물은 서로 대립·상반되는 관계에 있다. 양자의 대결에서 관객의 예상을 뒤엎고 약자인 에이론이 강자인 알라존을 물리쳐 승리한다.[1]

이 두 타입은 겉과 속이 다르다. 전자는 강한데 약한 체하고 후자는 약한데 강한 체한다. 보기에는 강한 알라존이 약한 에이론을 이길 것 같지만 결국엔 약한 에이론이 승리한다. 타입 자체도 아이러니하다.

소크라테스적 아이러니 같은 경우는 에이론에 속한다. 진리에 대해 모르는 체 겸손해하면서 상대방에게 계속 질문을 던진다. 그렇게 해서 상대방의 주장이 허위임을 드러내도록 만드는 것이다. 이런 문답으로 상대방을 굴복시킨다.

> 유신 헌법이 공포된 날
> 궁정동을 지났습니다
>
> 집채만한 중탱크
> 아름드리 포신 끝에
>
> 한 마리
> 고추잠자리
> 앉아 쉬고

---

1 김준오, 『시론』, 삼지원, 1993, 216쪽.

있어요

— 장순하, 「포신 끝에 앉아 있는 고추잠자리」 전문

유신 헌법이 공포된 날 궁정동을 지나다가 탱크 포신 끝에 앉아 있는 평화스러운 고추잠자리 한 마리를 보고 쓴 시조이다. 진술 그대로라면 모순이 없다. 그러나 이 시조가 이야기하고자 하는 것은 고추잠자리의 평화로움이나 한가로움 같은 것이 아니다. 여기에는 유신 헌법이라는 무서운 코드가 잠재되어 있다. 유신 헌법은 1972년 10월 대통령 특별선언에 따른 '조국의 평화통일을 지향하는 새 헌법 개정안'이다. 국민들에 대한 막강한 집권 세력의 통제 기제가 숨어 있다. 집채만 한 중탱크와 아름드리 포신이 이를 말해준다. 속뜻은 포신 끝에 앉아 있는 고추잠자리의 평화스러운 모습이 아니라 살벌한 현실이다. 진술에는 아무런 모순이 없으나 속뜻은 이와는 정반대의 뜻을 내포하고 있다. 표면에 나타난 퍼소나인 '고추잠자리'가 이면에 숨은 퍼소나인 '유신 헌법'을 비판, 조롱하고 있는 것이다.

2. 아이러니의 유형

1) 언어적 아이러니

언어적 아이러니는 언어와 관계가 있다. 진술된 의미와 숨겨진 의미가 서로 다를 때 이를 언어적 아이러니라 한다.

> 북천이 맑다커늘 우장 없이 길을 가니
> 산에는 눈이 오고 들에는 찬비로다
> 오늘은 찬비 맞았으니 얼어잘까 하노라
>
> — 임제, 「한우가」

어이 얼어자리 무슨 일로 얼어자리
원앙침 비취금을 어디두고 얼어자리
오늘은 찬비 맞았으니 녹아잘까 하노라

— 한우

위 텍스트는 수사적 방법으로서의 아이러니이다. 화자는 찬비를 맞았으니 얼어서 자겠다고 말한다. 속뜻은 그것이 아니다. 찬비는 한우(寒雨)라는 기생이다. 찬비를 맞았다는 것은 한우를 만났다는 의미이다. 한우를 떠보기 위한 수작일 뿐 한우와 함께 찬비 맞은 몸을 뜨겁게 녹여보고 싶다는 것이다.

임제는 한우의 마음을 알고 짐짓 반대로 말했다. 듣는 상대방이 분명 부인할 것으로 믿고 화자는 반어법으로 말하는 것이다. '무슨 일로 얼어자리', '어디 두고 얼어자리' 이렇게 한우도 맞받아 임제의 말을 부인했다. 이것이 언어적 아이러니이다.

풍자(satire)는 주로 비난이나 개선의 의도로 쓰여진다. 사회나 개인의 악덕·모순·어리석음 따위에 대해 비웃음, 조롱, 익살, 모방, 반어 등 여러 방법들을 동원시킨다. 언어적 아이러니(반어)는 풍자의 한 방법이다.

간밤에 자고 간 그놈 아마도 못 잊겠다
와야놈의 아들인지 진흙에 뽐내듯이 두더지 영식인지 꾹꾹이 뒤지듯이 사공의 성녕인지 상앗대 지르듯이 평생에 처음이요 흉측도 얄궂어라
전후에 나도 무던히 겪었으되 참맹세 간밤 그놈은 차마 못잊을까 하노라

— 작가 미상

간 밤에 자고 간 놈 어찌나 재주가 좋던지 아무리 해도 잊을 수가 없다.

제1부 시조 창작의 원리

기와장의 아들놈인지 진흙을 이겨내듯이, 두더지 아드님인지 꾹꾹 뒤지는 그 솜씨며, 능숙한 뱃사공의 솜씨인지 상앗대질 하듯이 평생에 그 맛이 처음이라 아이 망측하고 얄궂어라. 전후에 나도 무던히도 겪었지만 참말로 간밤 그놈은 차마 못 잊겠다는 것이다.

중장의 '흉측하고 얄궂다'라는 진술 뒤에 숨은 뜻은 진술된 그대로의 뜻이 아니다. 정반대로 표현한 언어적 아이러니이다. 성 묘사를 겉으로 드러내기가 상스러워 반어로 표현한 것이다. 이런 예는 얼마든지 찾아볼 수 있다.

> 내일이면 미국으로 입양 간다는 여섯 살 짜리 정박 고아 소녀,
> 낯가림도 없이 내 가슴에 안겨 와서, 성모 마리아 같은 눈으로 내 눈
> 을 들여다보며 머리와 얼굴 여기저기를 골고루 어루만진다.
> 그 눈은 '이 가엾은 것을, 이 가엾은 것을'을 되뇌이고 있었다.
> ― 장순하, 「그 다섯째·어느 정박 고아의 눈/1989년 가을」 전문

위 텍스트도 풍자이긴 하지만 언어적 아이러니라고 볼 수 있다. 중장과 종장은 성모 마리아와 같은 행동을 하고 있다. 중장과 종장의 표현된 진술은 정박아가 아니다. 성모 마리아처럼 성스러운 행동을 하고 있지만 그 속뜻은 정반대의 뜻을 내포하고 있다. 물론 정박아는 성모 마리아의 행동을 할 수 없는데도 그렇게 진술하고 있다. 정박아에 대한 사회의 시선이라든지 돌보지 않는 사람들에 대한 질타이다. 이를 텍스트 속에 숨겨두고 있는 것이다.

2) 구조적 아이러니

구조적 아이러니는 언어적 아이러니와는 차원이 다른 작품 구조에서 일어나는 아이러니이다. 플롯이 역전되거나 반전되는, 주인공의 의도와는 정반대의 결과를 낳게 되는 경우이다. 이때 독자들은 알고 주인공은 모르

도록 장치해두고 있다.

소포클레스의 희곡 〈오이디푸스 왕〉을 예로 들 수 있다. 독자들은 선왕의 살해자가 아들 오이디푸스임을 잘 알고 있다. 그러나 오이디푸스만은 모른다. 범인을 추적한 결과 자신이 선왕의 살해자이며 현재의 왕비가 자신의 생모임을 알게 된다. 오이디푸스는 자신의 눈을 뽑고 장님이 되어 방랑의 길을 떠난다. 신의 노여움, 운명의 장난으로 인해 생긴 비극적 아이러니이다. 흔히 비극은 정점 위에서 정점 아래로 떨어지지 않는다. 오이디푸스는 극(極)에서 극으로 떨어지는 그러한 흔치 않은 구성으로 되어 있다. 구성상의 모순으로 아이러니가 일어나게 된 것이다.

> 아무리 뒤져봐도
> 훔쳐갈 것 하나 없어
>
> 에이 재수 없다
> 침 택 뱉고 나가는데
>
> 여보게
> 도둑이 들리
> 문 꼭 닫고
> 나가소
>
> — 장순하, 「도둑」 전문

위 시조에서 도둑이라는 주인공은 뒤져봐도 훔쳐갈 것이 없어서 침을 택 뱉고 나간다. 재수 없다는 말이다. 그런데 집 주인은 그 사람이 도둑인 줄 빤히 알면서도 도둑이 드니 문 꼭 닫고 나가라고 말하고 있다.

제대로 된 플롯이라면 도둑이 침을 택 뱉고 나갈 때 경찰에 신고하거나 몽둥이를 들고 쫓아가거나 소리를 질렀어야 한다. 그러나 주인은 점잖게

제1부 시조 창작의 원리

도둑이 드니 문을 꼭 닫고 가라고 말하고 있다. 예상과는 다른 반전이다.
전혀 예상치 못했던 플롯이 전개되었다. 이를 구조적 아이러니라고 한다.

제11장

패러디

1. 아이러니와 패러디

아이러니는 한 텍스트의 외연적 의미와 내포적 의미가 일치하지 않는 반면 패러디(parady)는 원텍스트와 패러디 텍스트 간의 의미가 일치하지 않는다. 아이러니는 하나의 텍스트가 필요하지만 패러디는 두 개의 텍스트가 필요하다. 아이러니는 하나의 텍스트에서 외연적 의미와 내포적 의미의 차이를 다루지만 패러디는 하나의 텍스트를 모방해서 또 하나의 텍스트를 만들어 두 텍스트 간의 의미 차이를 다룬다. 아이러니는 원텍스트를 필요로 하지 않는 반면 패러디는 원텍스트를 필요로 한다. 아이러니는 하나의 텍스트에서 단일한 의미가 도출되지만 패러디는 원텍스트와 또 다른 여러 텍스트에서 다양한 의미들이 생성된다.

예쁘고 야무지게 생긴 아이를 보고 '요, 여우 같은 년'이라고 말하면 영리하고 똑똑한 아이를 뜻한다. 외연적 의미는 여우처럼 교활하다는 뜻이지만 내포적 의미는 영리하고 똑똑하다는 뜻이다. 여기에는 원텍스트가 없고 하나의 텍스트만이 필요하다. 이것이 아이러니이다.

패러디는 원텍스트가 전제가 되어야 한다. 이 원텍스트를 개작하거나 모방해서 또 하나의 텍스트를 만들어내야 한다. 여기에서 익살, 풍자, 희화 등 다중 의미가 발생하게 된다.

> 황진이   (자세히 지족 선사를 본다) 찡이 아니오라 땡이옵니다!
> 염라대왕 땡이 아녀. 너 때문에 졸지에 피박쓴 놈이여.
> 황진이   제가 컴퓨터도 아닌데 어떻게 피박쓴 남정네를 전부 기억합
>   네까?
> 염라대왕 허기사 한둘이 아니니까 헷갈리겠지. 이것아, 그래도 틈틈이
>   리스트라도 작성하지 그랬어.
> 지 족   이런 요망한 것, 어찌 네가 나를 모른다고 하느냐?
> 검사자   저자는 널 기억한다고 하잖느냐.
> 황진이   기억이 안남네다.
> 검사자   요즘 기억안다는 놈들 너무 많어….
>   ― 김상열, 희곡 「황진이」 중에서

원텍스트는 황진이다. 그러나 위 희곡은 원텍스트 황진이를 통해 요즘 세태를 꼬집어 또 다른 패러디를 만들어내고 있다. 진실을 말하지 않고 기억나지 않는다고 딱 잡아떼며 자신의 죄를 모면하려는, 도덕성이 결여된 현대인의 군상을 패러디한 것이다.

2. 패러디의 정의

패러디의 사전적 의미는 '풍자적 개작', '서투른 모방'이다. 어원 parodia 는 para+odia가 결합된 것으로 'counter+song(반대의 노래)'이란 뜻이다. 그러나 접두사 para는 '반대하는(counter)', '반하는(against)'의 뜻도 있지만 '곁에(beside)' 혹은 '가까이(close to)'란 뜻도 갖고 있다. '반하다'라는 풍자·희화의

뜻과 '가까이'라는 개작·모방의 뜻을 동시에 갖고 있다. 패러디는 원텍스트를 개작, 모방하여 이를 풍자, 희화화시키는 것을 말한다.

패러디는 뜻이 포괄적이고 다양해서 한마디로 정의하기가 어렵다. 좁은 의미로는 한 텍스트가 원텍스트를 조롱하는 트래비스티, 희화화하는 벌레스크와 같은 형식이 있고 넓은 의미로는 텍스트와 텍스트 간의 반복이나 차이 등을 말하는 것으로 다성성·상호텍스트성·메타픽션·패스티시·콜라주·몽타주·혼성모방 등과 같은 형식이 있다.

트래비스티는 '분장, 변장', '옷을 갈아입음'을 뜻하는 travestire에서 유래한 용어로 저급한 희작이나 희화를 뜻한다.

벌레스크는 원텍스트의 진지한 형식이나 내용에다 원텍스트를 모방하면서 천박한 형식이나 내용을 삽입, 원텍스트의 진지한 형식이나 내용을 익살스럽게 만들어내는 풍자 양식이다.

> 국군 보안 사령관
> 그 서슬 시퍼런 자리
>
> 중장에서 소장으로
> 계급 격하한다 한다
>
> 대장의 위에 있는 게
> 바로 소장 아니던가
>
> — 장순하, 「대장 위에 소장」 전문

한 텍스트에 두 개의 작은 텍스트를 설정했다. 원텍스트는 군인 계급 소장이고 또 하나의 텍스트는 사람의 내장인 소장이다. 군인 계급 소장을 사람의 내장 소장으로 격하시켜 조롱하고 있다. 명예를 중시하는 군인으로서는 참을 수 없는 일이다. 엄숙하고 진지한 원텍스트를 인간의 내장이라는 또 하나의 텍스트로 가볍게 처리하고 있다. 중장에서 소장으로 격하되는 게 뭐 별거냐, 사람으로 말하면 대장 위에 소장이 있지 않은가. 군인으로서는 서슬 퍼런 계급이나 사람으로 치면 소장 아래에 대장이 있다는 것이다. 한 텍스트에 두 개의 텍스트를 설정하여 패러디한 벌레스크 형태의 패러디이다.

텍스트는 다른 텍스트와의 연관성 없이는 존재하지 않는다. 이때 텍스트 간의 중첩된 언술은 의미론적으로 보면 대화 형성으로 볼 수 있다. 이를 대화성 혹은 다성성이라고 하며 등장인물들이 독립성을 가지고 상호작용하는 것을 말한다. 물론 중첩된 언술들이 패러디화될 수도 있고 그렇지 않을 수도 있다.

하나의 텍스트는 수많은 기 텍스트들과의 상호 관계에서 이루어진다. 그 어떤 텍스트도 독자적일 수 없으며 기 텍스트들을 인용, 흡수, 변형시키는 가운데 이루어진다. 이를 상호텍스트성이라고 한다.

메타픽션은 픽션과 리얼리티 사이의 관계에 의문을 제기하면서 생긴 양식이다. 기존의 텍스트를 대상으로 한 또 하나의 텍스트 글쓰기이며 목소리를 개입시켜 텍스트의 창작 과정에 대해 진술하는 글쓰기이다. 전자의 글쓰기는 반드시 원텍스트를 전제로 성립되는 패러디와 관련이 깊으나 후자의 글쓰기는 패러디와 무관한 경우가 많다.

패스티시는 한 텍스트가 기 텍스트들로부터 내용이나 표현 양식 등을 빌려와 짜깁기 같은 형태로 만든 패러디이다. 비판이나 풍자가 결여된 경멸적 의미의 유희적인 텍스트이다.

콜라주·몽타주는 색지나 신문지 천·사진·광고문 등을 오려붙여 형과 색채를 만들어내는 텍스트로 문학의 경우에는 단어나 문장의 흩어진 단편들을 하나의 텍스트로 조립·구성하여 파편화된 분열된 현실을 표현하는 형식을 말한다.

혼성모방은 패스티시나 콜라주·몽타주 형식의 비판이나 풍자의 의도
와는 별도로 모방 자체로서의 새로운 의미가 형성되는 패러디를 말한다.

　　한 놈은 머릴 처박고 달 속에서 웁니다
　　그걸 보는 다른 놈의 눈빛
　　아름답고 불안해요
　　세 가닥 굵은 전선이 나를 마구 휘감네요

　　눈빛 총총 달을 띄운 지금은 위험한 밤
　　불을 켜지 마세요
　　그냥 그대로 좋아요
　　저봐요
　　튀어나온 눈알
　　푸르도록 슬프네요

　　　　　　　　　　　　　　　　　　　　—이지엽, 「달과 까마귀」 전문

　　원텍스트는 이중섭의 〈달과 까마귀〉 그림이다. 그림을 시로 쓴 것이다.
그림과 문학의 상호텍스트성이다. 텍스트는 '달 속에서 울고 아름답고 불
안하고, 전선이 나를 휘감고 위험한 밤이고 눈은 튀어나오고 슬프고'이다.
그림의 의미가 구체적으로 무엇을 의미하는지는 알 수 없으나 불안한 현
대 생활을 풍자, 패러디한 또 하나의 시 테스트이다.

　　술아 너는 어이하여 달고도 쓰돗더니
　　먹으면 취하고 취하면 즐겁고야
　　인간의 번우한 시름을 다 풀어볼까 하노라

　　　　　　　　　　　　　　　　　　　　　　　　—작가 미상

　　초장은 윤선도의 「오우가」 중 '솔아 너는 어찌 눈 서리를 모르는다'와

140　　　　　　　　　　　　　　　　　　　　　　　제1부 시조 창작의 원리

'풀은 어이하여 푸르는 듯 누르나니'를 말만 바꾸어 짜깁기한 것이다. '먹으면 취하고 취하면 즐겁고야'는 역시 「오우가」 '동산에 달오르니 긔 더욱 반갑고야'의 어조를 그대로 모방했다. 일종의 다성성 아니면 패스티시의 성격이 강한 패러디라고 볼 수 있다.

한시의 내용을 표절하여 형식만 바꾼 것들도 있다.

> 엄동에 부채를 선사하는 이 깊은 마음을
> 너는 아직 어려서 그 뜻을 모르리라만
> 그리워 깊은 밤에 가슴 깊이 불이 일거든
> 오유월 복더위 같은 불길을 이 부채로 식히렴
> 莫怪隆冬贈扇杖 爾今年少豈能知
> 相思半夜胸生火 獨勝炎蒸六月時
>
> — 임제, 「증월선(贈月仙)」

> 「부채 보낸 뜻을」 나도 잠깐 생각하니
> 가슴에 붙는 불을 끄라고 보내도다
> 눈물도 못 끄는 불을 부채라서 어이 끄리
>
> — 작가 미상

원텍스트는 불길을 부채로 식히라고 했고 후자의 텍스트는 부채로는 끌수 없다고 했다. 언어 표현만 다를 뿐 내용은 같다. 결국 부채로는 가슴에 붙는 불을 끌 수 없다는 말을 전자는 완곡하게 후자는 직설적으로 표현한 것뿐이다.

두 번째 시조는 표절에 가깝다. 원텍스트를 철저히 숨기고 있으면서 마치 자신의 창작품인 것처럼 가장하고 있다. 이럴 경우 표절이라고 말한다. 그러나 패러디는 여러 장치를 통해 자신의 작품에 사용되고 있는 원텍스트의 흔적을 남겨둔다. 의식적으로 인정한 모방 인용 행위이다. 이 점이 표절과 다르다.

　패러디의 대상은 원텍스트이다. 그 원텍스트를 어떤 방법으로든 독자들에게 알려줘야 한다. 패러디는 어떤 장치를 통해 원텍스트를 노출시켜 비판과 풍자, 희화화시킨다. 이때에 독자가 놀라게 된다. 패러디 텍스트가 원텍스트의 기대지평으로부터 일탈되기 때문이다.

제12장

거리

1. 외적 거리와 내적 거리

어떤 텍스트는 거리감이 느껴지고 어떤 텍스트는 친숙하게 읽힌다. 다른 나라 소설을 읽으면 낯설고 한국 소설을 읽으면 낯설지 않다. 지역과 문화적인 배경 때문에 생기는 거리이다. 옛날 소설을 읽으면 어렵고 현대 소설을 읽으면 쉽게 읽혀진다. 시대적인 배경 때문에 생기는 거리이다.

이런 거리들은 작가나 독자의 노력에도 불구하고 해소하기 어렵다. 텍스트를 매개로 해서 필연적으로 생기는 작가와 독자와의 거리이다. 이를 텍스트의 외적 거리라고 한다.

내적 거리는 작가와 텍스트와의 거리, 독자와 텍스트와의 거리를 말한다. 이러한 거리는 작가가 어떤 방식으로 접근하느냐, 독자가 어떻게 읽느냐에 따라 달라진다. 작가의 표현 관점이나 독자의 해석 관점이 다르기 때문이다. 작가의 창작 과정에서, 독자의 읽기 과정에서 생기는 거리이다. 내적 거리는 작가와 텍스트, 텍스트와 독자 간에 타협해갈 수 있다. 텍스트와 작가, 텍스트와 독자 간의 거리는 피할 수 없으나 그 거리는 탄력적으로 조정될 수 있다.

다음 시조는 외적 거리의 예이다.

　　푸른 산중(山中) 백발옹(白髮翁)이 고요 독좌(獨坐) 향남봉(向南峰)이
로다
　　바람 불어 송생슬(松生瑟)이요 안개 걷어 학성홍(壑成虹)을 주곡제금
(奏穀啼禽)은 천년한(千古恨)이오 적다정조(積多鼎鳥)는 일년풍(一年豊)
이로다
　　누구서 산을 적막(寂寞)타던고 나는 낙무궁(樂無窮)인가 하노라
　　　　　　　　　　　　　　　　　　　　　　　— 작자 미상

　　나보다 난 한 쪽
　　먼저 눈을 떴습니다.

　　학처럼 깃을 펴고
　　화분에 앉았습니다.

　　이 세상 잠시 떠날 듯
　　그렇게 피었습니다.

　　　　　　　　　　　　　　　　　　　　— 이용상, 「난」

　전자는 고시조이다. 한자말들이라 한문에 익숙하지 않은 사람들은 무슨
뜻인지 잘 모른다. 당시 식자들에게는 자연스러웠을 것이나 지금의 한글
세대에 와서는 많이 낯설다. 전자를 현대어로 옮겨보면 다음과 같다.

　　푸른 산중의 백발 노옹이 고요히 혼자 앉아 남쪽 봉우리를 바라보고
있구나.
　　바람 부니 솔숲의 거문고 소리요, 안개 걷히니 골짜기엔 무지개로다.
두견새 우는 소리는 천년 한이요, 솥적다 우는 소쩍새 소리에 풍년이
들겠구나.
　　그 누가 산을 적막하다고 했는가 나의 즐거움은 끝이 없노라.

　　　　　　　　　　　　　　　　제1부 시조 창작의 원리

후자는 현대시조이다. 화분에 난촉이 한 마리 학처럼 앉아 있다. 이 세상을 이내 떠날 듯 피었다. 현대 언어로 쓰여졌기 때문에 현대인들은 이를 곧잘 읽어낼 수 있다. 그래야 감상도 제대로 할 수 있다. 시대적인 배경 때문에 생기는 거리이다.

2. 거리의 생성

예술의 창작이나 감상에는 거리 개념에 대한 이해가 필수이다. 거리가 창작이나 감상의 성패를 좌우할 수 있기 때문이다. 앵글 조정에 따라 의미를 왜곡할 수도 있고 정당화할 수도 있다. 초점에 따라 해석이 달라질 수도 있다. 거리 문제는 작가나 독자가 텍스트에 대해 안고 있는 중요한 문제 중의 하나이다.

거리 개념은 두 가지 측면에서 생각해볼 수 있다. 작가의 표현 의도에 따른 거리와 독자의 감상 태도에 따른 거리이다. 텍스트의 인물에 대한 작가의 심리적인 상태, 시점의 선택, 서술 상황 등은 전자의 거리 개념들이다. 작가가 감정을 객관화시켜가는 과정에서 생겨나는 거리들이다.

시점 선택과 서술 상황의 예이다.

> 엄마야 누나야 강변 살자
> 뜰에는 반짝이는 금모래 빛
> 뒷문 밖에는 갈잎의 노래
> 엄마야 누나야 강변 살자
>
> — 김소월, 「엄마야 누나야」 전문

지상엔 마지막 가을이

목발을 짚고 갔네

허리가 휘이도록

하얀 밤을 걸어갔어도

살아서 그리움보다

더 먼 것은 없었네

— 백이운, 「귀뚜라미」 전문

「엄마야 누나야」의 작가는 성인 남자 김소월이다. 그러나 텍스트 속의 시적 자아는 산골 소년이다. 시점은 삼인칭이다. 산골 소년이 강변에서 엄마와 누나와 함께 살고 싶다는 것이다. 시인 김소월이 이 텍스트에서는 산골 소년의 가면을 쓰고 등장했다. 작가는 테마를 효과적으로 전달하기 위해 작가의 감정을 객관화해야 할 필요가 있다. 때로는 여인으로, 소년으로 작가와 거리를 둠으로써 텍스트가 의도하는 바를 극대화시킬 수 있다. 산골 소년이어야 엄마와 누나와 함께 그런 강변에서 살 수 있는 것이지 성인 소월 자신을 등장시켜서는 그런 효과를 기대할 수 없다.

백이운의 「귀뚜라미」에서 목발을 짚고 간 가을 그 하얀 밤을 걸어갔어도 그리움보다 더 먼 것은 없다고 했다. 하얀 밤을 걸어간 것은 가을이라기보다는 귀뚜라미일 것이다. 귀뚜라미가 걸어간 것이 아니라 귀뚤귀뚤 우는 귀뚜라미 소리를 그렇게 표현한 것이다. 귀뚤귀뚤 울었다고 표현한다면 느낌은 반감되었을 것이다. 서술의 묘미가 거기에 있다. 귀뚜라미가 울었다고 한다면 귀뚜라미가 우는 것이지 하얀 밤을 걸어간 것은 아니다. 우는 소리를 하얀 밤을 걸어갔다고 표현했기 때문에 거리가 생긴 것이다. '우는 것'과 '걸어간 것'과 거리는 많은 차이가 있다. 서술을 어떻게 표현하느냐

제1부 시조 창작의 원리

에 따라 독자들의 느끼는 정도가 이렇게 다르다.

독자의 감상 태도에 따른 거리는 독자가 텍스트에 대해 사적인 관심을 버린다든가, 감정을 분리시킨다든가 할 때 생겨난다.

> 갈대를 품고 있는
> 구멍 숭숭 난 갯벌에서
>
> 홀로 된 어머니
> 시린 설움 묻어 있다
>
> 한겨울 골다공증에도 둥지 품은 갈대숲
>
> — 강애심, 「순천만 갈대숲」

구멍 숭숭 난 갯벌은 어머니의 가슴이다. 여기에는 홀로 된 어머니의 시린 설움이 묻어 있다. 어머니는 골다공증을 앓고 있다. 갈대숲은 물론 자식들이다. 그럼에도 겨울 어머니는 갈대숲을 따뜻하게 품어주고 있다. 뼈도 살도 남기지 않고 자식들에게 다 주는 어머니의 마음, 구멍 숭숭 난 갯벌이라도 갈대숲에게는 끝없는 자양분이다. 여기가 바로 독자들이 반응하는 지점이다.

독자들이 깊은 감동을 받았다면 텍스트와 독자와의 거리는 가깝고 그렇지 않다면 텍스트와 독자와의 거리는 멀다고 말할 수 있다.

독자의 감동은 독자의 체험, 환경, 배경과도 무관하지 않다. 작품은 동서고금, 남녀노소 감동을 받을 수 있는 것이어야 한다. 당시엔 명작으로 평가를 받다가도 시대가 지나면 언제 잊혀졌는지 모르는 작품들도 있다. 작가나 독자들의 거리가 객관성을 유지하지 못하고 한 시선에 치우쳐 있기 때문일 것이다. 그래서 텍스트의 중심추가 어느 독자에게도 기울어지지 않도록 객관적인 거리를 유지할 필요가 있다.

3. 거리의 분리

작가는 텍스트에서 시적 자아나 서술 등을 분리해내야 하고 독자는 텍스트에서 감정을 분리해내야 한다. 그래야 텍스트로부터 일정한 거리가 생성된다.

작가의 시적 자아와 서술 분리를 예를 들어 설명해보기로 한다.

분리

'나는 울었다'라고 한다면 이를 시적 표현이라고 볼 수는 없다. 감정을 거르지 않고 그대로 표현했기 때문이다. '나는 울었다'를 '그녀의 속눈썹이 젖었다'로 표현해야 시적 표현에 가깝다.

이 텍스트는 시적 자아와 서술을 분리했다. '나'라는 실제적 시인을 '그녀'라는 텍스트 속의 허구적 자아 즉 시적 자아로 분리했고, '울었다'를 '속눈썹이 젖었다'로 서술을 분리했다. 그래서 '나는 울었다'라는 직설적인 말이 '그녀의 속눈썹이 젖었다'라는 시적인 말로 표현된 것이다. 이래야 독자들이 감동을 받게 된다. 작가와 텍스트와의 거리는 멀어졌고 텍스트와 독자와의 거리는 가까워진 것이다.

누구나가 감동할 수 있는 거리가 어떤 거리이어야 하는가는 상황에 따른 작가의 역량에 달려 있다. '나는 울었다'라는 구절에서 실제 시인인 '나'를 시적 자아인 '그녀'로만 분리한다면 적당한 객관적 거리라고 볼 수 없다. 서술 분리까지도 해야 제대로 된 객관적 거리를 유지할 수 있다.

부서지진 않으리
깨어지진 않으리

고스란히
참수되어
선혈을 땅에 뿌릴지라도

가벼이
난분분 난분분
흩날리지 않으리

　　　　　　　　　　　— 신양란, 「동백, 지다」 전문

　위 텍스트는 실제 '동백'이 텍스트상에서 시적 자아가 '죄인'으로 변용되었다. 동백이라는 꽃을 씻지 못할 죄인인 사람으로 형상화시켜 실감을 더해주고 있다. 고대 떨어지는 꽃으로 선비의 의연함을 보여주고 있다. 시적 자아가 동백에서 사람으로 변용됨으로써 거리가 생긴 것이다. 적당한 거리를 유지하기 위해서는 시적 자아와 함께 서술 변용도 이루어져야 한다. 부서지지 않고, 깨어지지 않는다고 했다. 떨어진 꽃을 그렇게 서술했다. 선혈을 땅에 뿌릴지라도 흩날리지 않는다고 했다. 대부분 꽃들은 바람에 흩날린다. 그런데 그런 꽃에서 차별화, 거리를 두고 있다. 이러한 차별화가 유지되어야 작가와 텍스트와의 거리를 증가시킬 수 있다.

　작가와 텍스트와의 거리 증가는 독자와 텍스트와의 거리 감소를 가져오게 되어 감동적인 시를 감상할 수 있다.

　독자의 감정 분리는 시인이 창작한 텍스트와 감상하고자 하는 독자와의 거리이다. 이는 독자가 주관이나 실제적 관심을 버리고 허심탄회한 마음을 유지함으로써 생기는 거리이다. 독자의 감정으로부터 분리되는 것이다. 이러한 거리는 독자가 텍스트를 읽어가는 과정에서 생긴다. 읽어간다는 것은 텍스트에 대해 독자가 자신의 사적인 감정을 분리해간다는 것을 의미한다. 이러한 감정 분리는 독자가 텍스트에 대해 적당한 거리를 둘 때만이 가능하다.

> 좌판대에 몸을 굳힌 등 푸른 고기 떼들
> 난바다 가로질러 회귀의 꿈을 꾸고 있다
> 흰 눈발 툭툭 쳐내는 저녁 불빛 아래서
> — 임성화, 「아버지의 바다」 부분

텍스트를 읽기 위해서는 독자의 사적인 관심을 버려야 한다. 독자가 자신의 감정을 분리하지 않고 주관적으로 바라본다면 독자는 텍스트에 빠져 제대로 감상할 수 없다. 정서의 과잉과 감정의 부재 때문에 생기는 거리이다. 이 경우 텍스트에 대한 독자의 심리적 거리가 멀어 객관적으로 읽어낼 수 없다.

화자는 어부인 '아버지'이다. 그러나 단순히 어부인 아버지로만 해석한다면 텍스트는 하나의 뜻으로 굳어지게 된다. 양식화 과정에서 다듬어지지 않는 지적 부족함이나 정서 과잉의 태도는 텍스트를 올바르게 해석할 수 없다.

위 텍스트는 IMF 외환위기가 시대적 배경이다. 아버지의 바다이지만 텍스트는 단순히 바다만을 이야기하지 않는다. 여기에는 가난하지만 희망을 잃지 않는 굳센 의지가 담겨 있는 기층민들의 생활상을 얘기하고 있다. 어느 텍스트이든 어디에도 치우치지 않는 거리를 유지할 필요가 있다. 너무 떨어져서 읽거나 너무 가까이 읽을 경우 지나친 감정의 억제나 과잉은 엉뚱한 해석을 낳을 수가 있다. 독자에게 적당한 앵글 조정이 요구되는 소이이다.

4. 거리의 상관 관계

거리는 작가와 독자가 감정을 양식화하는 과정에서 생긴다. 작가와 텍스트와의 거리가 짧은 경우에는 시인이 자신의 감정을 양식화하지 않고 직접 발화할 때 생긴다. 이럴 경우 독자는 텍스트에 참가하기가 어렵기 때문에 읽기를 중단해버린다. 이때 작가와 텍스트와의 거리는 짧아지고 독자와 텍스트와의 거리는 멀어진다.

이러한 경우가 앞에서 언급한 '나는 울었다'와 같은 형태의 텍스트이다. 자신의 감정을 거르지 않고 있는 그대로 표현했다. 독자들은 이러한 텍스트에 별 흥미를 느끼지 못한다. 이 경우 작가와 텍스트와의 거리가 짧아지고 독자와 텍스트와의 거리는 멀어진다. 이 경우 '독자는 텍스트에 공감하지 않는다'라고 말할 수 있다.

'나는 울었다'를 '그녀의 속눈썹이 젖었다'로 하면 작가와 텍스트와의 거리는 증가한다. '나'를 '그녀'로 분리했고 '울었다'를 '속눈썹이 젖었다'로 분리했다. 감정을 양식화함으로써 작가와의 거리를 증가시켰기 때문에 독자와 텍스트와의 거리는 상대적으로 가까워졌다. 이 경우 '독자는 텍스트에 대해 공감한다'라고 말할 수 있다.

이를 도표로 정리하면 다음과 같다.

'나는 울었다'라는 텍스트는 작가와 시적 자아와의 거리가 짧아 A에 접근되어 있는 경우이고, 이 경우 독자와 텍스트와의 거리가 멀어 '독자는 공감하지 않는다'라고 말할 수 있다. 그러나 '그녀의 속눈썹이 젖었다'라

고 하면 시적 자아도 서술도 분리되어 텍스트의 위치가 B에 접근되어 있어 독자와 텍스트와의 거리는 감소되어 '독자는 공감한다'라고 말할 수 있다.

작가와 텍스트와의 거리를 x라 하고 독자와 텍스트와의 거리를 y라고 한다면 작가와 텍스트, 독자와 텍스트와의 상관 관계는 'x + y = 1'라는 공식이 성립할 수 있다.

그러나 작가와 텍스트와의 거리 감소가 반드시 독자와 텍스트 사이의 거리 증가를 가져오는가. 반드시 그렇다고는 말할 수 없다. 다시 말해 어떤 작품에는 비록 작가가 작품에 개입한다고 해도 독자는 공감을 유지할 수 있다는 말이 된다. 'x + y ≠ 1'라고도 말할 수 있다.

> 청산은 내 뜻이요 녹수는 님의 정이
> 녹수 흘러간들 청산이야 변할쏜가
> 녹수도 청산 못 잊어 울어예어 가는고
>
> ― 황진이

위 텍스트는 자신의 감정을 그대로 텍스트 속에 끌어들어 꾸밈 없이 기술했다. 그러나 이런 솔직 담백한 텍스트가 오히려 독자의 마음을 사로잡을 수도 있다. 물론 텍스트 속에 숨겨진 상황이나 의미들이 독자는 작가와 적당한 선에서 타협, 거리를 조절했기 때문일 것으로 보인다.

텍스트의 개념들을 어떤 공식에 의해 정의하기보다는 또 다른 설명을 미루어야 한다는 말이 옳을 수도 있다. 감동은 매우 주관적이어서 어떤 수치로 표시하기에는 어려운 점이 많다. 문학을 이론화하기 위해서 필요한 공식이나 수치는 설명을 용이하게 해줄 수는 있어도 그것이 언제나 옳다고 말할 수는 없는 것이다.

제1부 시조 창작의 원리

제2부
시조 창작의 실제

제13장
고시조의 창작 배경

　고시조는 현대시조와는 달리 시조 한 수로도 당시의 정치·사회적 배경을 알아낼 수 있다. 작품과 세계가 매우 밀접한 관계를 갖고 있기 때문이다. 시조 창작은 그만의 배경이 있다.

　　　이런들 어떠하리 저런들 어떠하리
　　　만수산 드렁칡이 얽혀진들 어떠하리
　　　우리도 이같이 얽혀서 백년까지 누리리라

　이방원의 「하여가」이다. 이성계를 왕으로 추대하려는 자신들의 뜻에 동조하는 것이 어떻겠느냐고 물었다. 지그시 눈을 감고 듣고만 있던 정몽주는 다음과 같은 시조로 화답했다.

　　　이 몸이 죽고 죽어 일백 번 고쳐죽어
　　　백골이 진토되어 넋이라도 있고 없고
　　　임 향한 일편단심이야 가실 줄이 있으랴

　정몽주의 「단심가」이다. 일백 번 고쳐 죽은들 그대의 뜻에 동조할 수 있겠는가. 백골이 진토 되어도 넋이라도 고려를 향한 일편단심은 변할 리가 없다는 것이다.

이방원은 더 이상 미룰 수가 없었다. 그날 정몽주는 선죽교 차디찬 돌다리 위에서 이방원 일파에 의해 철퇴를 맞았다. 오백 년 고려의 사직은 이렇게 해서 끝났고 만고 충신 포은 정몽주는 그렇게 해서 숨졌다.

포은 정몽주와 함께 고려 삼은의 한 사람인 목은 이색은 원나라에서 벼슬도 했고 귀국해서 고려 사직을 위해 크고 작은 많은 일들을 했다. 오백 년 사직은 무너지고, 이성계 일파의 신흥 세력은 개국을 목전에 두고 있었다. 고려의 충신 이색은 다음과 같은 시조 한 수를 남겨놓았다.

> 백설이 잦아진 골에 구름이 머흘에라
> 반가온 매화는 어느 곳에 피었는고
> 석양에 홀로 서 있어 갈 곳 몰라 하노라

흰 눈이 없어진 골짜기에 먹구름이 끼었고 반겨줄 매화는 어느 곳에 피었는지, 석양에 홀로 서 있어 갈 곳 없다고 한탄하고 있다. 충신과 지사들은 몰락하고 간신들은 들끓고 나라는 기울었다. 한 지식인의 당시 심경이 눈에 보이는 듯 생생하게 그려져 있다.

> 천만리 머나먼 길에 고운 임 여의옵고
> 내 마음 둘 데 없어 냇가에 앉아시니
> 저 물도 내 안 같도다 울어 밤길 예놋다

왕방연의 시조이다. 사육신의 단종 복위가 실패로 돌아갔다. 폐위된 단종이 영월로 유배될 때 왕방연이 의금부 도사로서 단종을 호송했다. 단종을 두고 돌아오면서 곡탄 언덕에서 자신의 심경을 노래했다.

천만리 머나먼 곳에 어린 임금을 두고 온 참담한 심경은 어찌 말로 형용할 수 있으랴. '내 마음 둘 데 없어'와 '저 물도 내 안 같도다'와 같은 시어들이 작자의 비탄감을 더욱 고조시켜 읽는 이의 가슴을 울리고 있다.

> 있으렴 부디 갈따 아니 가든 못할소냐
> 무단히 싫더냐 남의 말을 들었느냐
> 그려도 하 애닯고야 가는 뜻을 일러라

조선 9대 임금, 성종의 시조이다. 성종 25년 1월, 70세가 된 어머니를 봉양하려고 고향 선산으로 돌아가는 신하 유호인을 전송하면서 지었다. 성종은 유호인을 합천군수로 봉하면서 그의 귀성을 허락했다. 낮은 벼슬이기는 하나 유호인은 충효·시문·서필의 삼절로 성종의 각별한 은총을 받았던 신하이다.

유호인의 집은 선산에 있었는데 노모를 모시고자 돌아가려 했다. 임금이 친히 전별하며 이 노래를 불렀다. 유호인이 감읍하였고 좌우 신하들도 감격하였다는 시조이다. 독자들에게 곡진한 감동을 주고 있는 것은 자신의 솔직한 심정을 꾸밈없이 토로했기 때문이다.

황진이는 서경덕에게 글을 배우러 다니는 문하생이었다. 그런데 황진이가 오는 일이 뜸해졌다. 밤은 깊고 주위는 적막한데 우수수 낙엽 지는 소리가 들린다. 오는가 싶어 영창을 열고 귀를 기울여보았으나 주위는 더욱 적막하기만 하다. 다시금 영창을 닫았다. 불을 껐다. 잠은 십 리 밖으로 달아나고 정신은 자꾸만 맑아졌다. 기다려도 황진이는 오지 않았다. 서경덕은 초연히 앉아 어둠 속에서 이렇게 노래를 읊었다.

> 마음이 어린 후이니 하는 일이 다 어리다
> 만중 운산에 어느 님 오리마는

지는 잎 부는 바람에 행여 긴가 하노라

황진이인들 스승의 인자한 모습, 부드러운 음성을 보고 싶고 듣고 싶지 않았겠는가? 그녀는 문 밖에 와 있었다. 자신의 사무치는 마음을 스승도 간직하고 있음을 확인하는 순간이었다. 왈칵 눈물이 쏟아졌다. 마음속 깊이 깔려 있던 그동안의 오열이 한꺼번에 쏟아져 나왔다. 한참을 추슬렀다.

내 언제 무신하여 님을 언제 속였관대
월침삼경에 온 뜻이 전혀 없네
추풍에 지는 닙 소리야 낸들 어이하리오

님을 속여 월침삼경에도 올 뜻이 전혀 없는가 하고 탄식하고 있다. 얼마나 보고 싶었으면 이렇게도 절절할 수 있을까? 추풍에 지는 잎 소리야 낸들 어찌하겠느냐고 반문하고 있는 것이다. 님이 오기를 애타게 기다리고 있지만 님은 올 생각조차 없다. 그렇다고 님을 원망하거나 탓하지 않는다. 화담과 진이는 서로에 대한 연정을 가슴 깊이 간직하고 있었던 것이다. 잎 지는 소리가 서경덕에게는 황진이가 오는 소리인 듯 들려왔고, 황진이는 잎 지는 소리를 자기가 어떻게 하겠느냐는 것이다. 자연의 이치를 서로가 숙명으로 받아들이고 있다.[1]

임제는 호가 백호이며 명종 4년(1549)에 나서 선조 20년(1587) 39세로 요절했다. 그는 면앙정 송순의 회방연에서 송강과 함께 송순의 가마를 멜 정도로 당대의 멋쟁이었다. 당파 싸움이 싫어 속유들과 벗하지 않고, 법도 밖의 사람이라 하여 선비들은 그와 사귀기를 꺼려했다. 권력이나 벼슬에 매력을 느끼지 않는 위인이었다. 그에게는 오직 낭만과 정열 그리고 문학

---

1   신웅순, 『문학과 사랑』, 문경출판사, 2000, 53~54쪽.

이 있을 뿐이었다. 일찍 요절한 천재였으며 패기가 하늘을 찌를 듯한 호남아였다. 또한 시국을 강개하는 지사적인 인물이기도 했다. 벼슬에 뜻이 없어 전국을 노닐면서 시와 술로 울분을 달랬다.

> 북천이 맑다커늘 우장없이 길을 나니
> 산에는 눈이 오고 들에는 찬비로다
> 오늘은 찬비 맞았으니 얼어잘까 하노라

위 시조는 임제가 기녀 한우에게 준 「한우가」이다. 한우는 재색을 겸비한 데다 시문에도 능하고 거문고와 가야금에도 뛰어났다. 노래 또한 절창이었다.

'찬비'는 '한우'를, '맞았다'는 '만났다'의 은유이다. '찬비를 맞았다'는 말은 기녀 한우를 만났다는 말이 된다. '얼어잘까 하노라'는 '몸을 녹여 자고 싶다'는 마음을 역설적으로 표현한 것이다. 오늘은 한우를 만났으니 자고 갈 수밖에 없지 않느냐고 우회적으로 표현하고 있다.

> 어이 얼어자리 무슨 일로 얼어자리
> 원앙침 비취금을 어디두고 얼어자리
> 오늘은 찬비 맞았으니 녹아잘까 하노라

이는 기생 한우가 임제의 「한우가」에 화답한 시조이다. 장군 하니 멍군한다. 무엇 때문에 얼어 주무시렵니까? 무슨 일로 얼어 주무시렵니까? 원앙침 베개, 비취금 이불 다 있는데 왜 혼자 주무시려고 하시는 겁니까? 오늘은 찬비를 맞으셨으니 저와 함께 따뜻하게 주무시고 가십시오. 한우는 은근하게 그리고 속되지 않게 자신의 메시지를 청아한 목소리에 실어보냈다.

매창은 부안 기생이다. 기생이었지만 몸가짐을 조신하여 함부로 하지 않는 그녀에게는 집적거리는 손님이 많았다. 그녀는 촌은 유희경을 사랑했다. 유희경의 상경 후 일자 소식이 없자 매창은 다음과 같은 시조를 짓고 수절했다.

> 이화우 흩날릴 제 울며 잡고 이별한 님
> 추풍낙엽에 저도 나를 생각는지
> 천리에 외로운 꿈만 오락가락하더라

　글깨나 쓴다는 옛 선비들에게 시는 필수품이었다. 의사 표시였고 우정이었고 사랑이었다.

제14장

현대시조의 창작 배경, 해설

바릿밥 남 주시고 잡숫느니 찬 것이며
두둑히 다 입히고 겨울이라 엷은 옷을
솜치마 좋다시더니 보공 되고 말아라

— 정인보, 「자모사 12」 전문

바리의 따뜻한 밥은 자식에게 주고, 찬 밥은 당신께서 잡수셨다. 자식들에게 두둑한 옷을 다 해 입히시고, 당신께서는 겨울에도 엷은 옷을 입으셨다. 솜치마 그리 좋다 하시며 아끼시더니 결국 보공 되어 관 속에 담아 가셨다. 보공은 관의 빈 곳을 채우는 물건을 이르는 말이다. 어머니의 사랑과 희생을 '보공' 하나로 마무리했다. 나라까지 잃었으니 지은이의 심정은 오죽했으랴.

이 시조는 1926년 정인보가 33세 때의 작품으로 생모와 양모의 죽음을 애도하는 추도 시조이다. 망명했던 동지들의 슬픔과 민족에 대한 사랑도 함께 배어 있는 작품이다.

차창을 돌아볼 때
산도 나도 다 가더니
내려서 둘러보니

산은 없고 나만 왔네
다 두고
저만 가나니
인생인가 하노라

— 이은상, 「인생」 전문

이 작품은 이은상이 28세 때인 1931년 6월 5일 안주역에서 썼다. 안주
역은 평안남도 안주시 칠성동 서쪽에 있는 기차 정거장이다. 사유의 폭이
얼마나 넓고 깊으면 그 나이에 이런 인생 시조를 썼을까 싶다. 젊은이들이
철이 들지 않으면 시대를 살아갈 수가 없었던 때였다. 일제강점기라는 시
대가 이런 작품을 만들어냈다.

고향에 내려가니
고향은 거기 없고

고향에서 돌아오니
고향은 거기 있고……

흑염소
울음소리만
내가 몰고 왔네요

— 정완영, 「고향은 없고」 전문

고향은 거기 없고 고향은 거기에 있다. 역설이다. 고향은 멀리 있을 때
그립고 아름다운 법이다. 그러나 고향은 우리가 사는 현실과 하나도 다르
지 않다. 그리울 리도 아름다울 리도 없다. 흑염소 울음소리만 몰고 왔다
는 것은 바로 현실 인식에서 비롯된 것이다. 아름다운 이상향이 아름다운
허상을 만들어냈다. 고향이 유토피아로 남는 것은 이 때문이다.

산으로 난 오솔길
간밤에 내린 첫눈

노루도 밟지 않은
새로 펼친 화선지

붓 한 점 댈 곳 없어라
가슴 속의 네 모습

— 장순하, 「첫눈」 전문

간밤에 첫눈이 내렸다. 시인은 산으로 난 오솔길을 바라보고 있다. 노루도 밟지 않은 새로운 첫눈 길, 새로 펼친 하얀 화선지이다. 그 길이 하도 순결하기에 붓 한 점 댈 수가 없다. 첫사랑이었던 가슴속의 너의 모습에 시인은 붓조차 댈 수가 없는 것이다.

삶은,
가파른 벽을
온몸으로 오르는 것

무성한
잎을 드리워
속내를 숨기는 것

비워도
돋는 슬픔은
벽화로 그려낼 뿐

— 권갑하, 「담쟁이」 전문

도종환의 「담쟁이」 같은, 오 헨리의 「마지막 잎새」 같은 이야기를 단아

한 3장 12소절로 섬세하게 압축시켜놓았다. 단출한 형식 때문에 울림이 크고 가슴에 오래 남는다.

도종환은 '어쩔 수 없는 벽이라고 우리가 느낄 때 담쟁이는 말없이 그 벽을 오른다'고 했다. 오 헨리의 「마지막 잎새」는 노화가 베이먼이 존시의 목숨을 담쟁이 벽화로 대신해주고 마지막 길을 떠났다.

마음을 다 비울 때 슬픔들이 위대한 벽화로 남는다.

> 그리움 문턱쯤에
> 고개를
> 내밀고서
>
> 뒤척이는 나를 보자
> 흠칫 놀라
> 돌아서네
>
> 눈물을 다 쏟아내고
> 눈썹만 남은
> 내 사랑
>
>   — 김강호, 「초생달」

초생달(초승달)은 눈물을 다 쏟아내고 눈썹만이 남았다. 수줍은 여인의 사랑이다. 그래서인가 초생달은 홀연 서쪽 하늘로 금세 사라진다. 그리움 문턱쯤에서 흠칫 놀라 돌아섰다. 고개를 내밀고 뒤척이는 나를 초생달이 순간 보고 만 것이다. 어느 늦시월에 일어난 일이었을 것이다.

사랑은 이리도 신비롭다.

> 실크로드 박물관에 강보에 쌓인 아기 미라
>
> 유리관에 누운 모습 요람인 듯 평온하다

엄마는 비단길 가셨나 혼자서 잠들었네

　　　　　　　　　　　　　　　　　— 김영재, 「아기 미라」 전문

　옛 로마인들은 동쪽 어딘가가 궁금했고 중국 또한 서역 어딘가가 궁금
했다. 그래서 생긴 것이 비단길, 파미르고원을 넘어 동서양을 잇는, 6,400
킬로미터 대장정의 길, 실크로드이다.

　죽은 아기를 산 아기로 둔갑시켰다. 죽은 사람도 살려내고 산 사람도 죽
일 수 있는 것이 시이다. 유리관이 요람인 듯 평온하게 누워 있는 아기 미
라. 엄마는 비단길을 가서 돌아오지 않았다. 강보에 싸인 아기는 엄마를
기다리다 영원히 잠들었다.

　시는 경험을 재구성하여 새로운 것을 만들어내는 작업이다. 상상력에
다름 아니다. 새로운 것은 경험하지도 않고 존재하지도 않는 세계이다. 시
인은 이런 세계를 새롭고도 구체적인 이미지로 표현해내야 한다.

　　　베란다 전체를 화초로 다 채우고
　　　일 년 내 물 대주면 보살피느라 바쁜 아내
　　　가꾸기 제일 힘든 나무가
　　　남편이라며 웃는다

　　　　　　　　　　　　　　　　　— 김원각, 「아내의 화원」 전문

　우스갯소리 같으면서 우스갯소리가 아니요, 어긋난 말 같으면서 어긋난
말이 아니요, 흔한 말 같아도 흔한 말이 아니다. 아내들은 흔한 말로 남편
을 큰아들 하나 더 키우고 있다고들 말한다. 사실이야 그렇겠냐만 남편이
아내 말을 잘 안 듣는다는 애정 표현을 그렇게 에둘러 말한 것이다.

　　　그리운 이름 하나
　　　가슴에 묻고 산다

지워도 돋는 풀꽃
아련한 향기 같은

그 이름
눈물을 훔치면서
뇌어본다

어-머-니
　　　　　　　　　— 박시교, 「지상에서 가장 아름다운 이름」 전문

　시인은 어머니를 '지상에서 가장 아름다운 이름'으로 정의했다. 여기에
토를 달 사람은 아무도 없다. 이보다 더 아름다운 이름이 세상에는 없기
때문이다. 이 시조 한 수로 이 시구가 어머니라는 이름의 운명이 되었다.

그대를 보냅니다
등 떠밀어
보냅니다

명치끝에 아려오는
절절한
그리움을

다 덮고
혀를 깨물며
그대를 보냅니다
　　　　　　　　　　　　　　　— 서일옥, 「파도」 전문

　인간은 이별하지 않고는 한 시도 살아갈 수 없는 존재이다. 살면서 누군
가를 보내야 한다. 그것이 인생이다. 「파도」 한 수가 우리 이별의 슬픈 인
생사를 달래주고 있지 않은가. 위대한 작품이 반드시 역사와 시대를 말해

　　　　　　　　　　　　　　제2부　시조 창작의 실제

주는 것은 아니다. 소소한 것이라도 오래오래 감동으로 남을 수 있다면 그것이 위대한 작품이다.

> 생각마저
> 갈색뿐인
> 햇빛 차암
> 좋은 날
>
> 등 마알간
> 바람이
> 길을 가다
> 멈춘 곳
>
> 마가목
> 고, 가지 끝에
> 초롱 닮은
> 알집
> 하
> 나
> !

　　　　　　　　　　　　　　— 유재영, 「햇빛 좋은 날−가을시 1」 전문

　사마귀는 가을에 알을 낳는다. 긴 겨울을 지내고 봄이 되면 알집에서 깨어나는 아기 사마귀. 아기 사마귀는 햇살을 보고 햇살을 따라 갈 길을 찾는다. 연두빛 바람 소리도 끊어진 어디쯤서 쉬었다 가는 그런 곳이다. 먼 거리도 아니요 가까운 거리도 아닌, 보일 듯 말 듯 그쯤의 거리이다. 많은 말은 명도도 낮고 채도도 낮다. 말간 바람과 햇빛 때문에 산과 들이 저만치 보이는 것이다.

소리를 짊어지고

누가 영을 넘는가

이쯤해 혼을 축일

주막집도 있을 법한데

목이 쉰

눈보라 소리에

산 같은 한을 옮긴다.

— 이상범, 「남도창」 전문

위대한 소설 한 편이요 영화 한 편이다. 판소리의 득음을 몇 개의 단어로 형상화시켰다. 영을 넘으려면 소리를 짊어지고 가야 한다. 영을 넘어야 득음의 경지에 다다를 수 있다. 이쯤에 혼을 축일 주막이라도 있어야 한다. 그런데 없다. 득음의 길이 이렇게도 험하고 멀다.

'목이 쉰 눈보라 소리'는 쾌도난마, 클라이막스이다. 득음하지 못한 한을 눈보라 소리로 치환시켰다. 그래야 산 같은 한을 옮길 수 있고 그래야 득음의 경지에 다다를 수 있다.

작은 웃음 보이며, 맑게 맑게 반짝이며

노을 속에 서 있는 산 개울가의 너는

장님이 데리고 가던

어느 딸애의 살결 같은 꽃

— 이우걸, 「달맞이꽃」 전문

　김동리의 단편 「무녀도」의 벙어리 낭이를 떠올리게 하는 작품이다. 물론 낭이는 텍스트의 '어느 딸애'와 전혀 다른 인물이다. 영화 〈서편제〉의 눈먼 소리꾼 송화가 떠오르기도 한다. 송화도 '어느 딸애'와는 전혀 다른 인물이다.

　시는 첫 경험이어야 가슴이 설렌다. 밤이기 때문에 장님이고, 달이기 때문에 딸애의 살결이다. 그래야 어둠과 밝음이 서로 매치되어 선명하게 초점이 잡힌다. 예술도 최소의 낱말로 최대의 효과를 얻을 수 있어야 한다. '장님'과 '딸애'가 바로 그렇다.

여기서 저만치가 인생이다 저만치,

비탈 아래 가는 버스
멀리 환한
복사꽃

꽃 두고
아무렇지 않게 곁에 자는 봉분 하나

— 홍성란, 「소풍」 전문

　이승과 저승은 경계가 없다. 경계라면 옆과 저만치일 뿐이다. 소풍처럼 잠깐 놀다가 가는 것이 인생일지 모른다. 삐끗하면 바로 저승이다.

　어느 봄날, 시인은 멀리서 산을 바라보고 있다. 버스가 산비탈을 지나가고 멀리 복사꽃이 환하게 피어 있다. 그 옆에 아무렇지도 않게 봉분 하나가 자고 있다. 여기에 수많은 우리 인생들이 담겨 있다. 감히 행간을 침범할 수 없는 경건함이 있다. 선의 경지라고 말해두어야 할 것 같다.

제15장

시조를 잘 쓰려면

글을 잘 쓰기 위해서는 흔히 많이 읽고(다독), 많이 쓰고(다작), 많이 생각해야(다상량) 한다고 한다. 여기에 많은 경험(다험)을 추가하기도 한다.

애초부터 시조는 음악이었고 문학이었다. 음악이 곧 문학이었다. 시조시를 노랫말로 해서 부르는 곡으로 가곡과 시조창이 있는데 가곡은 시조시를 5장 형식으로 부르고 시조창은 3장 형식으로 부른다.

시조는 음악이기 때문에 다른 운문과는 달리 율격에 맞게 의미를 잘 살려내야 한다. 6개의 구, 12개의 소절로 시조 한 수를 완성해야 하기 때문에 이미지의 압축은 필수이다.

율격을 익히기 위해서는 좋은 고시조와 현대시조를 많이 읽고, 많이 외우는 게 필요하다. 율격이 자연스럽게 체득되기 때문이다. 읽는 것보다 써보는 것이 더 좋고 써보는 것보다 외우는 것이 더 좋고 외우는 것보다 창작해보는 것이 더 좋다. 시조의 율격을 익히기 위해 읽고 쓰고 외우고 창작하는 작업을 쉴 새 없이 반복해야 한다.

가람 이병기는 시조문학을 하면서 스승으로 모신 분이 누구냐는 기자의 질문에 거침없이 "황진이의 시조 한 수가 나의 스승"이라고 대답하였다.

제2부 시조 창작의 실제

어져 내 일이야 그릴 줄을 모르더냐
이시라 하더면 가랴마는 제 구태야
보내고 그리는 정은 나도 몰라 하노라

아, 내 탓이여 난들 그리워할 줄 모르겠는가. 있으라고 하면 구태여 가 겠느냐. 보내고 그리워하는 정은 나도 정말 모르겠구나.

가장 빛나는 고시조 한 수를 스승으로 모셨다는 것은 후학들에게 시사 할 만하다. 이 시조 한 수를 스승으로 모셨으니 고시조 한 수가 현대시조 의 대가를 만든 것이다.

좋은 시조를 자꾸 읽고 외우는 가운데 시조의 율격은 자연스럽게 체득 된다. 좋은 시조를 자주 접하게 되면 좋은 시조를 잘 쓸 수 있는 토대가 되 는 것이다.

율격을 익히고 나서 시조를 써야 하는 것은 아니다. 병행할 수도 있고 그렇지 않을 수도 있다. 순서가 그렇다는 것뿐이다.

시조는 3장 6구에 12소절을 앉혀야 하는데 이는 바둑판에 바둑돌을 놓 는 것과 같다. 바둑은 포석이 중요하다. 한 개의 돌이라도 아무렇게나 앉 힐 수 없다. 하나의 바둑돌이 승부를 결정하듯 시어 하나가 시조의 운명 을 좌우한다. 시조의 생명은 바로 함축이라는 돌 하나에 달려 있다. 시조 의 맛을 살리기 위해서는 적재적소에 맞는 시어를 선택해야 한다. 열두 개 의 소절로 하나의 작은 우주를 만들어야 한다. 좋은 시조는 욕심 부린다고 해서 써지는 것이 아니다. 무수한 고심 끝에 얻어지는 땀과 희열이어야 한 다. 빼어난 절구는 재능보다는 고된 수련 끝에 얻어진다.

수련은 어떻게 해야 하는가. 김제현은 시조를 쓸 때 삼불가(三不可)를 들 었다. 능력 이상으로 잘 쓰려고 하는 것, 게을리하는 것, 구차스럽게 억지 로 쓰는 것, 이 세 가지를 하지 말라는 것이다. 세 가지 모두 욕심 때문에 생기는 현상이다. 능력만큼만 쓰면 되고, 부지런히 쓰면 되고, 억지로 쓰지만 않으면 된다. 그러면 좋은 작품이 자연스럽게 나오게 된다.

처음에는 남의 좋은 작품을 모방해서 쓸 필요가 있다. 모사해서는 안 되겠지만 모방하다 보면 왜 좋은 작품인지를 스스로 깨닫게 된다. 스타일이나 기술, 언어를 다루는 솜씨 같은 것을 모방하면서 습작하는 것이다.

훈련을 거치는 동안 수많은 작업 끝에 얻어진 피사체가 결국엔 좋은 시조임을 알게 된다. 감명 깊은 대목을 다른 시어로 대체해본다든가, 소재를 바꿔본다든가, 배경을 바꿔본다든가, 제목을 바꾸어본다든가 등등 여러 방법들이 있을 수 있다. 시어를 빼기도 하고, 보태기도 하고, 변용시키기도 하는 등 자기 나름대로의 방법을 찾아 습득해가면 된다. 특별한 공식 같은 것은 없다. 체계적인 학습 과정과 꾸준한 노력이면 된다.

> 불빛은
> 무얼 하는지
> 밤새
> 켜져 있고
>
> 바람은
> 무얼 하는지
> 밤새
> 창을 흔든다
>
> 어둠은
> 무얼 하는지
> 밤새
> 문을 기웃거린다
>   ― 신웅순, 「내 사랑은 30」 전문

'햇빛은/무얼 하는지/밤새/숨어 있고//달빛은/무얼 하는지/ 밤새/나돌아다닌다//순이는/무얼 하는지/밤새/문을 기웃거린다'. '불빛'을 '햇빛'으로, '켜져 있고'를 '숨어 있고'로, '바람'을 '달빛'으로, '창을 흔든다'를 '나돌아다닌다'로 '어둠'은 '순이'로 바꿔치기했다. 구성은 그대로 두고 몇 개의 시어만 바꾸었다. 의미가 원시조와는 확연히 달라짐을 알 수 있다. 이 시조는 병렬 기법이지만 이러한 시어 치환도 하나의 방법일 수 있다. 초보자로서의 시조 짓기는 바로 이런 모방에서 출발할 수 있다. 시어 치환 말고도 여러 방법이 있을 수 있다.

이번에는 어미 두 개만 변형시켜보겠다. '햇빛은/무얼 하는지/밤새 숨어 있는데//달빛은/무얼 하는지/밤새/나돌아다니는데//순이는/무얼 하는지/밤새/문을 기웃거린다'. 초·중장의 '숨어 있고'를 '숨어 있는데'로 '나돌아다닌다'를 '나돌아다니는데'로 어미만 변형시켜보았는데도 의미가 또 달라졌다.

시조 쓰기는 기다릴 줄 알아야 한다.

추사 김정희가 침계 윤종현으로부터 그의 호 '침계(梣溪)'를 써달라는 부탁을 받았다. 예서로 쓰려고 했으나 한비(漢碑)의 예서 중에 '침(梣)' 자가 없어 함부로 쓸 수가 없었다. 오랫동안 가슴속에 담아두었다가 30년이 지난 후에야 옛 비의 필의를 모방해 해서와 예서를 합체로 해서 썼다. 가슴속 오랫동안의 숙성이 '침계'라는 명작을 만들어낸 것이다. 쓰는 것은 순간일지 모르나 과정은 이렇게 오랫동안의 숙성의 시간이 필요했던 것이다. 시서가 다를 게 없다.

봄비가 주룩주룩 내리고 나면 행화촌엔 살구꽃이 핀다.

> 살구꽃 피는 마을
> 피는 꽃이 저리 곱다

피는 꽃 그 아래로
지는 꽃도 어여쁘다

목숨도 오가는 날이
저리 꽃길이고저

— 김상훈, 「행화촌」 전문

　시인은 피는 꽃도 저리 곱고 지는 꽃도 저리 어여쁘다 했다. 꽃이 피고 지는 것은 목숨이 오가는 날쯤일까. 그런 날 저리 꽃길이었으면 좋겠다는 시인의 고결한 철학. 달관한 인생이 이런 시조를 만들어냈다.

　시인은 50년 전 출퇴근하는 아버지를 생각하며 행촌 마을의 모습을 가슴에 담고 있다가 반백년이 흐른 후에야 이 작품을 형상화시켰다고 한다. 반백년 후에야 작품을 썼다니 무르익은 세월이 그 얼마인가. 세월이 명작을 만들어냈다. 꽃이 피고 지는 것, 목숨이 오고 가는 것이 하나이지 둘이 아니다.

　비가 내리는 저녁 행화촌의 막걸리 한 잔의 여유는 무엇과도 바꿀 수 없다. 꽃이요, 바람이요, 시이다. 인생이 이렇게 곱고도 어여쁜 꽃길일 수 없다. 살아가는 데 정감 있는 이런 시조 한 수 말고 우리에게 무엇이 더 필요한 것인가.

제2부 시조 창작의 실제

제16장

제목, 주제, 대상, 소재

글쓰기에는 반드시 제목, 주제, 대상, 소재가 있어야 한다.

제목은 작품 이름이다. 작품이 무엇인가를 알려주는 독자들과의 첫만남이다. 주제가 제목이 될 수도 있고 대상, 소재가 제목이 될 수도 있으며 상징적인 어떤 것이 제목이 될 수도 있다. 제목은 '이런 것이다, 저런 것이다, 이렇게 해야 한다, 저렇게 해야 한다'라고 말할 수 없다. 작가의 전적인 권한이다.

제목은 주제나 대상, 소재와도 구별되며 은유, 환유, 상징 그 어떤 수사와도 구별된다. 작품 전체를 대표할 수 있는 것이면 된다. 작가가 전달하고자하는 최적의 메시지로 광고 문구와 같은 것이면 된다. 제목은 같은 텍스트라도 문구에 따라 전달되는 의미나 느낌이 달라질 수 있다. 신중하게 다룰 필요가 있다.

첫눈은
은유로 찾아오는
느낌표다

선녀처럼 내려와

천사 같은 마음으로

단 한 번
순결을 주고
사라지는 마침표다

— 구충회, 「첫눈」

이런 만남과 이별도 있는가. 이것이 인생이다. 그냥 갈 일이지 단 한 번 순결을 주고 가다니, 마침표를 찍고 사라지다니 야속하다. 올 때는 느낌표요 갈 때는 마침표이다. 인생의 만남과 이별, 어쩌면 허무한 인생을 그렇게 표현했는지 모르겠다. 이것이 제목 「첫눈」이다.

제목을 「첫사랑」으로 바꾸면 어떨까.

은유로 와서 순결을 주고 사라지는, 느낌표로 왔다가 마침표로 사라지는 것이 첫사랑이다. 첫눈의 느낌과는 또 다른 느낌이다. 흔히 첫사랑은 이루어지지 않는다고 한다. 그래서 첫사랑은 애틋하다. 제목 하나가 전혀 다른 분위기와 메시지를 연출할 수 있다. 첫눈의 허무와 첫사랑의 애틋함, 제목 하나가 이렇게 느낌을 다르게 만든다.

제목은 처음 쓰기 시작할 때부터 붙일 수도 있고 다 쓴 뒤에 붙일 수도 있고, 쓰는 도중에 붙일 수도 있다. 사안에 따라 얼마든지 달리 붙일 경우도 있다.

주제는 작품의 중심 사상, 작가가 작품 속에 나타내고자 하는 관심이나 내용을 말한다. '무엇을 쓸 것인가'가 이에 해당된다. 작가는 궁극적으로 주제를 나타내기 위해 글을 쓴다. 주제는 제목, 대상, 소재 등 외의 온갖 것들이 동원되어 창조해낸 또 다른 차원의 것으로 작가가 말하고 싶은 중심 생각이다. 작품 속에 숨겨져 있는 영양소와 같은 것이며 보이지 않는 교훈과 같은 것들이다. 독자들이 감동으로 만나게 되는 아름다운 또 다른 세계이기도 하다.

주제는 영감이나 모티프 같은 것에서부터 출발하지만 처음에는 안개와 같아서 구체적인 형체를 형성하지 못한다. 확고한 주제로 정해지기까지는 많은 시간과 고민의 과정을 거쳐야 한다. 생각을 가다듬다 보면 처음의 추상적인 영감이나 모티프는 점점 구체화되고 결국엔 작가가 말하고 싶은 중심 생각에 도달하게 된다. 이것이 나중 독자들이 감동으로 만나게 되는 주제이다.

> 다
> 저문
>
> 강마을에
>
> 매화
> 꽃,
>
> 떨어진다.
>
> 그 꽃을 받들기 위해 이 강물이 달려가고
>
> 다음 질,
> 꽃 다칠세라
>
> 저 강물이 달려오고…
>
> — 이종문, 「매화꽃, 떨어져서」 부분

떨어지는 매화꽃을 받들기 위해 강물이 달려가고, 다음에 질 꽃이 다칠세라 또 저 강물이 달려온다고 했다. 여기에서는 '받들고', '다치지 않게 하려고'가 키워드이다. 낙조와 낙화, 강물 등은 소멸을 의미하나 재생을 의미하기도 하는 중의적인 소재들이다. 꽃이 져야 열매를 맺을 수 있다. 그래서 강물은 낙화를 다치지 않게 경건하게 받들고 있는 것이다. 재생을 위한 소멸의 경건함이나 아름다움이 작가가 말하고 싶은 중심 주제가 아닐까 싶다.

시조를 쓰기 위해서는 반드시 대상이 있어야 한다. 대상 없이 시조를 쓸 수가 없다. '무엇에 대해, 무엇을 갖고 쓸 것인가', 여기서 '무엇'이 대상에 해당된다. 대상은 하나일 수도 있고 여럿일 수도 있다. 제목과 같을 수도 있고 다를 수도 있다. 대체로 글 쓰는 대상은 하나인 것이 일반적이다.

대상과 소재를 구별할 필요가 있다. 대상은 그 많은 소재 중에서 글쓰기 위해 선택된 중심 소재이다. 주제를 나타내는데 대상과 소재들이 동원되는데 대상은 주소재이며 그 외의 소재들은 부소재이다. 대상을 제재라고도 하는데 제재는 작품의 바탕이 되는 주재료로 대상과 같은 뜻으로 쓰이기도 한다. 때로는 대상이나 제재가 제목으로 쓰이는 경우도 있다.

주연이 대상, 혹은 제재요, 조연이 소재라고 생각하면 된다. 어떤 제목으로 하나의 주제를 향해 글을 쓸 때 한 대상과 여러 소재들이 함께 동원된다. 쓰고자 하는 대상은 대체로 하나이지만 동원되는 소재들은 여럿이다. 하나의 대상에 다양한 소재들을 얼마든지 재료로 쓸 수 있다. 대상과 소재를 혼동해서는 안 된다.

생선 아줌마가 날마다

이고 오는 아침 바다

'오징어, 갈치, 고등어
가자미도 왔습니다'

찌들은 골목길을 말끔히

씻어주는 파도소리

— 진복희, 「아침」 전문

　제목은 '아침'이며 대상도 '아침'이다. 구체적으로 말하면 '어느 바닷가 동네의 아침 풍경'이 위 시조의 대상이다. 소재들로는 '생선', '아줌마', '바다', '오징어', '갈치', '고등어', '가자미', '골목길', '파도 소리' 등이 동원되었다. 주제는 '아주머니의 희망찬 의지' 정도로 생각할 수 있다. 주제를 향해 제목과 대상, 소재들이 적재적소에 잘 배치되어 있다. 대상도 중요하지만 그 자리에 배치된 소재들 역시 중요하다. 대상과 소재들은 서로 유기적으로 연결되어 있어 무엇 하나 소홀히 할 수 없다.

찌들은 들길을 말끔히

씻어주는 바람소리

　'골목길'을 '들길'로, '파도소리'를 '바람소리'로 소재를 바꾸면 위 시조는 순간 맥이 풀린다. 소재들의 선택과 배치를 잘못하였거나 소홀히 했기 때문에 생긴 결과이다. 반드시 그 자리에 그 소재가 선택되어야 하고 그 자리에 그 소재가 배치되어야 좋은 글이 될 수 있다. 소재들의 적재적소가 작품의 질을 결정해준다.

　글쓰기는 주제, 제목, 대상, 소재의 유기적 연결이다.

제17장
제목 붙이기, 연과 행 가르기

　시조 창작에서 맨 처음 결정해야 할 것은 '무엇을 쓸 것인가', 주제이다. 그 다음은 '무엇을 갖고 쓸 것인가', 대상이다. 주제와 대상은 글쓰기 전에 반드시 정해져 있어야 할 필수 품목이다. 주제는 작품의 중심 사상이고 대상은 중심 소재다. 이 두 요소 없이는 글을 쓸 수가 없다. 바늘과 실이 없이 바느질을 할 수 없는 것과 같다.

　　숨죽여 살금살금
　　나무에 다가가서

　　한 손을 쭈욱 뻗어
　　잽싸게 덮쳤는데

　　손 안에 남아 있는 건
　　매암매암 울음뿐

　　　　　　　　　　　　　　　　　— 김양수, 「매미」 전문

　주제는 '매미를 잡지 못한 아쉬움'이다. 대상은 '매미'이다. 주제인 '매미를 잡지 못한 아쉬움'을 드러내기 위해서 '매미'라는 대상을 이용하여 이미

　　　　　　　　　　　　　제2부 시조 창작의 실제

지를 잡아냈다.

주제와 대상이 정해졌으면 그 다음에는 제목을 붙여야 한다. 제목을 먼저 붙이고 쓰기도 하고, 쓰는 과정에서 제목을 붙이기도 하고, 다 쓴 후에 붙이기도 한다. 일반적으로는 제목을 먼저 정해놓고 쓴다.

글쓰기는 작가의 체험을 형상화해가는 작업이다. 물론 글을 쓰게 된 동기가 있어야 한다. 글은 체험, 동기, 쓰기의 순서로 이루어진다.

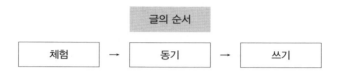

대상은 제목과는 상관없이 먼저 정해져 있어야 하고 분명해야 한다. 그래야 통일성 있는 글을 전개해 나갈 수 있다. 대상은 먼저 정해져야 하지만 제목은 나중에 붙여도 된다.

> 예방 주사 놓으려고
> 의사 선생님이 들어오시자
>
> 왁자한 교실 안이
> 금세 꽁꽁 얼어붙고
>
> 차례를
> 기다리는 가슴이
> 콩닥콩닥 방아 찧는다.
>
> 뾰족한 바늘 끝이
> 반짝하고 빛날 때면

다른 아이 비명 소리에
내 팔뚝이 더 아프고

주사를
맞기도 전에
유리창엔 내 눈물이……

— 서재환, 「주사 맞던 날」 전문

'주사 맞던 날'의 정황이 실감 나게 사실적으로 그려져 있다. 주제, 대상
이 명확해 먼저 제목을 정해놓고 쓸 수 있는 시조이다.

주제의 통일을 기하기 어려운 시조도 있다. 메시지 전달에 의미를 두지
않는 존재 시조나 사물 시조 같은 것들이다. 그런 시조들은 작업 과정에서
붙일 수도 있고 완성 후에도 붙일 수 있다. 제목을 정해놓고 쓰면 동원된
시어들이 한정되어 소기의 목적을 달성하기 어렵다. 고도의 상징성을 요
구하는 작품은 또 다른 상징을 유발할 수도 있는 제목을 붙일 수 있다. 제
목 붙이기는 순전히 작가의 몫이다.

한 송이 사과꽃이

순수히 명을 받은 뒤

피로 빚은 시간을

지상에 막 놓고 간 저녁

잘 익은

죽음으로 향하는

생이

온통

향기롭다.

— 정수자, 「생이 향기롭다」 전문

비밀투성이다. 행과 행 사이도 연으로 독립되어 있어 행간에 숨기고 있는 사연을 독자들은 알 수가 없다. 어떤 메시지를 전달하기보다는 생과 죽음 사이의 신비를 독자들에게 상징적으로 보여주는 데에 있는 것 같다.

위 시조는 작품이 완성된 후에 제목을 붙이는 것이 오히려 자연스럽다. 비록 맨 뒤의 구절이 제목으로 쓰이기는 했지만 제목 붙이기가 쉽지 않다. 다른 제목을 붙이면 또 다른 상징을 유발해 같은 작품이라도 얼마든지 차원을 달리할 수 있다.

원래 고시조는 한 줄, 개화기 시조는 한 줄이나 석 줄 등으로 시조를 표기해왔다. 현대에 와서는 장을 행으로 가르기도 하고 연으로 가르기도 한다. 이를 섞어서 가르기도 하고 심지어는 한 소절을 연으로 가르기도 한다. 이런 다양한 연, 행 가르기는 새로운 이미지 창출을 위해, 정서 환기를 위해 필요하고, 의미 부여를 위해, 리듬감 형성을 위해서도 필요하다. 작가들의 의도에 따라 얼마든지 달리할 수 있다. 지나친 연, 행갈이는 시조 본연의 의미나 리듬이 끊어져 시조의 정체성을 해칠 수도 있다.

梨花雨흣쑤릴제울며잡고離別ᄒ 님秋風落葉에져도날싱각ᄂ가千里에
　외로운쑴만오락가락ᄒ노매

— 계랑

고시조는 시조 제목도 없고 시조 한 수가 한 줄로 되어 있다. 고시조는 가곡 5장으로 부르기 때문에 장이 정해져 있어 연, 행 구분에 의미 부여를

할 필요가 없다. 일부러 장을 연과 행으로 갈라 창의 흐름을 단절시킬 필
요가 없었던 것이다.

> 담머리 넘어드는 달빛은 은은하고
> 한 두 개 소리 없이 내려지는 오동꽃을
> 가려다 발을 멈추고 다시 돌아보노라
>
> — 이병기, 「오동꽃」 전문

　각장 3행으로 배열했다. 일반적인 현대시조의 배열 형태이다. 이는 3장
으로 부르는 시조창의 배열과 같다. 달빛 은은하고, 오동꽃은 소리 없이
지고, 가다 다시 돌아본다는 세 토막의 의미로 되어 있다. 현대시조의 기
본적인 시조 3행 구조의 배열이다.

> 그대 그리움이
> 고요히 젖는 이 밤
>
> 한결 외로움도
> 보배냥 오붓하고
>
> 실실이
> 푸는 그 사연
> 장지 밖에 듣는다.
>
> — 이영도, 「비」 전문

　초장·중장은 2행으로 이를 각각 연으로 독립시켰고 종장은 3행으로 연
을 독립시켰다. 초장은 비 오는 밤의 정황을, 중장은 자신의 심정을, 종장
은 풀어가는 사연을 각 장마다 의미를 부여하고 있다. 현대시조의 일반적
인 배연 배행 형태이다.

제2부 시조 창작의 실제

귀뚜라미
잠시
울음을
그쳐다오

시방
하느님께서
바늘귀를
꿰시는 중이다

보름달
커다란 복판을
질러가는
기
러
기
떼

— 이해완, 「가을밤 1」 전문

　각 장을 한 연으로 처리하면서 초·중장은 4행으로 배열해놓고 종장은 7행으로 배행하고 있다. 초·중장은 소절별 배행을 했다. 종장은 특히 기러기 떼가 하늘을 질러가는 것과 같은 시각적인 효과를 노리기 위해 각 글자를 여러 행으로 길게 세로줄로 처리하고 있다. 독특한 배행 형태이다.

　시조창은 3장으로 부르지만 음악성을 떠난 현대시조에 와서는 굳이 3장 3행을 고집할 필요는 없다. 작가의 의도나 작품의 의미에 따라 나름대로의 배연, 배행을 하면 된다. 다만 지나친 배연, 배행으로 인해 시조의 정체성을 훼손해서는 안 된다.

제18장

선택과 배열, 구성

시조에는 12개의 어휘군들이 있다. 12개의 소절들이다. 이 각 어휘에서 각기 다른 하나의 어휘를 선택해야 한다. 선택된 12개의 어휘를 결합하면 3장 6구 12소절의 시조 한 수가 된다.

그 누가 나를 보고 꽃 한 폭을 치시라면

선지보다 더 하얀 바람 한 필 끊어다가

저 핏빛
내 가슴을 적시는

당신만을 치리라.
— 김옥중, 「홍매화 그늘 아래에서」

야콥슨은 언어의 시적 기능은 등가의 원리를 선택의 축에서 결합의 축으로 투영하는 것이라고 했다. 세로축에서 단어를 선택해 이를 가로축으로 결합해가면 하나의 문장이 완성된다.

선지보다	더 하얀	바람 한 필	끊어다가
종이보다	가장 깨끗한	훈풍 한 필	베어다가
도화지보다	덜 맑은	북풍 세 필	찢어다가
…	…	…	…

↑ 선택축

→ 결합축

선택축을 은유의 축, 결합축을 환유의 축이라고도 한다. 선택축은 같은 계열의 어휘군층에서의 선택이다. 같은 어휘군층에서 주제에 맞는 가장 적합한 어휘를 선택하면 된다.

'선지보다'는 '종이보다', '도화지보다'… 등의 어휘층에서, '더 하얀'은 '가장 깨끗한', '덜 맑은'… 등의 어휘군층에서 선택했으며, '바람 한 필'은 '훈풍 두 필', '북풍 세 필'… 등의 어휘층에서, '끊어다가'는 '베어다가', '찢어다가'… 등의 어휘군층에서 선택했다.

각기 어휘군층에서 선택된 어휘는 '선지보다', '더 하얀', '바람 한 필', '끊어다가'이다. 이를 결합하면 '선지보다 더 하얀 바람 한 필 끊어다가'의 문장이 이루어진다. '선지보다' 대신 '도화지보다'를, '더 하얀' 대신 '덜 맑은'을 선택하거나, '바람 한 필' 대신 '북풍 세 필'을, '끊어다가' 대신 '베어다가'를 선택했다면 '도화지보다 덜 맑은 북풍 세 필 베어다가'라는 문장이 된다. 주제와는 전혀 다른 이미지로 바뀌어 작가의 중심 생각을 나타낼 수가 없다. 어휘의 선택과 결합은 씨줄, 날줄과 같아 한 올의 실수도 허용될 수 없다. 좋은 시조를 써야 하기 때문이다.

시어를 짜맞추는 기술은 전적으로 작가의 몫이다. 시인이 밤을 새우면서 금맥을 찾는 것도 주제를 향한 시어가 제대로 짜여지지 않기 때문이다. 주제에 맞는 시어만을 찾아내 배열하는 것이 바로 시인이 해야 할 일이다.

시조에는 많은 돌이 필요없다. 반드시 맥점에 두어야 하는 12개의 돌이면 된다. 녹록지가 않은 것이 돌의 위치이다. 시조는 채도와 명도가 들어맞아야 하고 담묵의 정도가 적정선이어야 한다.

시조는 초장·중장·종장의 3장으로 구성되어 있고 의미 자체도 3단으로 구성되어 있다. 1장은 또 2개의 작은 단위로 나누어진다. 이를 구라 하고, 이 구는 또다시 2개 단위로 나누어진다. 이를 소절이라 한다. 3장은 3개의 소문장과 6개의 어절, 12개의 어휘로 하나의 시조를 이루고 있는 셈이 된다.

시조의 형식은 3장 6구 12소절이다. 이 형식에 맞게 언어를 선택하고 배열해야 한다.

	소절	소절	소절	소절
초장	청산리	벽계수야	수이감을	자랑마라
중장	일도	창해하면	다시오기	어려우니
종장	명월이	만공산하니	쉬어간들	어떠리
	구		구	

초장은 시작하거나 들여오는, 시상을 일으키는 '기' 부분이고 중장은 이를 받아 전개, 발전시켜가야 하는 '승' 부분이다. 종장은 이를 토대로 전환, 반전시켜 끝을 맺어야 하는 '전결' 부분이다.

시조는 일반적으로 내용의 핵심이나 주제가 주로 종장부에 있는 3단의 귀납식 구성으로 되어 있다. 귀납식이 일반적이긴 하나 현대시조에 와서는 연역, 병렬, 반전, 연쇄, 대우 등 여러 방법들이 시도되고 있다. 이러한 구성들도 효과적인 결구를 위해 필요한 변형 형태로 보아야 한다.

어떤 구성이건 어휘의 선택과 배열이 제대로 배치되어야 한다. 주제, 제목, 대상, 소재 등의 선택도 구성법에 따라 달라져야 하고 그에 따른 어휘

제2부 시조 창작의 실제

선택이나 배열도 달리 처리되어야 한다. 그래야 절구를 얻을 수 있다.

문학은 민족의 사고 방식과 무관하지 않다. 3장의 3의 숫자나 종장의 첫 소절 3음절의 3의 숫자는 우리 민족의 사고태의 표상이다. 특히 천여 년을 민족과 고락을 같이해오면서 얻어진 철학적 원리이기도 하다.

아래 시조는 귀납 구성의 예이다. 귀납은 개개의 구체적인 사실로부터 일반적인 명제나 법칙을 이끌어내는 것을 말한다.

> 갈매기는 부리 하나로 수평선을 물어올린다
> 갈매기는 나래깃으로 성난 파도 잠도 재우고
> 빙그르
> 바다를 돌리면 하늘 끝도 따라 돈다
>
> — 정완영, 「갈매기」 전문

초장에서 갈매기가 부리로 수평선을 물어올린다고 실마리를 잡았다. 중장에서는 나래깃으로 성난 파도를 잠재운다고 사례를 들어 제시했다. 종장에 가서는 빙그르 바다를 돌리면 하늘 끝도 따라 돈다고 결론을 맺었다. 초장·중장을 거쳐 종장에 가서야 이야기가 완성되고 있다.

> 가을
> 하늘은
> 독수리도
> 탐이 나서
>
> 먼 산
> 위에서
> 뱅 뱅
> 맴을 돌며

며칠째
파란 하늘을
도려낸다
자꾸만

— 조규영, 「가을하늘」 전문

글은 반드시 글 쓰는 순서에 의해 진행되지는 않는다. 몇몇 과정들이 한꺼번에 생략되는 경우도 있고 한꺼번에 처리되는 경우도 있다. 어떤 식으로든 글은 순서에 따라 써져야 한다. 순서가 무시된 채로는 시가 써지지 않는다.

위 시조의 초장은 독수리도 가을 하늘이 탐난다고 했다. 그래서 중장은 독수리가 뱅뱅 먼 산 위에서 맴을 돈다고 했다. 종장에 가서는 도화지를 오려내듯 파란 하늘을 자꾸만 도려낸다고 했다. 초장·중장의 탐내며 도는 것은 종장의 도려내기 위한 결심과 사전 행위이다. 종장의 명제를 이끌어내기 위해 구체적인 결심과 행위를 열거하고 있다.

아래 시조는 연역 구성의 예이다.

필시 내 속에도 저런 슬픔 있을 테지

뜨지도 그렇다고
가라앉지도 못하면서

저문 강
검푸른 물결에 속절없이 휘감기는
— 한혜영, 「저공으로 날아가는 밤 비행기」 전문

연역은 일반적인 원리를 바탕으로 하여 특수한 원리를 이끌어내는 추리 방법이다. 초장에 결론이 있고 중장, 종장에서는 이를 부연, 설명하고 있다. 위 시의 초장에서는 필시 자신의 가슴속에 슬픔이 있다고 했다. 중 · 종장에서는 그 슬픔은 뜨지도 가라앉지도 못한다고 하고 검푸른 물결에 속절없이 휘감긴다고 했다. 초장에서의 일반적인 원리를 바탕으로 하여 중 · 종장에서는 두 가지의 특수한 원리를 이끌어내고 있다. 이런 구성 원리에 의해 언어를 선택 배열하고 있다. 슬픔을 뜨지도 가라앉지도 못하는 밤 비행기에 빗대어 표현하고 있다. 밤하늘을 저문 강, 검푸른 물결로 은유한 것도 밤 비행기라는 제목과 주제에 맞기 때문에 선택된 시어들이다.

> 세상을 가리키기에 너만 한 것 있으랴
> 세상을 떠받치기도 너만 한 것 있으랴
> 세상을 두드리기에 너만 한 것 있으랴
> — 이정환, 「지게 작대기」 전문

　병렬 구성이다. 병렬은 초 · 중 · 종장에서 같은 무게로 의미를 배열시키는 것을 말한다. 초장에서는 가리키는 것이, 중장에서는 떠받치는 것이, 종장에서는 두드리는 것이 작대기의 의무라고 했다. 작대기만큼 세상을 가리키고 떠받치고 두드리는 것이 없다는 것이다. 대상, 소재 같은 시어들이 등가의 값으로 배치되어 있고 각 장도 같은 의미로 구성되어 있다.

> 어지러운 마음속에
> 신호등 하나 있었으면
> 머물고
> 떠나감이
> 꼭
> 그
> 좋은 때 되어
> 들끓는 무분별함을
> 잡아줄 수 있다면

어두운 마음속에
촛불 하나 있었으면
몸 사뤄 밝혀주는
미더움에 뜨거워져
절망의
빗장을 푸는
그런 빛이 있었으면

— 나순옥, 「그래 그랬으면」 전문

위 연시조는 각 연의 장들이 대구가 되어 의미가 되풀이되고 있다. 대우식 전개이다. 첫째 수 초장의 '어지러운 마음속에 신호등 하나 있었으면'과 둘째 수 초장 '어두운 마음속에 촛불 하나 있었으면'이, 첫째 수 중장의 '머물고 떠나감이 꼭 그 좋은 때 되어'와 둘째 수 중장의 '몸 사뤄 밝혀주는 미더움에 뜨거워져'가, 첫째 수 종장의 '들끓는 무분별함을 잡아줄 수 있다면'과 둘째 수 종장 '절망의 빗장을 푸는 그런 빛이 있었으면'이 서로 의미의 짝을 이루어 대우를 형성하고 있다.

시조는 귀납식 구조로 되어 있는 것이 일반적이나 사안에 따라 각기 다른 방식으로도 구성할 수 있다. 그 외에 반전, 연쇄 등의 구성이 있으나 어떤 구성이 적당한가는 전적으로 시인의 몫이다.

시조 몇 수를 제시한다. 시조의 여러 3단 구성을 생각하면서 창작의 토대를 마련해보자.

깎아지른 듯
돌아앉은
절벽의 등 뒤에서

무릎뼈
하얗게 꺾으며

192　　제2부 시조 창작의 실제

애원하는 파도

사랑을 얻는 일이 저랬던가
내 젊음의 자욱한
자해
— 서숙희, 「감포에서」 전문

제일
외로운 곳에
놓여 있는
빈 잔

그 바람 소리
듣는 이
아무도
없는 빈 잔

달빛이
가져가 제 눈물도
담을 수
없는 빈 잔
— 신웅순, 「빈 잔」 전문

섬진강, 그 가난한 마을 속으로
밤 기차가 지나간다

섬진강, 그 가난한 마을 속으로
마지막 버스가 지나간다

내 설움,
여기쯤에서 그만 둘 걸 그랬다
— 김영재, 「추석 전야, 어머니」 전문

제19장

전경과 배경

어느 해변가에 건축업자와 시인이 놀러 왔다. 같은 해변을 보면서 건축업자는 모래의 굵기는 어떻고 건축에는 어떤 쓸모가 있고 등을 생각하고, 시인은 밀려왔다 밀려가는 밀물과 썰물을 보면서 인생과 삶의 의미를 생각한다. 제1차적 수준에서는 똑같이 해변의 모래를 보고 있으나 제2차적 수준에서는 보이지 않는 해변의 배경을 보고 있다. 두 사람이 보는 풍경은 똑같은데 서로 다른 생각을 하고 있는 것이다.

왜 이런 현상이 일어날까? 사물을 보는 방식이 다르기 때문이다. 한 사람은 경제적 의미에서, 다른 한 사람은 인생의 의미에서 해변을 보고 있다. 대상은 동일하나 생각은 다르다. 출발은 일상적 지각이나 도달은 미적 지각이다. 미적 지각에서 서로 해석이 엇갈린다. 일상적 지각은 실용문의 영역이요 미적 지각은 시의 영역이다. 시는 바로 제2차적 의미, 즉 미적 지각에서부터 시작된다.

제2부 시조 창작의 실제

1차적 지각의 대상을 전경이라 하고, 2차적 지각의 대상을 배경이라고 한다. 직접 보이는 것은 전경이요, 보이지 않는 것은 배경이다. 하르트만은 예술작품의 미적 가치는 배경층이 전경층으로 오버랩되면서 나타난다고 하였다. 실사적인 전경과 비실사적인 배경이 교차되면서 생기는 통일 현상이다. 이것이 미이다.

전경은 실제로 눈에 띄는 물리적 층위이나 배경은 실제로 있지 않은 정신적인 층위이다. 예술작품에서는 하나의 전경에 하나의 배경만이 아닌 여러 배경들이 겹쳐 나타난다. 여러 층 위로 배경이 분열되어 경이로운 현상으로 현현된다. 하나의 전경에 여러 개의 배경이 오버랩되어 나타난다면 의미는 그만큼 넓고 전경에 한두 개의 배경이 떠오른다면 의미는 그만큼 좁을 것이다. 전경은 소재는 될 수 있어도 의미는 될 수가 없으며 배경은 의미는 될 수 있어도 소재는 될 수 없다.

> 멍든
> 살을 깎아
> 모래를 나르는
> 파도
>
> 천 갈래 바닷길이여, 만 갈래 하늘길이여
>
> 옷자락 다 해지도록 누가 너를 붙드는가
>
> ─홍성란, 「섬」 전문

전경에서 배경으로 이동하기 위해서는 상상을 동원시켜야 한다. 여기에서부터 의미 분열이 시작된다. 파도가 멍든 살을 깎아 모래를 나른다든지, 바닷길은 천갈래, 하늘길은 만갈래가 된다라든지, 옷자락 다 해지도록 섬을 붙든다라든지 하는 것들이 섬인 전경에서 분열된 배경들이다.

의미가 전경에서 배경으로 이동할 때 시인과 독자는 서로 타협을 하게 된다. 이 타협이 어느 시점에서 멈추게 되는데 이곳이 바로 의미가 형성되는 지점이다.

텍스트는 시인과 독자 간의 거리를 최소화하며 새롭게 타협해가는 창조적 공간이다. 일단 활자화되면 시인의 생각은 순간 거기에서 정지된다. 이 정지된 화면에서 서로 다른 배경들이 오버랩되어 분열되기 시작한다. 이를 어떤 식으로 재생산하고 재창조하느냐는 것은 독자들의 몫이다. 분열의 크기가 크다고 해서 감동이 크고 분열의 크기가 작다고 해서 감동이 작은 것은 아니다.

주목하고자 하는 것은 전경과 배경이 얼마나 유리되어 나타나는가이다. 이 거리는 전경에 대한 배경의 분열 크기로 말할 수 있다. 말하자면 여러 의미들이 왔다 가면서 남겨놓은 면적들이다. 이것이 크다면 '대상을 보는 눈이 새롭다'라고 말할 수 있다. 이는 감동의 문제와는 다른 또 다른 차원의 세계이다.

> 너를 범하는 것은 참으로 간단하다
> 가벼운 칼질 몇 번에 몸뚱이가 해체되고
> 바다를 지탱한 은비늘도 사정없이 벗겨지고
>
> 뜨거운 냄비 속을 욕심으로 들여다본다
> 짠 내를 토해 내며 공유하는 너를 본다
> 죽어서 더 향기로운 식탁 위의 갈치여

나도 우려낼 그 무엇이 남아 있을까
접시 속의 네 뼈처럼 고요할 수 있을까
자꾸만 밥상 앞에서 무릎 꿇는 이 저녁에
— 김종렬, 「갈치 찌개를 끓이다」 전문

　시인은 전경인 갈치 찌개를 바라보고 있다. 갈치 찌개가 죽어서도 향기로운 갈치로 배경이 분열되더니 나중에는 화자 자신의 모습으로 분열되고 있다. 갈치와 자신을 동일시하고 있는 것이다. 그리고 내가 저 갈치의 뼈처럼 고요할 수 있을까라고 시인은 반문하고 있다. 고요를 해탈(?)의 경지로 보는 것은 아닐까. 시인은 갈치 찌개라는 평범한 음식 앞에서 자신이 살아온 삶을 되돌아보고 있다. 갈치만도 못한 자신이라고 생각해 갈치라는 음식 앞에서 엄숙하게 무릎을 꿇고 있는 것인지도 모르겠다.

　이 시조는 일종의 알레고리라고도 말할 수 있다. 사람들은 하찮은 것에 대해서는 무릎을 꿇지 않는다. 그런데 시인은 평범한 일상의 밥상 앞에서 무릎을 꿇고 있다. 느끼지 못하고 반성할 줄 모르는 인간에 대한 질타일 수도 있다. 언제나 의미는 남기 마련이어서 나머지 배경은 작가와 독자들이 타협하면서 채워갈 수밖에 없다.

　시조를 쓴다는 것은 같은 전경을 보고 다른 특성을 발견해내는 일이다. 날카로운 눈을 필요로 한다는 이야기이다. 주관적이나 누구나 감동을 주고받을 수 있는 객관적인 배경이어야 한다. 그래야 좋은 시조를 쓸 수 있다. 시조 시인은 12개의 돌로 3장이라는 3개의 주춧돌을 세우고 훌륭한 한 수의 정자를 지어야 한다. 비바람에 쓰러지지 않는 나그네가 쉬어갈 수 있는, 강과 산을 멀리 조망할 수 있는 그런 정자를 지어야 한다.

어린 염소
등 가려운

여우비도
지났다.

목이 긴
메아리가
자맥질을
하는 곳

마알간
꽃대궁들이
물빛으로
흔들리고.

부리 긴 물총새가
느낌표로
물고 가는

피라미
은빛 비린내
문득 번진
둑방길

어머니
마른 손 같은
조팝꽃이
한창이다.

— 유재영, 「둑방길」 전문

「둑방길」은 '염소, 여우비, 메아리, 꽃대궁, 물총새, 비린내' 등의 소재들
과 같은 일반적인 경치만을 나열한 것은 아니다. 여기에 '어린, 가려운, 목

이 긴, 마알간, 부리 긴, 피라미 은빛, 문득 번진, 마른 손 같은' 등의 수식어들과 '자맥질하는, 흔들리고, 물고 가는, 문득 번진, 한창이다' 등과 같은 서술어들을 제시해놓고 있다. 이 수식어와 서술어들 때문에 평범한 소재의 전경이 독특한 파스텔톤 배경으로 분열되고 있다. 이것이 독자들에게 깊은 감동의 요소가 되고 있다.

텍스트에는 텍스트와 또 다른 텍스트가 있다. 텍스트의 세계는 1차적인 전경화된 텍스트요 또 다른 텍스트는 2차적인 배경화된 텍스트이다. 시를 읽는다는 것은 전경 속에 숨어 있는 분열된 배경들을 읽어내는 일이다. 이것이 감동으로 오랫동안 남아 명작이 되는 것이다.

제20장

이미지

시조는 시보다 이미지 압축이 더 요구된다. 압축은 시조의 생명이다. 12개의 소절로 시상을 완성해야 하기 때문이다.

세실 데이루이스(Cecil Day-Lewis)는 이미지는 '언어로 만들어진 그림'이라고 하였다. 마음속에 그려지는 사물의 감각적 형상이다.

'사랑'을 표현해야 하는데 '사랑'이라고 쓸 수는 없다. 구체적인 모양이나 사물로 제시해주어야 한다. 그래야 실감이 난다. 사랑의 표현을 장미로 제시했다면 독자들은 사랑이라는 추상적인 단어와 사물이라는 구체적인 장미를 결합시켜 새로운 의미를 창조해내야 한다. 그래야 독자들은 '아, 이것이 사랑이구나'라고 느낄 수 있다.

| 이미지 | = | 추상적인 단어
(사랑) | + | 구체적인 사물
(장미) | → | 의미
(이미지 창조) |

알렉스 프레밍거(Alex Preminger)는 이미지를 정신적 이미지, 비유적 이미지, 상징적 이미지의 셋으로 나누었다.

정신적 이미지는 시각, 청각, 후각, 미각, 촉각 등 오관을 통해서 느낄 수 있는 감각적 심상을 말한다.

> 달과 별이 숨었어도 스스로 차는 밝음
> 나무들 하나같이 뽈 고운 순록이 되어
> 한잠 든 마을을 끌고 어디론가 가고 있다
> — 조동화, 「눈 내리는 밤」 일부

눈이 쌓인 나무를 순록의 뽈로 표현하고 있고 그 순록이 깊이 잠든 마을을 끌고 간다고 했다. 동화의 세계처럼 그 광경이 눈에 환히 뵈는 듯하다. 시각적 이미지를 부각시키기 위해 달, 별, 나무, 순록, 마을 같은 시어들을 동원시켰다.

작품을 시각적으로 처리할 것인가, 청각적, 혹은 후각적, 미각적으로 처리할 것인가는 작가의 마음에 달려 있다. 하얗게 눈이 덮인 앙상한 나뭇가지는 마치 순록의 뽈과 같아 눈 내리는 밤의 이미지와 딱 들어맞는다. 소복이 눈에 덮여 잠든 마을을 순록들이 어디론가 끌고 가고 있다. 눈 덮인 나무를 대신한 순록 뽈의 시각적 이미지는 매우 감동적이다.

비유적 이미지는 직유, 은유, 의인, 환유 등을 말한다. 비유를 하기 위해서는 반드시 원개념과 매개념이 필요하다. 그런데 원개념과 매개념은 동질적이든 이질적이든 어떤 상관관계도 없다. 두 사물이 서로 낯설기 때문에 문맥 속에서 충돌이 일어날 수밖에 없다. 긴장을 해소시키기 위해 두 사물은 타협을 하게 되는데 이는 유추에 의해 이루어진다. 이때 두 사물이 서로 상호 침투되면서 문맥 속에서 새로운 의미가 만들어진다. 이를 문맥화라 한다.

> 눈물로도 사랑으로도
> 다 못 달랠 회향의 길목

산과 들 적시며 오는
핏빛 노을 다 마시고

돌담 위 시월 상천을
등불로나 밝힌 거다

— 정완영, 「감」 부분

감을 등불로 환치시켰다. 원개념은 감이지만 매개념은 등불이다. 감을
등불로 은유했다. 감과 등불은 아무런 관련이 없다. 감은 먹는 과일이고
등불은 불 밝히는 기구이다. 이 두 이질적인 요소가 한 문맥 안에 들어와
상호 침투되면서 의미를 만들어내고 있다. 문맥 안에서 감은 시월 상천을
붉게 밝혀주는 등불로 표현되어 있다. 이때 독자들은 감과 등불인 두 사물
을 떠올리며 또 하나의 새로운 의미를 만들어낸다.

상징적 이미지는 원개념이 생략된 채 매개념만 드러나 있다. 원개념이
명백하지 않아 의미를 찾아낼 수가 없다. 사람마다 달리 읽어낼 수밖에 없
는 이유이다. 또한 상징은 가시적인 사물을 통해 불가시의 정신세계를 표
현해야 하기 때문에 은유처럼 한 문장 안에서 의미를 읽어낼 수가 없다.
전체의 문에서 읽어내야 한다. 때문에 은유와는 달리 고차원의 유추 과정
이 필요하다. 지적 수준과 사회적 약정에 의해 영향을 받는 것도 이 때문
이다.

수런대는 소문 마냥 먼데 눈발은 치고

애굽어 아스라이 철길을 비켜가듯

욕망도 희망도 없이 또 그렇게 저무는 하루

그 하루를 다 못채우고 그예 누가 떠나는지

낮게 엎드린 채 확, 번지는 진눈깨비

더불어 살 비비던 것 먼 길 끝에 남아 있다.

저물 무렵 한때를 떠도는 영혼처럼

덜 마른 건초더미 어설픈 약속처럼

찢어진 백지 한 장이 가슴 속으로 날아든다
— 이승은, 「설일(雪日)」

이 시조는 고도의 상징으로 이루어졌다.

눈 내린 풍경을 바라보며 인생을 되돌아보고 있다. 낮게 엎드린 채 확 번지는 진눈깨비를 바라보며 하루를 못 채우고 떠나는 누군가를 생각하고 있다. 하루를 못 채운다는 것은 무엇을 상징하는가. 더불어 살 비비던 것은 또 무엇을 상징하며 찢어진 백지 한 장은 또 무엇을 상징하는가.

읽어내기가 쉽지 않다. 전부 다 어떤 정신 세계를 표현하기 위해 구체적인 이미지만 제시했을 뿐이다. 그렇기 때문에 그런 것들이 무엇을 상징하는지 알 수가 없다. 짐작하거나 유추할 뿐이다. 영혼처럼, 약속처럼 찢어진 백지 한 장이 가슴속으로 날아든다 했으니 더더욱 의미 천착이 쉽지 않다. 의미를 미루면서 유보해둘 수밖에 없는 이유이다. 이것이 시의 속성이기도 하다.

제21장

객관적 상관물

객관적 상관물은 T.S. 엘리엇이 『햄릿과 그의 문제들』(1919)에서 우연히 사용한 단어였으나 20세기 문학비평에 도입되어 큰 반향을 일으킨 현대의 창작 방법 용어 중의 하나이다. '시는 정서로부터의 해방이 아니고 정서로부터의 도피이며 개성의 표현이 아니라 개성으로부터의 도피이다'라고 엘리엇은 정의했다.

객관적 상관물은 특정한 정서의 공식이 될 그리고 그와 똑같은 감정을 독자에게 불러일으킬 일단의 사물들, 하나의 상황, 일련의 사건들을 가리킨다. 예술의 형식으로 개인의 정서를 표현하는 하나의 방법으로 개인 감정의 예술적 객관화를 의미한다.

이는 비평가로부터 시인의 실제 창작 방법을 왜곡시켰다는 비난을 받기도 했다. 시인은 사물이나 상황을 표현하는 나름대로의 방식에 의해 그 정서적 효과를 얻는 것이지 본질적으로 어떤 정서의 공식에 의해 효과를 얻는 것이 아니라는 것이다.

텍스트는 어떤 개인의 감정이라도 혼자만 향유할 수 있는 성질의 것이 아니다. 누구나 공통적으로 향유할 수 있는 것이어야 한다. 이 점에서 객관적 상관물은 이에 상응할 만한 훌륭한 창작 방법의 하나라고 볼 수 있다.

제2부 시조 창작의 실제

객관적 상관물은 자신의 감정을 직접 말하는 것이 아니라 자신의 감정을 어떤 사물에 이입시켜 누구한테도 같은 감정을 환기시킬 수 있도록 표현하는 것을 말한다.

> 어느 머언 곳의 그리운 소식이기에
> 이 한밤 소리 없이 흩날리느뇨.
>
> 처마 끝에 호롱불 여위어 가며
> 서글픈 옛 자천 양 흰 눈이 나려
>
> 하이얀 입김 절로 가슴이 메어
> 마음 허공에 등불을 켜고
> 내 홀로 밤 깊어 뜰에 나리면
>
> 머언 곳에 여인의 옷 벗는 소리.
>
> 희미한 눈발
> 이는 어느 잃어진 추억의 조각이기에
>
> 싸늘한 추회(追悔) 이리 가쁘게 설레이느뇨.
>
> 한줄기 빛도 향기도 없이
> 호올로 차단한 의상(衣裳)을 하고
> 흰눈은 나려 나려서 쌓여
> 내 슬픔 그 우에 고이 서리다.
>
> ― 김광균, 「설야(雪夜)」

'밤에 내리는 눈'을 '머언 곳의 여인의 옷 벗는 소리'로 표현했다. '머언 곳의 여인의 옷 벗는 소리'라는 인간의 생활 경험을 하늘에서 내리는 사물

'밤에 내리는 눈'으로 객관화시켰다. 원개념 '밤에 내리는 눈'을 매개념 '옷 벗는 소리'로 상응시킨 것이다. 이 때 '옷 벗는 소리'는 '밤에 내리는 눈'의 객관적 상관물이다.

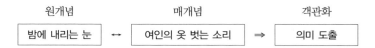

원개념		매개념		객관화
밤에 내리는 눈	↔	여인의 옷 벗는 소리	⇒	의미 도출

'눈'을 '머언 곳의 그리운 소식', '서글픈 옛자취', '어느 잃어진 추억의 조각' 등으로 표현한 것도 '설야'의 객관적 상관물이다. 이때 두 사물 간에는 긴장이 일어난다. 긴장을 완화시키기 위해 독자들은 두 사물 간의 공통된 의미를 연결시키지 않으면 안된다. 그렇게 해서 얻어진 의미가 사람들의 정서를 새롭게 환기시키는 것이다.

노숙에 길들여진 저 자유의 빈 손짓
사는 일 짐이 된다며
소식 조차 끊고 사는
누이의 모진 가슴에도
된바람이 치겠구나

양지에 손을 내미는 민들레 속잎에서
때로는 봄소식을
앞질러 듣지마는
밤새워
울던 문풍지
저 떨리는 매화가지

— 홍진기, 「저 매화」 전문

'누이의 모진 가슴'의 객관적 상관물은 '밤새워 울던 문풍지' 혹은 '떨리

제2부 시조 창작의 실제

는 매화'이다. '문풍지에 비치는 매화 가지'를 '누이의 모진 가슴'으로 표현한 것이다. '매화 가지가 바람에 떨리는 것'과 '밤새워 울던 문풍지'는 같은 이미지이다. 된바람 때문에 매화 가지가 떨리고 문풍지가 밤새워 우는 것이다. 그것을 누이의 가슴에 치는 된바람으로 표현한 것이다.

> 산빛은 수심을 재지 않고 강물에 내려앉는다
> 강물은 천년을 흘러도 산빛을 지우지 못한다
> 일테면 널 잊는 일이 그럴까, 지워지지 않는다
> — 김현, 「산빛」 전문

화자는 '나', 즉 객관적 상관물인 '강물'이다. 청자는 '너', 즉 객관적 상관물인 '산빛'이다. 산빛은 강물에 내려앉지만 강물은 산빛을 지우지 못한다고 했다. 강물과 산빛을 나와 너로 매치시켰다. '영원히 잊을 수 없다는 그리운 마음'으로 정서를 환기시키고 있다. 원래의 사물 '나', '너'로는 새로운 이미지를 창조할 수 없다. 때문에 새로운 사물 '강물', '산빛' 같은 것들을 찾아내야 하는데 이것이 객관적 상관물이다. 그래야만 정서를 새롭게 환기시킬 수 있다.

> 사람을 찾습니다
> 나이는 스무살
> 키는 중키
> 아직 태어난 그대로의
> 분홍빛 무릎과 사슴의 눈
> 둥근 가슴 한아름 진달래빛 사랑
> 해 한 소쿠리 머리에 이고
> 어느 날 말없이 집을 나갔습니다
> 그리고 삼십 년 안개 속에 묘연
> 누구 보신 적 없습니까

이런 철부지
어쩌면 지금쯤 빈 소쿠리에
백발과 회한이고
낯설은 거리 어스름 장터께를
해마다 지쳐 잠들었을지라도
연락 바랍니다 다음 주소로
사서함 추억국 미아보호소
현상금은
남은 생애 전부를 걸겠습니다.

— 홍윤숙, 「사람을 찾습니다」 전문

잃어버린 과거의 젊음을 찾는다는 시이다.

객관적 상관물은 분홍빛 무릎, 사슴의 눈, 진달래빛 사랑, 안개, 백발, 회한, 추억국 미아보호소, 남은 생애 등등이다. 분홍빛 무릎은 젊었을 적의 무릎이다. 사슴의 눈, 진달래빛 사랑도 젊었을 적의 눈과 사랑이다. 안개는 지난 세월을, 백발과 회한은 지금 늙은 자신의 실체를 가리킨다. 추억국 미아보호소는 당시의 젊었을 적의 미아보호소이며 남은 생애는 실현될 수 없는 천문학적인 현상금을 말한다.

객관적 상관물이 제시되었어도 원개념이 생략되어 있는 경우가 있다. 이러한 시들은 대개가 상징으로 되어 있어 무슨 뜻인지 선뜻 규정 짓기가 쉽지 않다. 제시된 사물 즉 객관적 상관물 하나로 의미를 천착해야 하기 때문에 텍스트의 전문에서 많은 사유와 사색이 필요하다.

문득 개화를 알리는
사이렌소리가 멎는 순간

사람과 꽃송이 사이로
그림자 하나가 지나갔다

제2부 시조 창작의 실제

아, 지금 내 생의 정점에
자오선이 지나고 있다

— 고정국, 「정오의 시」 전문

사이렌이 멎는 순간이 개화 시간이다. 사람과 꽃송이는 무엇의 상관물이고 그림자, 자오선은 또 무엇의 상관물인지 알 수가 없다. 인간과 우주, 시간의 흐름과 정지, 자연과 인간, 음과 양, 사물들의 생성, 변화 등 여러 의미들을 생각하게 하는 시조이다. 이런 시들은 의미의 폭이 넓고 깊이가 있어 독자들에게 깊은 감동을 주기에 충분하다.

물렁해
지기 위해
감들은 익고 있나

감밭에 언뜻 실린
가을을
다는 가지.

특유한
저 손저울들
출렁이며 눈금 잰다

왁자턴 여름 벌레
무엇 그리
울다 갔나.

바위는 모래톱 쪽
실금내며
가고 있네.

오늘은, 사진으로 미리 찍힌

서호(西湖)도

질 잎새다.

　　　　　　　　— 서벌, 「붓 먼저 감잎처럼 물이 들어」 전문

　'손저울, 바위, 서호'들은 객관적 상관물로 만추의 스케치에 큰 비중을
차지하고 있다. 상징이기는 하지만 이러한 상관물들은 의미를 천착해내기
가 어렵다. 천착하지 못하는 '손저울의 눈금'과 '서호도 질 잎새' 등에서 독
자들은 깊은 감동과 감상의 묘미를 느낄 수 있다.

　　　　　　　　　　　　　　　　　　　제2부 시조 창작의 실제

제22장

감정 처리

감정과 정서는 사전에서는 거의 같은 뜻으로 사용되고 있다. 사물 현상에 반응하는 마음으로 기쁨·슬픔·두려움·노여움 등의 주관적인 의식 현상을 가리킨다. 그러나 같은 지각 현상이면서 감정과 정서는 서로 다르다. 감정은 질서화되지 못한 생다지 반응인 반면 정서는 질서화된 미적 반응이다. 감정 그대로는 문학이나 예술의 요소로 쓸 수 없다. 감정은 일정한 순화 과정을 거쳐야 정서가 될 수 있으며 이 순화된 미적 정서가 문학으로 쓸 수가 있다.

> 삼천리 그 몇천 리를
> 세월 그 몇 굽이를 돌아
>
> 갈고 서린 한을 풀어
> 가을 하늘을 돌고 있네
>
> 수수한 울음 하나로
> 한평생을 돌고 있네
>
> ─ 박영교, 「징 1」 전문

징은 몇천 리를 돌고 세월 몇 굽이를 돌아 한을 풀어낸다고 했다. 그 풀어낸 한이 가을 하늘을 돌고 수수한 울음 하나로 또한 한평생을 돌고 있다고 했다. 멀리 울려 퍼지는 징소리를 들으면 저 징처럼 울고 싶은 생각이 들기도 한다. 어렵게 살아온 세월을 생각하면 징소리에도 눈물이 난다. 그렇다고 해서 이러한 주관적인 감정을 그대로 쓸 수는 없다. 울음을 객관화시켜야 한다. 그래야 한이 되어 삼천 리를 돌고 또 세월 몇 굽이를 돌고 한평생을 도는 것이다.

주관적 감정인 생다지 울음이 정제 과정과 미적 경로를 거쳐 징이라는 객관적 정서인 사물로 대체가 되었다.

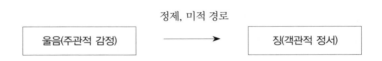

감정 처리를 위해서는 특수한 심리적 정제 과정이 필요하다. 대상을 실제적인 감정으로부터 객관화시켜 순화 · 정화시키는 작업을 해야 한다. 문학의 요소로 쓰려면 이러한 미적 경로를 거쳐야 한다.

감정이 미적 정서로 다듬어지는 특수한 심리적 정제 과정을 미학자들은 미적 경로(aesthetic process)라 불렀다. 미적 경로에는 대개 두 가지의 심리적인 특색이 있다. 하나는 실감의 유리요, 하나는 실감의 보수이다.[1]

혼마 히사오(本間久雄)는 실감의 유리와 보수로서 미적 경로를 설명하고 있다. 특히 그는 톨스토이의 『예술론』에서 예를 들어 이를 설명했다.

---

1 혼마 히사오, 『문학개론』, 46쪽. 한영환 · 이성교, 『문학개론』, 개문사, 1978, 39쪽에서 재인용.

제2부 시조 창작의 실제

작가가 경험한 어떤 감정을 남에게 전하고, 남이 작가와 똑같은 감정을 경험하게 하는 것이 예술이다. 한 소년이 숲속에서 이리를 만나 전율과 공포를 느낀 감정을 똑같이 남들에게 환기되도록 기술했을 때 이것이 곧 예술이다.

당시 이리를 만난 소년은 공포의 실감 속에 휩싸여 있었을 것이다. 얼마 후 안정을 되찾으면 소년은 당시의 공포를 회상하게 될 것이다. 이리를 만난 당시에는 공포 그 자체의 실감이었으나 얼마 후 회상해낸 공포는 실감이 아닌 그림자에 지나지 않는다. 곧 실감에서의 그 공포는 이미 그림자로 유리되어 있는 것이다. 이것이 실감의 유리이다.

실감의 보수는 당시의 실감인 감정들을 순화된 정서로 객관화하는 작업이다. 사실 실감처럼 느껴지지만 이는 무의식 중에 수정·보수를 거쳐 형성된 객관화된 정서들이다. 그 소년이 그동안 경험했던 공포의 정서적 정수들이 은연중 가미되어 재현된 객관화된 당시의 공포들이다.

소재와 대상을 일단 실제적 감정으로부터 객관화시키고, 이를 다시금 정화·순화시켜 그 정수를 가려 뽑아내는 과정이 필요하다. 그 과정을 미적 경로라고 한다. 이는 실감의 유리와 보수를 통해 이루어진다.[2]

실감의 유리는 당시 사건의 실질적인 감정이 아닌 그 사건으로부터 분리된 감정이다. 이 분리된 감정에 작가의 수정과 보수의 과정을 거쳐 하나의 작품을 만들게 된다. 이는 작가가 반드시 거쳐야 할 과정이다. 그래야 감정의 객관화가 이루어져 당시 실감의 감정을 똑같이 경험할 수 있다.

굴뚝이 제 속을 까맣게 태우면서
누군가의 따스한 저녁을 마련할 때
길 건너
어둠을 받는

---

2 혼마 히사오, 위의 책, 46~49쪽, 한영환·이성교, 위의 책, 40쪽에서 재인용.

밀보리빛 우산 하나

먹물에 목이 잠긴 수척한 강을 지나
내 꿈의 어지러운 십자로를 한참 돌아
사랑이
다리 절며 오는
굽은 길목 어귀에

— 문희숙, 「외등」 전문

외등은 굽은 길목에서 홀로 밤길을 밝혀준다. 이 외등을 어둠을 받는 밀보랏빛 우산으로 처리했다. 흔히 사람들은 '굽은 길목에서 외등 하나가 밤길을 밝혀주고 있었다'라고 표현한다. 시인은 이를 굳이 우산으로 어둠을 받으며 누군가를 기다리는 모습으로 처리했다. 외등을 우산으로 은유하여 어둠을 비를 받는 것처럼 표현하고 있다. 그것도 그냥 굽은 길목이 아니라 수척한 강을 지나 어지러운 십자로를 한참 돌아온, 사랑이 절며 오는 굽은 길목 어귀이다. 거기에서 비처럼 어둠을 우산으로 받으며 외등은 누군가를 기다리고 있다. 이렇게 구체적으로 현장 같은 길목을 제시하여 독자들로 하여금 더욱 실감 있게 그려내고 있다.

화자는 위와 비슷한 체험이 있었을 것이다. 말할 수 없는 감정을 겪으면서 외등처럼 골목에서 누군가를 늦도록 기다렸을 것이다. 당시의 감정은 혼란, 흥분, 고독, 처연함 같은 그러한 것들임을 예상할 수 있다. 당시 외등 같은 소재는 화자에게 있어서는 위안이 될 수 있고 깊은 고독에 빠져들 수도 있다. 이러한 감정들은 시간이 흐르면서 당시의 감정들로부터 유리되게 마련이다.여기에 수정과 보수라는 미적 과정을 거쳐 하나의 작품이 탄생되는 것이다.

위 시는 실감의 유리와 보수를 거친, 당시의 사건을 객관화시킨 텍스트이다. 그래야 새로운 정서로 환기되면서 당시의 감정을 실감나게 그려낼 수 있다.

실감의 유리, 보수

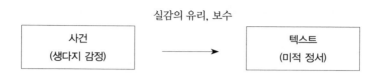

송강 정철이 기생 진옥의 마음을 떠보기 위해 부른 시조이다.

> 옥이 옥이라커늘 번옥만 여겼더니
> 이제야 보아하니 진옥일시 분명하다
> 나에게 살송곳 있으니 뚫어볼까 하노라

번옥(燔玉)은 돌가루로 구워 만든 가짜 옥이다. 진옥(眞玉)은 진짜 옥이
다. 기녀 진옥을 바라보니 가짜 옥이 아니라 진짜 옥이었다. 진옥은 참옥
을 뜻하면서 기녀 진옥을 가리키는 것이다. '살[剤]송곳'은 남자의 거시기
를 은유하고 있다. 그것으로 뚫어본다고 하였다.

> 철이 철이라커늘 섭철로만 여겼더니
> 이제야 보아하니 정철일시 분명하다
> 나에게 골풀무 있으니 녹여볼까 하노라

진옥의 정철에 대한 화답시조이다.

섭철(鑷鐵)은 순수하지 못한 쇠붙이가 섞인 가짜 철이다. 번옥에 대한 대
구이다. 정철은 잡것이 섞이지 않은 진짜 철이다. 진옥에 대한 대구이다.
정철은 진짜 철이면서 송강 정철을 가리키고 있다. '골풀무'는 불을 피울
때 바람을 불어넣는 도구이다. 남자의 그것을 녹여내는 여자의 거시기를
은유하고 있다. 살송곳에 대한 대구이다.

상대방의 이름으로 대구를 만들어 남자와 여자의 그것을 속되지 않게 표현했다. 적나라하게 표현하지 않고 살송곳, 풀무 같은 은근한 사물로 처리했다. 송곳은 철이기 때문에 풀무만이 철을 녹일 수가 있다. 그것을 잡되지 않고 멋스럽게 표현한 것이다.

유리, 보수(미적 경로)

정철(이름)	정철(진짜 철)
진옥(이름)	진옥(진짜 옥)
남자의 그것	살송곳
여자의 그것	골풀무

왼쪽은 직접 체험을, 오른쪽은 유리와 보수를 거친 체험이다. 위 텍스트는 같은 사건이라도 실감의 정도가 단어의 선택에 따라 어떤지를 보여주고 있다. 살송곳, 골풀무와 같은 은유로 당시의 체험을 실감 나게 그려내고 있다. 은유는 실감의 유리와 보수로 활용되기에 좋은 소재이다. 같은 뜻이라도 다른 언어로 대체하면 실감의 정도가 달라질 수 있다. 그래서 시조는 단어 하나에도 많은 고민을 하지 않으면 안 된다.

박태기나무에서는 풋사과 향이 나요

풋사과 향 목소리로 작은 새가 울어요

나무의 가슴팍에서 날아가지 않아요
—김일연, 「첫사랑」 전문

'향이 나요', '새가 울어요', '날아가지 않아요' 등도 감정의 유리와 보수를 거친 좋은 예이다. 이것이 '풋사과 향', '향 목소리', '가슴팍에서' 등과

제2부 시조 창작의 실제

연결되면서 당시의 첫사랑이라는 설레는 가슴을 사람들로 하여금 그대로 느끼게 해주고 있다.

시는 자신의 감정을 그대로 써서는 안 된다. 하고 싶은 말을 하지 말아야 한다. 한 글자 한 글자를 신중히 다루지 않으면 안 된다. 글자 한 자 한 자가 이승과 저승을 넘나든다. 정제된 언어는 여백이다. 그래야 독자들이 거기에서 이런 저런 이야기를 나눌 수 있다. 여백은 시의 생명이다. 감정 처리에 이유가 있음을 말해주고 있다.

제23장

시간

니콜라이 베르자예프(Nikolai Berdyaev)는 시간을 우주적 시간, 역사적 시간, 실존적 시간으로 나누어 문학 연구의 한 접근 방법을 제시했다.[1]

우주적 시간은 원으로 표현되는 순환의 시간이다. 밤과 낮의 반복이라든가 계절의 바뀜, 출생·성장·죽음 등과 같은 인간과 자연 간의 순환적인 시간을 특성으로 하고 있다. 원형을 지향하면서 사물이 끊임없이 반복되는 양상으로 전개된다. 유한한 삶 속에서 무한을 재현하는 신화적 시간으로 과거의 시간들이 끊임없이 재생된다는 시간이다.

> 밤에도 대낮이 허옇게 걸려 있다
> 누구냐, 내 숨을 곳 샅샅이 허무는 자는
> 천지는 거울을 대며 전 생애를 끄집어 내고 있다
> — 김원각, 「양심」 전문

시적 화자는 전생이 존재한다고 믿고 있다. 삶의 이전은 전생이요 죽음 이후는 후생이다. 전생이 있으면 후생도 있게 마련이다. 전생과 현생과 후

---

1   김병욱 편, 『현대소설의 이론』, 최상규 역, 대방출판사, 1986, 477쪽.

생을 순환적인 시간으로 파악하고 있다.

　아무리 숨으려고 해도 숨을 수가 없고 전생과 현생, 후생이 반복되고 있으니 양심대로 살아야 한다는 교훈적인 시조이다. 순환적인 시간을 끌어들여 메시지를 전하고 있다.

우주적 시간

　역사적 시간은 수평선으로 표현되는 무한 직선의 지속 시간이다. 세속적 시간이다. 시간이 과거, 현재, 미래로 계속해서 나아간다는 양식의 시간이다. 문학에서는 시간이 과거에서 현재로 진행되나 현재에서 과거로 역방향으로 진행되기도 한다.

> 섬돌에 묻어 둔 불씨 빠지직 불 지피다
> 언 가슴 녹인 불꽃으로 피어난 맨드라미꽃
> 오지랖 데인 흔적을
> 주홍글씨 새기며.
>
> 몇 번을 까무라쳐도 끓어오르는 더운 피
> 내림굿 손대 잡고 날고 싶은 나비의 꿈은
> 선무당 신들린 춤사위
> 바라춤을 추느니
>
> 귀뚜리 밤을 울어 풀잎도 잠 못 든 새벽
> 혼을 실은 낮달은 빈 하늘에 떠돌고

아 여기 불타는 집 한 채
지상에 머물고 있다

— 김정희, 「맨드라미, 불지피다」 전문

위 시조에서의 시간은 맨드라미가 봉오리에서부터 피어난 후 얼마간의
시간이다. 그리고 3연에서는 집중적으로 밤에서 그 이튼 날 새벽, 낮 시간
까지 묘사되어 있다. 1연은 맨드라미가 피기까지의 시간을, 2연은 맨드라
미가 피고 얼마간 경과된 시간을, 3연은 밤에서 그 이튿날 오후까지의 시
간을 나타내고 있다. 이 텍스트에서의 시간은 직선으로 지속하는 시간이
지 순환하는 시간이 아니다.

$$\xrightarrow{\hspace{4cm}}$$

역사적 시간

실존적 시간은 수직으로 표현되는 개인적인 시간이다. 이 시간은 수직
선으로 상징되는 종교적이고 신비적인 성격을 갖고 있다. 세속적인 시간
이 아닌 시간이 무화된 성스러운 시간, 해탈, 초월의 시간을 말한다.

벌판 끝
천둥 밟던
맨발이 저랬을가

빈 골짝
핥고 가던
회초리가 저랬을가

접질린
뉘 사랑만 같아라

제2부 시조 창작의 실제

내처 닫는 저 서슬!

— 진복희, 「소나기」 전문

　텍스트는 소나기를 천둥을 밟던 맨발, 빈 골짝 훑고 가던 회오리, 접질린 사랑, 내친김에 내닫는 서슬 등으로 표현했다. 소나기 시간이 무화되어 있어 시간을 초월한 제의적인 시간에 가깝다. 시적 자아는 객관적 상관물인 소나기로 세속을 넘어 초월적인 시간을 경험하게 된다. 시간의 속도가 달라지는 거의 단절된 정지된 시간이기도 하다. 소나기가 끝나면 대지의 모든 것들은 다시 조용한 세속의 시간으로 돌아오는 것이다.

실존적 시간

　약속을 할 때 시간과 장소를 묻는다. 어떤 메시지도 시간과 공간을 떠나 존재할 수 없다. 하나의 메시지가 되기 위해서는 반드시 시간과 공간이 필요하다. 단어 자체 하나만으로는 메시지를 담지할 수는 없다. 메시지가 되지 못하면 그 단어는 영원히 침묵하는 언어가 된다. 언어는 시간과 공간이 주어져야 비로소 의미를 담을 수 있다.

　'꽃'이라고 하면 도대체 그 꽃이 어떤 꽃인지 언제 피는 꽃인지 어디에서 피는 꽃인지 알 수 없다. 아침이라는 시간이 개재되면 '아침에 피는 꽃'이 된다. 그러면 독자들은 나팔꽃, 박꽃, 호박꽃 등을 떠올리게 된다. 그만큼 정보성은 높아진다. 죽었다가 살아 있는 꽃이 된다. 여기에 구체적인 공간이 주어지면 밀도는 더욱 높아진다. '이른 아침 마당 울타리에 핀 나

팔 모양의 꽃' 하면 바로 그 꽃이 나팔꽃이라는 것을 알게 된다. 시간과 공간이 구체적으로 제시되고 여기에 약간의 수식만 가해주면 메시지의 내용은 더욱 선명해진다. 시간이나 공간이 메시지의 의미 획득에 얼마나 중요한 요소로 작용하고 있는가를 알 수 있다.

> 가슴 풀린 대지 위로 벚꽃이 톡톡 뛴다
> 맑은 날 킥킥대는 꼬마 새싹 재롱 보며
> 뾰족한 연필 끝으로 세상 모서릴 찔러본다
>
> 사춘기 나뭇가지 여드름이 송송 돋고
> 뻐꾸기 음성에도 변성기 소리가 난다
> 화냥끼 대지는 지금 신열을 앓고 또 앓고
>
> 선생님 호명 따라 차례 차례 앉은 3월
> 산수유, 개나리꽃, 백목련, 진달래꽃
> 길길이 때때옷 입고 입학식이 한창이다
>
> — 이영필, 「3월에」 전문

위 텍스트는 3월이라는 시간에 일어나는 자연의 현상들을 생동감 있게 그려내고 있다. 시간이라는 백지 위에 여러 풍경들을 안치시켜놓고 있다. 시간이 없으면 텍스트 자체가 만들어질 수 없다. 시간은 필수불가결한 요소로 작용하고 있다. 3월의 시간 안에 꼬마 새싹 재롱도 보고 사춘기의 나뭇가지 여드름도 보고 학생들의 입학식도 본다. 이 시간이 아니면 볼 수 없는 것들이다. 시간이 텍스트에 없어서는 안 되는 것들을 명징하게 보여주고 있다.

문학에서의 시간은 두 단계, 서술의 시간과 허구의 시간이 있다. 이 시간은 사건이 전개되는 시간의 양과 텍스트의 양을 비교하여 생략, 대화,

제2부 시조 창작의 실제

요약, 분석, 묘사, 인쇄 공란 등 이야기 속도의 형태로 나타난다.[2]

간단한 한두 줄로 몇십 년을 생략할 수도 요약할 수도 있다. 묘사할 수도 있고 인쇄 공란으로 남겨둘 수도 있다. 이야기의 속도가 평형을 유지하느냐, 빠르냐, 완만하냐 등으로 나누어 볼 수도 있다.

어쩌면 닿을 법한
멀고 먼 소식 하나

기다린 긴긴 날들
이끼 돋아 푸르도록

날마다
나 여기 와서
강물처럼 울고 있다

열릴 듯 열리잖는
트일듯 트이잖는

쇠사슬 녹슨 사슬
절로 삭아 끊어지렴

사무친
말씀 하나로
흘러가는 물이어라

— 김춘랑, 「임진강 쑤꾹새 2」 전문

---

2   장 리카르도, 「서술의 시간과 허구의 시간」, 김병욱 편, 『현대소설의 이론』, 최상규 역,
    대방출판사, 1986, 490~493쪽.

위 텍스트는 반백년의 역사의 이야기를 불과 14줄로 요약해놓고 있다. 이야기의 시간은 반세기도 넘지만 기술의 시간은 짧다. '기다린 긴긴 날들/이끼 돋아 푸르도록'에서 보면 그 많은 세월이 '이끼 돋아 푸르도록'이라는 단 두 줄로 요약되어 있다. 그리움에 목말라 있어 빠른 시간의 속도를 보여주고 있다. 시의 행간에도 시간은 존재하고 있다.

생략은 이야기(허구)의 시간은 있어도 텍스트(기술)의 시간은 없다. 대화는 이야기 시간과 기술의 시간이 같아 속도는 평형을 유지하고, 요약은 많은 이야기를 간단한 줄거리로 짧게 기술하기 때문에 기술의 시간이 이야기 시간보다 적어 속도가 빠르다. 분석은 짧은 이야기를 세세하고도 길게 분석하기 때문에 기술의 시간이 이야기 시간보다 커서 속도는 완만하다. 묘사는 한 시점을 길게 구체적으로 묘사하기 때문에 기술의 시간은 있으나 이야기 시간은 없다. 심리 묘사 같은 것들이 그 예이다.

도표로 제시하면 다음과 같다.[3]

생략	—	이야기 시간 있음, 기술의 시간 없음
대화	—	이야기 시간 = 기술의 시간
요약	—	이야기 시간 > 기술의 시간
분석	—	이야기 시간 < 기술의 시간
묘사	—	이야기 시간 없음, 기술의 시간 있음

---

3 위의 책, 490쪽. 신응순, 『시의 기호학과 그 실제』, 문경출판사, 2000, 113쪽에서 재인용.

제2부 시조 창작의 실제

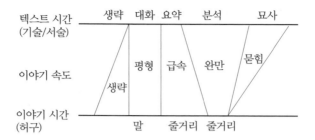

　창작에 있어서 시간을 어떻게 배분할 것인가는 순전히 작가에 달려 있다. 시의 연·행 구성을 어떻게 할 것인가도 시간과 불가분의 관계가 있어 고려해보아야 할 필요가 있다. 시의 행간을 적절히 활용하는 것도 시간을 다루는 또 하나의 방법이 될 수 있다. 사안에 따라 행간을 생략으로 활용할 수 있고 요약, 분석, 인쇄의 공간으로도 활용할 수 있다. 이는 작가의 역량에 달려 있다.

제24장

공간

대상이 있어 공간이 표출된다. 대상이 먼저이고 표출이 후라는 얘기이다. 대상은 감각적 경험으로 인식될 수 있는 실재적 공간이다.

수사 때문에 표상되는 또 다른 공간이 있다. 시인의 상상력에 의해 표상되는 공간이다. 상상적 공간이다.

실제적 공간은 실제적 자연이 전개되는 차원으로의 가시적·구체적 공간을 의미하며, 상상적 공간은 상상에 의해 축조된 비가시적·관념적 공간을 말한다. 전자는 감각적인 인식 공간이며 후자는 수사에 의한 상상 공간이다. 실제적 공간이라도 기호로 표출된 이상 자연 그대로의 공간은 물론 아니다. 구체적 공간이지만 작가에 의해 변형된, 재창조된 공간이다. 이는 수사에 의해 형성된 상상적 공간과는 다른 차원의 실제적 공간이다. 상상적 공간은 은유나 상징에 의해 형성되는 은유 공간이나 상징 공간을 말한다.

섬이
하나 있다.

콩알보다 조금 작은…

몇몇 살던 이들 낱낱이 다 떠나고 일흔둘 할머니 혼자 살고 있는 작
은 섬

—이종문,「섬」부분

섬은 실제적 공간으로 우리가 구체적으로 인식할 수 있는 자연 그대로
의 사실적 공간이다.

섬이 콩알보다 작다고 한 것은 섬을 강조하기 위해 쓴 과장법이다. 거기
에서 살던 이들은 다 떠나고 일흔두 살 할머니가 살고 있다고 했다. 이 섬
은 실제로 있을 수 있는, 인지할 수 있는 가시적 공간이다.

산재한
갈망 위해
돌아와
답하는 봄비

계절이
머뭇거리는
허공을
진압하고

먼 재를
넘어온 그리움 풀어
어찌나
속삭이는지

— 김교한, 「봄비」 전문

　'산재한 갈망'에서의 '산재'는 여기저기 흩어져 있는 모습을 말한다. 공
간이 없으면 흩어져 존재할 수 없다. 단어 자체가 공간이다. 그러나 '갈망'
은 간절히 바라는 마음을 의미하는 것으로 공간 부재의 관념적인 단어이
다. 이 관념적인 단어 '갈망'에 공간이 존재하고 있는 단어 '산재하다'가 한
정해줌으로써 '산재한 갈망'이라는 상상적 공간이 생기게 된다. '산재'라는
단어에 의해 '갈망'이 공간화된 것이다. 갈망이 흩어져서 존재한다는 뜻이
다.

　'계절'과, '그리움'의 관념적 단어는 '허공을 진압하고', '먼 재를 넘어온'
이라는 '허공, 먼 재'라는 실제 공간 때문에 상상적 공간으로 바뀌었다. 이
렇게 꾸며줌으로 해서 공간 부재의 관념적 단어가 상징 공간인 상상적 공
간으로 전이가 되는 것이다.

　시인은 최소의 노력으로 최대의 효과를 얻기 위해 은유와 상징 같은 수
사를 사용한다. 그 때문에 은유 공간과 상징 공간이라는 상상적 공간이 생
겨 새로운 의미가 생겨나게 된다.

코잡아 별을 짜려나 연사흘 은빛 생각
대바늘 사슬뜨기 재촉하여 폭설내리고
마무리 눈동자 위에 처음이듯 그 설레임

— 김성숙, 「새벽, 뜨개질하다」 부분

　여기에서는 '그리움'이라는 원개념이 생략되어 있다. '그리움'을 '은빛

생각'으로 은유했다. '그리움', '은빛 생각'은 공간이 형성되지 않은 관념적 단어들이다. 그러나 '연사흘'이라는 시간의 길이 때문에 '은빛 생각'이라는 새로운 의미의 은유 공간이 생겼다.

> 누군가를
> 사랑하면
> 일생
> 섬이 된다
>
> 유난히
> 파도가 많고
> 유난히
> 바람이 많은 섬
>
> 그래서
> 가슴에는 평생
> 등불이
> 걸려 있다
>
> — 신웅순, 「내 사랑은 47」

사랑하면 일생 섬이 된다고 했다. 섬은 파도가 많고 바람이 많다고 했다. 그래서 시인은 가슴에 평생 등불이 걸려 있다고 했다.

사람도 실재 공간이다. '사랑하면'이라는 수식 때문에 '사람'에서 '섬'으로 전이되었다. '나'라는 축소된 실제 공간에서 '섬'이라는 확대된 실제 공간으로 바뀌었다. 사랑하는 인간도 섬처럼 바람이 많고 파도가 많다는 얘기이다. 공간이 축소되었느냐 확대되었느냐에 따라 의미도 달라진다. 공간의 크기도 꼼꼼하게 체크해야 할 사항들이다.

사랑하는 사람이 시인의 상상력에 의해 섬으로 창조되었다. 섬은 실제 공간이기도 하지만 은유 공간이기도 하다. 현실적 공간에서 비현실적 공간(은유, 상징)으로의 전이든 현실적 공간에서 현실적 공간으로의 전이든 또 다른 새로운 공간으로의 이동은 언제나 또 다른 새로운 의미를 동반하게 된다. 독자들에게 깜짝 놀라게 해주는 이유가 여기에 있다.

　　없는 이름 부르며 한 생 저어 가듯

　　어둠 끌어 안고 살 지피는 밑불처럼

　　캄캄한 눈썹 하나로 산을 넘는 밤이 있다

　　없는 길을 찾아서 한 생 헤쳐 가듯

　　어둠으로 기르는 생금 같은 눈썹 들고

　　높다란 고독 하나로 밤을 넘는 밤이 있다
　　　　　　　　　　　　　　　　　　　— 정수자, 「그믐달」 전문

　'이름, 어둠, 밤, 눈썹, 고독' 등의 상징어들이 '부르며', '끌어안고', '밤을 넘는', '생금 같은', '높다란'의 단어들의 한정으로 여러 상징 공간들을 만들어내고 있다. 상징보다 은유가 이미지 면에서는 선명할지 모르지만 의미 공간의 크기나 울림에는 상징에 미치지 못하는 경우가 많다.

　상징은 많은 사유가 필요하다. 원개념을 규정지을 수 없어 의미 천착이

230

쉽지 않다. 의미는 공간의 크기와 깊이를 말해준다. 크기와 깊이가 얼마나 되는지는 매우 주관적이어서 판단을 내리기가 어렵다. 그래서 원개념을 계속 지연시키면서 의미를 재생산하게 되는 것이다.

시인은 시 텍스트에서 구체적인 묘사 없이 '이름, 어둠, 밤, 눈썹, 고독' 같은 상징어들을 제시해주고 있어 독자들이 나름대로 읽어내야 한다.

상징 공간들은 의미를 확대, 축소시켜 주면서 새로운 의미들을 만들어 낸다. 상징은 몇 구절로는 의미 천착이 어려워 시 텍스트 전체를 읽지 않으면 안 된다. 상징의 애매성 때문에 작가의 표현 공간과 독자의 감상 공간 사이에는 언제나 의미의 차액은 남게 된다.

차액이 지나치게 많아서도 안 되고 지나치게 적어서도 안 된다. 시는 주관적이어서 객관적인 감동의 수치로 나타낼 수는 없다. 세대와 시대, 계층과 지역 간의 문화 차이 때문이다. 그래서 작품에는 개성과 보편성과 항구성을 갖고 있어야 한다. 이것이 충족이 될 때 영원한 명시로 남게 되는 것이다.

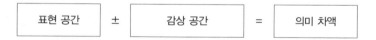

제25장

코드화와 탈코드화

소쉬르가 제시한 기호는 두 가지 기본 요소로 이루어졌다. 개념과 청각 영상이다.[1] 개념은 기의(시니피에), 청각 영상은 기표(시니피앙)에 해당된다. 물리적 형태인 기표와 정신적 형태인 기의가 결합하여 하나의 기호가 만들어진다.

갑순이는 자신의 마음을 갑돌이에게 전하고 싶었다. 장미를 선물했다. 장미는 사실은 갑순이가 갑돌이에게 준 사랑의 마음이었다. 이때 '장미'를 기표라 하고 '사랑의 마음'을 기의라고 한다. 기표인 '장미'와 기의인 '사랑의 마음'이 결합하여 하나의 기호가 만들어졌다. 이것이 소쉬르의 2항 구조이다.

기호	=	기표(장미)	+	기의(사랑)

갑돌이가 갑순이에게 장미를 받았을 때 갑돌이는 장미에 어떤 의미가 있는지를 해석하게 된다. 갑순이는 사랑이라는 의미를 담아 갑돌이에게

---

1 페르디낭드 소쉬르, 『일반언어학강의』, 오원교 역, 형설출판사, 1973, 91쪽.

장미를 보냈다. 기호를 만들어 보낸 것이다. 갑순이는 기호 발신자요 갑돌이는 기호 수신자이다. 이때 기호 발신자와 기호 수신자 사이에는 의미 작용이 이루어진다. 기호 발신자는 '사랑'이라는 의미를 전했는데 기호 수신자가 '우정'의 의미로 받아들였다면 이는 커뮤니케이션의 실패이다. 기호 수신자가 '사랑'이라는 의미로 받아들였다면 이는 커뮤니케이션의 성공이다. 기표인 장미와 기의인 사랑이 결합해 하나의 의미 작용이 일어난 것이다. 커뮤니케이션이 제대로 이루어지기 위해서는 갑순이는 사랑한다는 기호를 만들어야 하고 갑돌이는 그것을 사랑한다는 기호로 해석해야 한다.

갑순이는 장미를 사서 갑돌이에게 주었다. 이때 장미는 사랑의 운반체, 기표이다. 갑돌이는 갑순이한테 장미를 받는 순간 갑순이가 자기를 사랑하고 있다고 느끼게 된다. 이때의 장미는 그냥 장미가 아닌 사랑의 기호가 되는 것이다. 눈짓이면 사랑의 눈짓, 미소면 사랑의 미소, 손길이면 사랑의 손길이 기호가 되는 것이다.

기호를 만들기 위해서는 기표와 기의를 결합시켜야 한다. 그 즉시 기호는 의미 작용을 하게 된다. 갑순이의 갑돌이에 대한 사랑이 변함없다고 갑돌이가 믿게 되면 코드화가 이루어진 것이다.

관습화된 코드에 의해 이루어진 시조들이 있다. 이는 하나의 해석만을 요구하지 둘 이상의 해석을 요구하지는 않는다.

> 태산이 높다 하되 하늘 아래 뫼이로다
> 오르고 또 오르면 못 오를 리 없건마는
> 사람이 제 아니 오르고 뫼만 높다 하더라
>
> — 양사언

제 탓을 하지 않고 남만 탓한다는 교훈 시조이다. 누구나 다 알 수 있고 느낄 수 있는 일반적으로 코드화된 기호들로 이루어졌다.

예술은 탈코드화이다. 기표와 기의 관계를 해체시키고 기표와 기의 관계를 새로운 질서 위에서 재조립해야 한다. 예술은 작가와 독자와의 코드화된 커뮤니케이션이 아니다. 작가와 독자의 생각은 단선 라인이 아닌 수많은 복선 라인으로 이루어졌다.

하이데거는 예술 작품은 사물로서 있는 것을 넘어 있는, 어떤 다른 것이라고 했다. 사물 자체로 보지 않고 은유나 상징으로 본 것이다. 예술은 탈코드화를 통해 새로운 의미를 창출해야 한다. 예술은 탈코드화이며 탈커뮤니케이션이다.

기표는 반드시 기의 하나만을 지칭하지는 않는다. 여기에서 소쉬르가 제시했고 바르트가 심화시킨 기호 모형을 생각해볼 수 있다.

함축 기호 의미	기표 2(수사)		기의 2(신화)
외시 기호 의미	기표 1	기의 1	

'그 여자는 곰이다'라고 할 때 곰은 실제의 곰이 아니다. '뚱뚱한 여자' 혹은 '미련한 여자' 등의 의미로 우리들에게 인식되어 있다.

'기표 1'인 곰의 외시 의미는 '기의 1'인 동물 'a bear(실제 곰)'를 말한다. 그러나 '그 여자는 곰이다'라고 할 때 '곰'은 '뚱뚱한 여자' 혹은 '미련한 여자'를 의미하지 실제 곰을 의미하지는 않는다. 외시 의미에서 곰이라는 용기인 '기표 1'에는 동물 'a bear'의 내용물이 들어 있지만 새로운 용기, '기표 2'에서는 실제 동물 'a bear'의 내용물이 아닌 새로운 의미인 '기의 2'인 '뚱뚱한 여자' 혹은 '미련한 여자' 등의 내용물이 들어 있는 것이다. 여기에서부터가 함축의 의미이다.

'그 여자는 곰이다'라고 하면 이는 은유이다. 은유는 바로 수사를 말한다. 은유는 새로운 차원의 의미인 신화이다. 여기서부터가 시의 영역이다.

퍼스(Charles Sanders Peirce)의 기호 모형은 탈코드화의 좋은 예이다. 그에 따르면 한 기표가 어떤 다른 것을 표상함으로써 기호가 될 수 있다. 즉 어떤 사물을 대신할 수 있는 것이면 무엇이든지 기호가 될 수 있다는 말이다. 퍼스의 3항 구조는 '기호'와 그것이 지칭하는 '대상체', 기호 사용자가 그 대상에 대해 갖고 있는 정신적 개념인 '해석체'로 구성되어 있다.

기호는 그 자신을 나타내는 것이 아니라 어떤 것을 대신해서 나타낸다. 실제 대상체를 가리킨다. 대상체는 언제나 기호에 의해서 표상된다. 일단 기호가 작성되면 기호는 시간과 공간을 초월하여 그것이 대표하고 있는 대상체를 지시하게 되어 있다. 기호 사용자는 그러한 기호를 읽음으로써 기호가 지칭하는 대상체에 어떤 해석을 내리게 되는데 이러한 정신적 개념이 해석체이다.

대상체가 기호 주변에 있으면 기호로서의 구실을 수행하는 데 방해가 된다. 기호가 대상체를 지시하기 때문이다. 그래서 기호는 대상체를 잠적시킨다. 만들어진 기호 속에는 대상체의 지시와 지시된 대상체의 해석체를 담지하고 있다. 기호는 대상체를 사라지게 하고 거기에 새로운 해석체를 들어앉힌다. 기호 사용 즉시 대상체는 증발되고 또 다른 해석체가 그 자리에 들어 앉게 된다. 외시를 넘어서 함축의 차원에 이르게 되는 것이다. 기호 사용 이전에는 기호의 해석체는 외시 의미에 지나지 않는다. 그러나 기호를 사용함으로써 함축 의미의 길로 들어선다. 기호를 사용하자마자 외시 의미는 사라지고 새로운 함축 의미가 그 자리에 들어앉게 되는 것이다.

퍼스의 대상체는 소쉬르의 기표에 해당되고 해석체는 기의에 해당된다. 퍼스의 기호 모형에서 '장미'는 기호이며 실제 장미는 대상체이다. 갑순이가 갑돌이에게 장미를 주었을 때 그때의 장미의 의미인 사랑은 기의이며 이것이 퍼스의 해석체에 해당된다.

다시 천고의 뒤에
백마 타고 오는 초인이 있어
이 광야에서 목놓아 부르게 하리라

— 이육사, 「광야」 부분

'초인'은 기호이다. 이 '초인'의 기호는 지금 여기에 없는 대상체를 가리킨다. '초인'은 '보통 사람으로는 생각할 수 없을 만큼 뛰어난 능력을 가진 사람'을 지칭한다. 이것이 외시 의미이다.

기호 사용자는 대상체와 가졌던 경험에 의해 원래의 실제 대상체인 외시 의미인 '초인'을 증발시키고 거기에다 '의지나 희망, 광복'과 같은 새로운 해석체를 들어 앉힌다. 해석체를 매개로 해서 대상체인 실제 초인의 의미를 시에서 초인이라는 기호로 완성시킨다. 해석체의 중개 없이는 기호로 표상된 대상체의 의미는 불가능하다. 이때 해석체는 문화적 관습에 따라 의미가 다양하게 나타날 수 있다. 이러한 각자의 해석들은 또 하나의 기호가 되어 또 다른 해석을 낳게 된다. 절대적인 해석은 존재하지 않고 끝없이 지연되는 것이다. 기호의 무한한 표류 현상이 나타나게 된다.

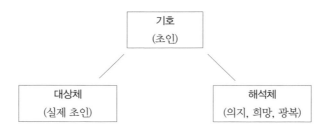

이육사는 「광야」에 '초인'의 기호를 만들었다. '초인'은 기호이고 초인의 대상체는 '능력이 뛰어난 사람'이다. 그러나 해석체는 '능력이 뛰어난 사람'을 의미하는 것이 아니라 '의지', '광복', '희망' 등 여러 해석체들을 의미

한다. 초인이라는 기호는 대상체인 '능력이 뛰어난 사람'을 증발시키고 '의지', '광복', '희망' 등의 해석체를 들어 앉힌다. '초인'이라는 기호는 대상체인 '능력이 뛰어난 사람'을 넘어 '의지', '광복', '희망' 등의 해석체로 탈코드화시키는 것이다. 이것이 예술이다.

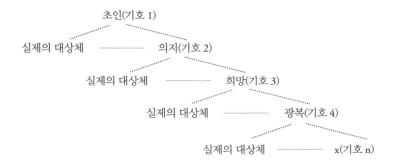

이러한 무한한 기호 현상은 대상체에 대해 무한한 해석을 가능하게 한다. 하나의 기호는 그것이 지칭하는 대상으로 인하여 다른 기호(해석체 1)가 되고, 다른 기호는 또 다른 기호(해석체 2)가 되어 이러한 과정은 무한히 지속된다. 「광야」의 '초인'인 기호 1이 실제 대상체인 '초인'을 밀어내고 '의지'라는 해석체(기호 2)가 들어앉게 된다. 또 '의지'라는 기호 2는 목적을 이루고자 하는 마음인 실제 대상체와 연결되어 '희망'이라는 또 하나의 해석체(기호 3)를 불러일으킨다. 또 '희망'이라는 기호 3은 앞일에 대한 간절한 바람이라는 실제 대상체와 연결되어 '광복'이라는 또 하나의 해석체(기호 4)를 촉발시킨다. 이렇게 해서 기호 과정은 무한히 계속되는 것이다. 기호가 무한히 표류한다 해도 누군가에 의해 기호는 읽힌다. 다만 문화적인 관습으로 대상체에 대한 무한한 해석을 일시 중단시킬 뿐이다.[2]

---

2   신웅순, 『시의 기호학과 그 실제』, 문경출판사, 2000, 46~47쪽.

함축 의미는 독자들이 내리는 주관적인 의미이다. 결국 시의 의미란 독자들의 몫이다. 시가 독자들에게 어떤 형태로든 의미로 남는 것은 함축 때문이다. 남이 쓴 시이지만 누구나 다 내 마음을 쓴 것처럼 느껴져야 한다.

> 산에서 살자하니
> 그도 닮는 걸까
>
> 오늘은 약수터에
> 물 길러 간 아내가
>
> 흡사 그 원추리꽃 같은
> 산 노을을 입고 왔다.
>
>   — 정완영, 「아내의 노을」 전문

산 아래에서 살고 있으면 아내도 산을 닮아가고 있다고 했다. 오늘은 물 길러 간 아내가 원추리꽃 같은 산노을을 입고 왔다는 것이다. 옷이 아름답다라든가 옷이 해졌다라는 말로 표현하는 것이 일반적인 코드화된 외연적 의미의 기표인데 시인은 원추리꽃 같은 함축적 의미인 산 노을을 입고 왔다는 것이다. '옷'을 '산 노을'로 탈코드화시켰다. '산 노을'이 무엇을 의미하는가는 결국은 독자들의 몫이다. 함축의 의미는 문화에 따라 시대에 따라 의미가 달라질 수 있다. 이것이 시이다.

제26장

아니마, 아니무스

아니마, 아니무스는 스위스의 정신분석학자 C. G. 융이 분석심리학에서 사용한 용어로, '영혼·정신'을 뜻하는 말이다.

융은 개인적이든 집단적이든 정신의 구조적인 면을 형성하는 보편적 경향을 지칭하는 말로 '원형'이라는 개념을 분석심리학에 도입하였는데, '아니마(anima)'는 남성의 정신에 내재되어 있는 여성성의 원형적 심상을, '아니무스(animus)'는 여성의 정신에 내재되어 있는 남성성의 원형적 심상을 가리킨다.[1]

이때 남성성, 여성성은 사회적인 통념을 넘어선 보편적이고 원초적인 특성을 말한다. 사람들은 계집애 같은 소년, 머슴애 같은 소녀라고 말한다. 계집애 같은 소년은 남성에게 여성적인 면이 강한 경우, 머슴애 같은 소녀는 여성에게 남성적인 면이 강한 경우를 말한다.

누가 보아도 그 사람과는 어울릴 것 같지 않은데 두 사람은 죽도록 사랑하는 경우를 흔히 본다. 제 눈에 안경이라고 한다. 사람이 사랑을 하게 되면 무한한 황홀감과 행복감을 느끼게 되는데 이는 아니마, 아니무스가 서

---

1   문학비평가협회 편, 『문학비평용어사전 하』, 국학자료원, 2006, 385쪽.

로에게 투사되기 때문이다. 이런 경우 남자는 여자를 선녀로, 여자는 남자를 영웅으로 인식하곤 한다. 남성은 여자에게서 현실적인 여성을 보고 있는 것이 아니라 자신의 무의식에 투사된 여신상을 보고 있고, 여성은 현실적인 남성을 보고 있는 것이 아니라 투사된 영웅상을 보고 있는 것이다.

이러한 무의식이 예술 창조에 어떤 영향을 미치는가는 학자들의 분석을 통해 증명되고 있다.

예술가들은 처녀, 여신, 달, 태양, 물, 강, 산, 사자, 독수리 같은 아니마, 아니무스의 원형을 작품에 투사시켜 예술로 형상화시킨다. 이는 비단 물질에만 해당되는 것은 아니다. 이념이나 사상 등에서도 흔히 일어난다. 그것이 공산주의 이념이든, 기독교 사상이든, 낭만주의 사상이든 그것은 아니마, 아니무스의 투사 대상이 되면 사랑의 대상이 되어 광신적으로 거기에 집착하게 된다.

현대사회에 와서는 돈이나 알코올, 도박 같은 것도 사랑의 대상이 될 수 있다. 이런 물질에 아니마, 아니무스가 투사되면 그것은 이용의 대상이 아니라 맹신의 대상이 된다. 돈으로 모든 것을 해결할 수 있다고 믿고, 알코올로 모든 괴로움을 씻을 수 있다고 믿고, 도박으로 일확천금을 얻을 수 있다고 믿는다. 이러한 애착은 이성의 선을 넘게 되어 사회문제까지 야기하게 된다.

아니마, 아니무스는 인류가 조상 대대로 이성에 관해 경험한 모든 것들의 침전물이며 모든 경험들의 총화이다. 오랜 역사를 통해 인간의 정신속에 전승되어온 남성의 여성적, 여성의 남성적 요소들이다. 성모 마리아상, 모나리자, 동양의 달의 연인이나 관음보살 등은 아니마에 해당되고 타잔이나 전쟁 영웅이나 간디, 이순신 등은 아니무스에 해당된다고 말할 수 있다.

훌륭한 사람들의 일생에서도 아니마, 아니무스의 원형이 나타남을 볼

240

수 있다. 성 아우구스티누스의 어머니, 맹자의 어머니라든가 율곡의 어머니들이 이에 해당된다. 문학작품 『신곡』의 베아트리체, 정몽주나 한용운의 님 등 모든 문학작품에서 아니마, 아니무스의 요소들을 찾아볼 수 있다.

> 껍데기는 가라
> 사월도 알맹이만 남고
> 껍데기는 가라.
>
> 껍데기는 가라.
> 동학년 곰나루의, 그 아우성만 살고
> 껍데기는 가라.
>
> 그리하여, 다시
> 껍데기는 가라.
> 이곳에선, 두 가슴과 그곳까지 내 논
> 아사달, 아사녀가
> 중립의 초례청 앞에 서서
> 부끄럼 빛내며
> 맞절할지니
>
> 껍데기는 가라.
> 한라에서 백두까지
> 향그러운 흙가슴만 남고
> 그, 모오든 쇠붙이는 가라.
>
> ― 신동엽, 「껍데기는 가라」 전문

위 작품은 남성인 신동엽 시인이 쓴 시이다. 화자는 청자에게 명령투로 말하고 있다. 여기에는 남성성과 여성성의 원형이 적절하게 배치되어 있다. 껍데기, 쇠붙이, 한라, 백두 등은 남성성 심상으로 아사녀, 초례청, 흙

가슴 등은 여성성 심상으로 형상화되었다. 아니마, 아니무스의 양면이 텍스트에 균형 있게 배치되어 있다.

융은 정신 세계를 의식 세계와 무의식 세계로 나누었다. 무의식 세계를 집단 무의식, 개인 무의식, 아니마, 아니무스, 그림자, 퍼소나 등으로 분류하고 그 위에 의식 세계를 설정했다.

특히 집단 무의식은 어떤 사람이 정신적 위기에 부딪혔을 때 비로소 의식 표면에 나타나 그 일부를 보여준다. 항상 의식에 작용하며 우리들의 실생활에 직간접으로 영향을 주고 있다. 그러나 많은 사람들은 그것을 느끼지 못한 채 지나가버리는 경우가 많다.

시 창작은 의식 세계에 있는 생각을 갖고 쓴다기보다는 무의식 세계를 의식 세계로 끌어올려 작품을 형상화시킨다고 보아야 한다. 이러한 작업은 으레 많은 고통을 수반하게 된다. 그래야 작품다운 작품을 쓸 수 있다. 많은 학자들이 무의식을 작품의 해석 수단으로 삼고 있는 것도 그 때문이다.

> 퍼담아도 넘쳐나는 벌레 우는 물빛 가을
>
> 차운 돌계단을 서성이던 잎새는
>
> 골똘히 웅크려 앉아 가을 편지 쓰고 있다
>   — 박영식, 「가을 편지」 전문
>
> 아내의 이마에서
> 흐르는 땀 속에는
>
> 열 손가락 백금 반지
> 다이아보다 눈부시는

우리가
가꾸며 사는
황금빛 별 하나가 있다

— 홍진기, 「별」 전문

성난 파도 앞에 근육질이 살아난다
빛나는 작살 끝에 툭툭 튀는 구릿빛 생애
몇 해리 두고 온 고향 낮달로 돌아난다

집어등 불빛 쫓아 일상을 입질하던
풀려나간 삶의 궤적 밧줄을 되감아도
그믈에 장미 꽃잎만 부서지며 오는 아침

만선의 기쁨도 잠시 실어증에 걸린 폐선
소금 친 지난 청춘 해무를 피워물면
내항에 낮게 깔리는 뱃고동의 실루엣

좌판대에 몸을 굳힌 등 푸른 고기 떼들
난바다 가로질러 회귀를 꿈꾸고 있다
흰 눈발 툭툭 쳐내는 저녁 불빛 아래서

— 임성화, 「아버지의 바다」 전문

여성적 요소인 아니마와 남성적 요소인 아니무스는 시의 언어 배치에 중요한 개념이다.

박영식의 「가을 편지」는 잎새가 퍼소나로 등장한다. 그 잎새는 차운 돌 계단을 서성이다 어느 한 귀퉁이에 웅크리고 앉아 가을 편지를 쓰고 있다. 지은이는 잊어버렸던 옛 여인을 떠올리며 무의식 속에서 누군가에게 가을 편지를 쓰고 싶었을지도 모른다. '물빛 가을', '잎새', '가을 편지'의 시어들 은 여성적인 요소인 아니마로 시의 감칠맛을 더해주고 있다.

홍진기의 「별」은 아내가 퍼소나로 등장한다. 우리에게는 황금빛 별 하나가 있다고 한다. 이마에 흐르는 아내의 땀방울이다. 그것은 열 손가락 백금반지 다이아보다 더 눈부시다고 했다. 눈부신 별 하나, 땀방울을 가꾸며 산다고 했다. '땀', '백금반지', '다이아', '별' 등의 아니마가 독자들에게 감동의 맛을 깊게 해주고 있다.

여성인 임성화 시인은 「아버지의 바다」에서 남성적인 특성을 지닌 시어인 아니무스들이 많이 나타나고 있다. '파도', '근육질', '작살', '밧줄', '폐선', '뱃고동', '좌판대', '난바다' 등의 시어들이다. 반면에 '낮달', '꽃잎', '실루엣' 같은 여성적인 특성을 지닌 시어인 아니마들은 남성적인 강한 이미지를 독자들에게 전달하기 위한 하나의 보조 수단으로 작용하고 있다.

남성의 여성성인 아니마와 여성의 남성성인 아니무스는 시를 쓰는 데 매우 중요한 요소이다. 어느 위치에 어떻게 이를 배치해 형상화시키는가에 따라 시의 맛과 생명이 결정된다.

제27장

긴장

텍스트는 작가와 독자와의 타협 공간이다. 작가와 독자가 서로 밀고 당기는 과정이다. 어느 지점에 가면 멎는 곳이 있다. 미가 형성되는 지점이다.

필립 휠라이트(Philip Wheelwright)는 '긴장은 외연과 내포, 매개념과 원개념 사이에 있다'고 했다.[1] 외연은 1차적 언어, 사전적 언어를 말하고, 내포는 2차적 언어, 함축적 언어를 말한다.

이육사의 「광야」에 초인이 나온다. '초인'은 1차적 언어로 '뛰어난 능력을 가진 사람'을 뜻한다. 시 「광야」의 담론에서는 '초인'은 2차적 언어, 즉 '광복', '희망' 등을 의미한다. '광복'은 원개념이고 '초인'은 매개념이다. 이때 광복과 초인 간에는 거리가 발생한다. 시인과 독자가 만나 타협해야 한다. 작가는 거리를 넓혀야 하고 독자는 거리를 좁혀야 한다. 그 타협점에서 쾌락, 감동이 발생한다.

앙드레 브르통(André Breton)은 '갑작스럽고 충격적인 비유가 시의 최고급의 일'이라고 말했다. 갑작스럽고 충격적인 것은 수용자의 마음속에 일어

---

1   Philip Wheelwright, *Metaphor and Reality*, Indiana University Press, 1973.

나는 긴장 현상이다. 시 속에 제시된 감각의 이질성 때문이다.[2] 이질적인
비유에서 충격이 일어난다.

> 사랑하는 나의 하나님, 당신은
> 늙은 비애다.
> 푸줏간에 걸린 커다란 살점이다
>
> > — 김춘수, 「나의 하나님」 부분

하나님을 '비애', '살점'으로 처리했다. 거룩한 하나님이 비애, 살점이라
니 시인의 일침에 독자는 놀라지 않을 수 없다. 시인의 이질적인 비유가
독자를 긴장하게 만든다. 이때 '하나님'은 '비애', '살점'과 충돌하게 된다.
어떻게든 이 두 단어 사이에서 타협을 해야 해석에 이를 수 있다. 그래야
충격이 흡수되면서 쾌락이 발생한다.

거리가 멀수록 긴장은 크지만 지나치게 멀면 독자는 거리를 조정할 수
가 없다. 뜻을 얻는 데 실패하게 된다. 멀되 뜻을 연결할 수 있을 정도의
적정한 거리여야 한다.

> 내가 사는 초초시암은
> 감나무가 일곱 그루
>
> 글썽글썽 여린 속잎이
> 청의 속눈물이라면
>
> 햇살은
> 공양미 삼백석

---

2 트리스탕 자라 · 앙드레 브르통, 『다다/쉬르레알리슴 선언(*Manifestes du surrealisme*)』,
   송재영 역, 문학과지성사, 1987.

제2부 시조 창작의 실제

지천으로 쏟아진다

옷고름 풀어 논 강물
열두 대문 열고 선 산

세월은 **뺑덕어미**라
날 속이고 달아나고

심봉사
지팡이 더듬듯
더듬더듬 봄이 온다

— 정완영, 「시암의 봄」 전문

　속잎과 청의 속눈물, 햇살과 공양미 삼백석, 세월과 **뺑덕어미**, 심봉사 지팡이와 봄의 비유들은 긴장 관계에 놓여 있다. 시인은 비유로 두 사물 간에 대립물을 만들어놓았다. 독자는 이를 어떤 방식으로든 처리해야 한다. '속잎'이 어째서 '청의 속눈물'이고 '햇살'이 어째서 '공양미 삼백석'인가. 속잎은 여리고 청의 속눈물도 여리다. '여리다'란 지점이 시인과 독자가 만나는 곳이다. '햇살'은 지천이라 '많다'는 것을 의미한다. '많다'라는 곳에서 '햇살'과 '공양미 삼백석'이 만난다. 이 '많다'라는 지점이 긴장하는 지점이고 충돌하는 지점이면서 해석 지점이기도 하다. '세월'은 또 '뺑덕 어미'라 했다. 속이고 달아나는 데에는 뺑덕 어미를 따를 자가 없다. 세월 도 마찬가지이다.

　'심봉사 지팡이'와 '봄'도 절묘하다. 심봉사 지팡이는 더듬거린다. 따뜻 하다가도 금세 꽃샘바람이 부는가 하면 꽃샘바람이 불다가도 금세 또 따 뜻해지는 것이 봄이다. 봄도 그냥 쉽게 오지 않고 더듬더듬 온다. '더듬더 듬 온다'라는 곳에서 지팡이와 봄의 이질적인 세계가 만난다. 이런 은유들은 긴장 상태를 유지하지 않고는 느낄 수 없는 것들이다.

작가는 허구의 세계에다 낯선 펜스들을 쳐놓는다. 허구는 사실은 아니지만 진실일 수 있다. 시인과 독자가 만나 타협하는 그곳이 바로 해석에 이르는 지점이다. 비로소 긴장이 해소되면서 쾌락에 이르게 된다.

피히테(J.G. Fichte)는 정·반·합으로 긴장 관계를 설명하고 있다.

> 정·반·합의 소론은 인간의 인식력의 작용 전반에 관한 문제이며, 예술 작품의 수용에서도 간과될 수 없는 소중한 이론이다. 감상자의 사유 체계는 '정'이고 예술가의 사유체계는 객관화된 예술품 수용자에게 일종의 '반'인 것이다. 이 정·반·합에 문제 되는 것이 예술 속의 긴장의 문제이고 이 긴장은 새로운 합의 세계를 지향하는 수용자의 의식 속에 영원히 전제될 수밖에 없는 것이다.[3]

예술가의 작품은 '반'이다. 작가가 인위적으로 만들어낸 긴장이다. 감상자의 사유 체계가 '정'이라는 말은 예술가의 사유 체계인 '반'을 조절, '합'으로 이끌어내야 하기 때문에 상대적으로 그렇게 말한 것이다.

이런 점에서 대립물 간의 정·반·합은 긴장 개념의 입증에 좋은 기재가 될 수 있다.

> 매화가지 몸을 굽혀 무슨 말을 할 듯 말 듯…
>
> 정적의 한 순간 한 꽃잎 떨어져
>
> 찻잔에 파문도 없이 신의 길이 열린다
> — 백이운, 「속삭임」 전문

---

3   J.G. 피히테, 『전체 지식론의 기초』, 한자경 역, 서광사, 1996.

제2부 시조 창작의 실제

위 텍스트에서는 '정적의 한 순간', '한 꽃잎 떨어져'와 '찻잔에 파문도 없이', '신의 길이 열린다'를 상정해볼 수 있다. 위 시조는 대립물 간의 긴장이 팽팽하게 맞서 있다.

'정적의 한 순간'과 '한 꽃잎 떨어져'는 '정과 동'이, '찻잔에 파문도 없이', '신의 길이 열린다'도 '정과 동'이 서로를 긴장 상태로 몰아넣고 있다.

'한 꽃잎 떨어져'는 동적이고, '정적의 한 순간'은 정적이다. 낙화가 정적을 깨뜨렸다. 물질과 비물질과의 충돌이 일어난 것이다. 현실 세계에서 소리가 없는 것이 허구의 세계에서는 큰 소리를 낼 수도 있다. 충돌의 강도가 얼마든지 다를 수 있다. 현실 세계의 물질과 물질끼리의 충돌만이 소리가 나는 것은 아니다. 허구의 세계에서는 물질과 비물질 간의 충돌도 소리가 크게 날 수 있다. 파문이 없다는 것은 물체가 수면에 닿지 않았다는 이야기이다. 길이 열린다는 것은 파문이 인다는 증거이다. 파문이 일지도 않았는데 길이 열린다는 것은 현실 세계에서는 있을 수 없는 일이다. 허구의 세계에서만이 있을 수 있는 현상이다. 이는 긴장 관계를 더욱 팽팽하게 조여주기 위한 시인의 수사 장치이다. 그것을 신의 길로 제시했다. 신은 절대적인 존재이다. 절대적인 존재가 여는 길은 그만큼 신성하고 거룩하다. 하찮은 꽃잎에도 신성성이 있다는 시인의 무언의 메시지이기도 하다.

예술가의 사유 체계는 반이고 독자의 사유 체계는 정이다. 반과 정이 사실의 옳고 그름을 말해주는 것은 아니다. 반은 긴장을 유발시키기 위해 예술가들이 만들어놓은 작위적인 장치들이고, 정은 독자들이 사유하고 있는 일반적이고 상식적인 자동화된 장치들이다.

정이든 반이든 텍스트에서의 긴장은 지정된 한 장소나 시간에서만 일어나는 것은 아니다. 상상의 세계에서는 어디서, 언제, 어떻게, 무엇이 일어나는지 알 수 없다. 긴장은 누구에게나 일정한 곳에서 일정한 방식으로 일어나지 않고 반드시 쌍방간의 긴장으로 일어난다고도 볼 수 없다. 예술가나 독자들의 사유방식이 서로 다르기 때문이다.

독자들은 텍스트를 읽는다. 텍스트는 사실 시인이 정이고 진실이라고 생각해서 창작된 예술품이다. 그러나 감상자가 작품을 바라보는 순간 언제나 상대의 작품은 반으로 읽혀져 충돌이 일어나게 되어 있다. 이때 의미가 확산된다. 반과 정, 시인과 독자는 서로에게 조정을 요구한다. 시인과 독자가 순서야 어떻게든 합의를 이루어내야만 하는 이유가 여기에 있다.

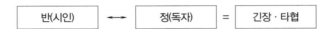

시의 시시비비는 얼마나 긴장을 오랫동안 유지할 수 있는가에 달려 있다. 어떤 시는 깜짝 놀라지만 그 긴장이 오래가지 못하는 경우가 있고 어떤 시는 놀라지 않지만 긴장이 오래가는 경우가 있다. 물론 후자가 명시임에는 말할 나위가 없다.

꼼꼼히 시를 읽는다는 것은 중요하다. 그리고 그것이 창작의 지름길이다. 몇 점의 자료를 소개한다.

> 풍덩!
> 나는 천둥벌거숭이
> 천하장사다
>
> 봤지
> 하늘 박살나고
> 구름 쫙 흩어지는 거
>
> 저 뱀도
> 잔뜩 겁먹고
> 설설 기잖아 에헴!
>
> ― 허일, 「왕개구리」 전문

알겠다, 밤낮으로 듣고 보라는 저 명창
득음이 희로애락 걸러서 떨쳐버려
조금도 군소리 없는 희디흰 저 후련함

                                                       — 서벌, 「폭포」 전문

사랑아 너도 한 때
미쳐 불타지 않았니

비 내리는 포도에서
짓밟히고 마는가

헤매다
어쩔 수 없어
낙엽으로 누웠다.

                                                       — 권혁모, 「숙명」 전문

제28장

낯설게 하기

낯설게 하기는 러시아 형식주의 비평가들에게서 나온 개념이다. 쉬클로프스키는 「기교로서의 예술」에서 낯설게 하기를 강조했다. 일상 인식, 자동화에서 벗어나 이를 낯설게 함으로써 독자들에게 신선한 충격을 줄 수 있다는 것이다. 일상 언어의 일탈이 사물의 본모습 회복이라는 예술 본질의 목적에 부합하는 것이기도 하다.

쉬클로프스키는 다음과 같이 말했다.

> 예술의 목적은 사물들이 알려진 그대로가 아니라 지각되는 대로 그 감각을 부여하는 것이다. 예술의 여러 가지 기교는 사물을 낯설게 하고 형태를 어렵게 하고 지각을 어렵게 만들어 이를 지각하는 데 시간이 걸리게 한다. 지각의 과정은 그 자체로서 하나의 심미적 목적이므로 가능한 한 연장시켜야 한다. 예술이란 한 대상이 예술적임을 의식적으로 경험하기 위한 하나의 방법이다.[1]

---

1 W. Empson, *Seven types of Ambiguity*, Penguin Books, 1962; 박명용, 『오늘의 현대시작법』, 푸른사상사, 2003, 59쪽에서 재인용.

제2부 시조 창작의 실제

스무고개나 수수께끼, 우문우답 같은 것도 일종의 낯설게 하기의 한 방식이다. 스무고개는 제시된 문제를 스무 번의 질문으로 알아맞히는 재치 놀이이다. 처음부터 낯설게 만들어 스무 번의 질문과 '예, 아니요'의 대답만으로 알아맞힌다. 낯선 큰 카테고리에서 익숙한 작은 카테고리로 좁혀나가는 것이다.

"생물입니까?"

"예."

"식물입니까?"

"아니요."

이런 식으로 하나씩 범위를 좁혀가 스무 번째의 질문에 이르기 전까지 온전하게 답을 맞혀야 한다.

수수께끼는 사물을 빗대어 말하며 그 뜻이나 이름을 알아맞히는 놀이이다. 그 나라의 문화를 이해해야 알 수 있는 낯설게 하기의 한 방식이다. '머리를 풀어헤치고 하늘로 올라가는 것은 무엇입니까?'라는 수수께끼가 있다. 머리를 풀어헤친다는 것은 일단 미친 사람을 연상하게 된다. 하늘로 올라가는 것은 또 무엇인가? 미친 사람이 하늘로 올라갈 수는 없다. 그러면 또 다른 방식으로 접근해야 한다. 연기가 하늘로 올라가는 것을 그렇게 말한 것임은 두말할 필요가 없다.

우문우답에 참새 시리즈라는 것이 있다. 참새가 날아가다가 포수의 머리 위에 응가를 했다. 화가 난 포수가 참새에게 '넌 팬티도 안 입냐' 하고 물었더니 참새는 '넌 팬티 입고 똥 누냐'고 대답했다는 것이다. 웃자고 한 말이겠지만 참새가 팬티를 입을 일도 없거니와 팬티를 입고 응가할 일도 없다. 사람들은 특별한 일인 줄 알고 엉뚱한 상상을 하는 것이 보통이다. 일상적인 것을 뒤집어 낯설게 하는 것이다.

낯설게 하기는 의사 진술과도 깊은 관계가 있다. 의사 진술은 사실의 세계에서는 거짓이나 시의 세계에서는 진실이다. '한 송이 국화꽃을 피우기 위해 소쩍새는 그렇게 봄부터 울었나 보다'라는 시구가 있다. 한 송이 국화꽃을 피우기 위해서는 물과 공기와 햇빛이 필요하지 소쩍새의 울음이 필요한 것은 아니다. 소쩍새가 아무리 울어보았자 국화꽃은 피지 않는다. '한 송이 국화꽃을 피우기 위해서는 물과 공기와 햇빛이 필요하다'라고 말하면 시라고 말할 수 없지만 '한 송이 국화꽃을 피우기 위해 소쩍새는 그렇게 봄부터 울었나 보다'라고 말하면 시라고 말할 수 있다. 과학의 세계에서는 거짓이나 시의 세계에서는 진실이다. 이런 것도 낯설게 하기의 방법임은 두말할 필요가 없다.

> 참말로
> 서러운
> 사람은
> 파도가 없다
>
> 참말로
> 그리운
> 사람은
> 바람이 없다
>
> 그 많은
> 파도와 바람이
> 방파제에서
> 부서진 것이다
>
> ― 신웅순, 「내 사랑은 45」 전문

그 많은 파도와 바람이 방파제에서 부서져서 참말로 서러운 사람은 파도가 없고 참말로 그리운 사람은 바람이 없다는 말인가. 순전한 거짓이다.

서럽거나 그리운 사람은 파도나 바람이 있다는 말인가. 사람에게 파도나 바람이 있을 리 없다. 서러움이나 그리움을 파도나 바람에 비유해서 그렇게 의사 진술한 것이다. 그냥 보고 싶다든가, 기다린다든가라는 말을 사용하면 될 것을 굳이 파도, 바람, 방파제 같은 비유를 끌어내어 표현했다. 일상적인 말을 낯설게 표현한 것이다.

> 문빗장도 풀지 않고
> 지레 길을 나서더니
>
> 눈과 귀 다 놓치고
> 껍데기로 돌아왔네
>
> 이렇게 놓인 돌 하나
> 알 수 없는 그 행방
>
>   — 이승은, 「물음표」 전문

    문빗장도 풀지 않고 지레 길을 나섰다. 그러고는 눈과 귀 다 놓치고 껍데기로 돌아왔다. 물음표를 "이렇게 놓인 돌 하나/알 수 없는 그 행방"이라고 했다. 물음이나 의심을 나타내는 부호쯤으로 설명하면 그만인 것을 굳이 에둘러 표현했다. 낯설게 만들지 않고는 물음표를 달리 설명할 길이 없다. 이것이 예술이다. 시가 자동화된 일상을 낯설게 만듦으로써 독자들의 가슴을 놀라게 만드는 것이라면 낯설게 하기는 시의 본질에 충실한 또 하나의 창작 방법이다. 그렇다고 무턱대고 자기만이 아는 주관적이고도 무모한 낯섦이어서는 안된다. 여기에는 자기만의 개성과 독창성이 있어야 하고 독자와 공감대가 형성되어 있어야 한다. 시뿐만이 아닌 설명이나 논증의 글에도 낯설게 하기는 글쓰기의 필수 조건이다. 남들이 많이 쓰고 누구나 다 알 수 있는 것이라면 흥미를 끌 수 없다. 무엇인가 새로워야 한다.

사물에 대한 예리한 관찰력과 남다른 시선, 발상의 전환이 있어야 함은 물론 남다른 노력과 꾸준한 인내심도 있어야 한다.

낯설게 하기의 방법들은 여러 가지가 있다. 상징, 은유, 인유, 아이러니, 패러디 등과 같은 수사적인 방법들도 있을 수 있고 거리, 화자, 시간, 공간, 전경, 배경 같은 문학적 장치들을 사용할 수도 있다.

```
                        낯설게 하기

  사물로부터의 일탈  스무고개  우문우답  수수께끼  수사  문학적 장치
```

몇 개의 자료들을 예시해본다. 어떤 것들이 낯설게 만들었는지 그것을 자신의 글쓰기 방법으로 차용, 연습하는 것도 하나의 방법일 수 있다.

> 뺨에는 이슬이오
> 가지에는 꽃이로다
>
> 곱게 쌓여노니 미인의 살결일다
>
> 비단이 밟히는 양 하여
> 소리조차 희고나
>
> ― 조운, 「눈」 전문

뺨에는 이슬, 가지에는 꽃이라 했다. 볼에 내리는 눈은 녹아 이슬로 맺힌다. 눈물이다. 그러나 가지에는 눈이 쌓여 하얀 꽃이 된다. 꽃이다. 하나는 액체로 표현하여 여인을 눈물로 하나는 고체로 표현하여 여인을 꽃으로 형상화시켰다. 미인의 살결은 하얀 눈이다. 비단 같은 눈을 밟으니 소

리조차 희다고 했다. 시각을 청각화시켜 눈을 소리로 아름답게 형상화시
켰다.

눈을 이슬과 꽃으로 낯설게 만들었고 또 이를 살결로 소리로 촉각화, 시
각화시켜 낯설게 만들었다.

> 풀여치 가을 속을 포로록 뛰어든다
> 달빛 밤 정으로 쪼아 축대 허무는 귀뚜리
> 바람은 고운 잎새를 따 빗소리를 뿌린다
> —박영식, 「가을 소나타」 전문

풀여치는 가을 속을 뛰어들고, 귀뚜라미는 달빛 밤을 정으로 쪼아 축대
를 허물고, 바람은 잎새들을 따 빗소리를 뿌리고 있다. 이쯤 되면 가을을
다 말하고도 남음이 있다. 이것이 가을 소나타이다.

풀여치와 귀뚜리, 바람 셋이 하나는 가을 속에 뛰어들고 하나는 축대를
허물고 하나는 빗소리를 뿌린다고 했다. 이렇게 일상의 일탈은 낯설게 하
기의 좋은 실례가 된다.

> 몸져 누운 꽃이 더 붉어 젊은 영정 같다
>
> 그 누가 남겨 놓은
> 쓸쓸한 물음표일까
>
> 세기의 죽음으로서
> 끄지 못할 불길 하나
> —김경, 「동백」 전문

몸져 누운 꽃을 보고 젊은 영정 같다고 했다. 누가 남겨놓은 쓸쓸한 물

음표일까. 동백의 낙화를 세기의 죽음으로도 끄지 못한 불길 하나라고 했다. 동백의 낙화를 영정, 물음표, 불길로 의미를 최적화시켜 낯설게 만들었다.

낯섦은 독자로 하여금 많은 사색을 하도록 만드는 예술적 장치이다. 그래야 궁극적인 미를 느낄 수 있다.

신라 진평왕이 재위에 있을 때 당나라 태종이 홍색, 자색, 백색의 모란 꽃 그림과 꽃씨 세 되를 보내왔다. 진평왕은 대신들과 덕만공주에게 아름 다운 모란꽃 그림을 보여주며 당 태종이 그 꽃을 보내온 이유가 무엇인지 물었다. 대신들은 진의를 알지 못해 전전긍긍했다. 덕만공주가 말했다. 덕 만공주는 훗날의 선덕여왕이다.

"이 꽃은 아름답기는 하나 향기가 없을 것입니다."

진평왕이 물었다.

"왜 이 꽃에는 향기가 없다고 생각하느냐?"

"꽃이 활짝 피었는데도 벌, 나비가 날고 있지 않습니다. 여자가 국색이 면 남자들이 저절로 따르는 법인데 벌, 나비가 따르지 않으니 이 꽃은 반 드시 향기가 없을 것입니다."

진평왕은 꽃씨를 대궐의 뜰에 심었다. 1년 후 모란꽃이 활짝 피었다. 과 연 향기가 없었다. 그림에 없는 '벌과 나비'로 '향기 없는 모란꽃'을 말한 것이다. 숨은 그림으로 보여준 것이다. 시 창작은 이와 같다.

신라 활리역에 지귀라는 청년이 살고 있었다. 지귀는 선덕여왕을 짝사 랑하고 있었다. 지나치게 사랑한 까닭에 눈물로만 세월을 보냈다. 몰골이 초췌해졌다. 어느 날 여왕이 국태민안을 위해 영묘사로 행차했다. 그 말을 들은 지귀는 영묘사 탑 밑에서 기다렸다. 그러다 그만 깜빡 잠이 들었다. 지귀의 소문을 들은 적 있는 선덕여왕은 잠들어 있는 청년의 가슴 위에 자신의 팔찌를 조용히 얹어놓고 환궁했다. 지귀는 잠을 깨서 가슴 위에 놓인 팔찌를 발견했다. 지귀에게 너무도 안타깝고 충격적인 일이었다. 갑자기 마음에 불이 일어 그 탑을 에워싸더니 마침내 지귀는 불귀신으로 변해 큰 화재를 일으켰다. 선덕여왕은 불길을 가라앉히기 위해 시를 지어 나라에 공표했다. 이때부터 신라 풍속에 시를 대문이나 벽에 써붙여 화재를 막았다고 한다.

지귀의 가슴에 얹어놓은 팔찌로 선덕여왕의 휴머니즘을 말한 것이다. 하고 싶은 말은 선덕여왕의 휴머니즘이다. 그러나 휴머니즘을 말하지 않고 휴머니즘 대신 팔찌로 말을 해준 것이다. 이것이 시이다.

윤석중 작사, 홍난파 작곡의 동요 「낮에 나온 반달」을 보자.

> 낮에 나온 반달은 하얀 반달은
> 해님이 쓰다 버린 쪽박인가요
> 꼬부랑 할머니가 물 길러 갈 때
> 치마끈에 딸랑딸랑 채워 줬으면
>
> 낮에 나온 반달은 하얀 반달은
> 해님이 신다 버린 신짝인가요
> 우리 아기 아장아장 걸음 배울 때
> 한 짝 발에 딸각딸각 신겨 줬으면
>
> 낮에 나온 반달은 하얀 반달은
> 해님이 빗다 버린 면빗인가요
> 우리 누나 방아 찧고 아픈 팔 쉴 때
> 흩은 머리 곱게 곱게 빗겨 줬으면

화자는 낮에 나온 반달을 바라보며 반달은 해님이 쓰다 버린 쪽박, 신다 버린 신짝, 빗다 버린 면빗이라고 말했다. 사실은 그것을 말하고 싶은 것은 아니다. 반달을 바라보며 쪽박, 신짝, 면빗으로 할머니에 대한 사랑, 아기에 대한 귀여움, 누나에 대한 우애를 말하고 싶었던 것이다.

시인은 말하고 싶은 것을 말하지 않는다. 그대로 말을 한다면 그것은 이미 시가 아니다. 하고 싶은 말은 보물처럼 숨겨놓아야 한다. 독자들이 그 보물을 찾았을 때의 희열은 누구에게도 비길 수 없다.

조선시대 시조나 그림에 승려와 양반가 여성들의 성관계가 심심치 않게 나온다. 조선시대 부녀자들은 원칙적으로 절에 갈 수 없었다. 그러나 그 법이 철저하게 지켜진 것은 아니다. 사실 법회에 참석하거나 불공, 기도를 드리러 간다는데 부녀자들의 사찰 출입을 막을 수는 없었다. 당시 사찰 출입은 남성 중심 사회에서 부녀자들이 집을 벗어날 수 있는 유일한 출구였다. 승려와 부녀자와의 접촉은 사찰뿐만이 아니라 일반 여염집에서도 이루어졌다. 제도적으로 막는다고 해서 인간의 본능조차 억제할 수는 없는 것이다.

승려와 부녀자와의 성 묘사가 적나라하게 드러나 있는 장시조(사설시조)이다.

중놈도 사람인 양 하여 자고 가니 그리워라
중의 송낙 나 베고 내 족두리 중놈 베고 중의 장삼 나 덮고 내 치마란
중놈 덮고 자다가 깨달으니 둘의 사랑이 송낙으로 하나 족두리로 하나
이튿날 하던 일 생각하니 흥글항글 하여라

중을 사람 취급하지 않았던 시대였다. 중과 관계한 어느 여인이 중을 보내고 지난 밤의 즐거웠던 일을 회상하는 장면이다. 함께 자는 데에 신분 차별과 도덕이 무슨 문제가 되는가. 신분은 사람이 만들고 성은 신이 만든

조화이니 음양의 교합은 인간에게도 당연지사가 아닌가. 송낙은 중이 쓰는 모자이며 족두리는 부녀자들이 쓰는 모자이다. 송낙과 족두리로 중과 부녀자를 대신했다.

> 창 밖에 어른어른하니 그 뉘오신고
> 소승이올소이다. 어제 저녁에 노시(老媤) 보러 왔던 중이러니 각씨네
> 자는 방 족두리 벗어 거는 말 곁에 이내 송낙을 걸고 가자 왔네
> 저 중아, 걸기는 걸고 갈지라도 훗말 없이 하시소

어느 중놈이 지난밤에는 늙은 시어머니와 사랑하고 오늘은 며느리를 찾아와 사랑을 청하고 있다. 노시는 '시어머니'를, 말은 '말코지(물건을 걸기 위하여 벽 따위에 달아두는 나무 갈고리)'를 말한다. 며느리는 자신의 몸은 허락하겠지만 대신 소문이 나지 않도록 중에게 부탁까지 하고 있다. 후자의 말수작에서 보고 싶다는 말, 사랑하고 싶다는 말 같은 언어들을 사용하지 않았다. 족두리 걸어두는 말코지 곁에 송낙을 걸어두는 것으로 대신했다. 직접 말하지 않고 에둘러 말했다. 이야기가 숨겨져 있다.

어떻게 언어를 설계해야 숨은 그림을 보여줄 수 있을까. 이것이 시인들이 할 일이다. 작가들은 그리고 싶은 이야기를 깊숙이 숨겨둔다. 다른 그림으로 숨겨둔 이야기를 말하게 하는 것이다. 독자들은 시인이 숨겨둔 그림들을 찾아내야 한다. 숨겨져야 할 그림이 바로 드러나면 직설적 표현이 되어 예술적 가치가 떨어진다. 그래서 의미의 숙성을 위해 그리고 싶은 그림이나 전하고 싶은 메세지를 깊숙이 감춰둔다. 그래야 감칠맛이 난다.

남녀를 송낙과 족두리로, 장삼과 치마로 대신했다. 후자의 말수작에서 그립다거나 보고 싶다는 직설적인 언어를 사용하지 않았다. 족두리 걸어두는 말코지 곁에 송낙을 걸어두는 것으로 말을 바꾸었을 뿐이다.

이미지는 언어로 그린 그림이다. 그 그림은 추상적이고 관념적인 것이

아니라 물질적이고 구체적이어야 한다. 그래야 독자들의 상상력을 자극한다. 의미는 여기서부터 생겨난다.

이런 표현들은 시에서만 나타나는 것이 아니라 그림에서도 나타난다. 그림도 시처럼 그림으로 숨은 그림을 표현해야 한다.

송나라 휘종 황제가 화가들에게 감추어진 절을 그리라고 했다. 어떤 화가는 숲속 사이로 절집을 희미하게 비치게 그렸고 어떤 화가는 숲 위로 절탑이 삐쭉 솟아 있는 그림을 그렸다. 또 어떤 화가는 절은 그리지 않고 깊은 산속 작은 오솔길로 물동이를 이고 올라가는 스님을 그려놓았다. 휘종은 그림들을 보고 다음과 같이 말했다. "자, 이 그림을 보아라. 내가 그리라고 한 것은 산속에 감춰져 보이지 않는 절이었다. 보이지 않는 것을 그리라고 했는데, 다른 화가들은 모두 눈에 보이는 절의 지붕이나 탑을 그렸다. 그런데 이 사람은 절을 그리는 대신 물을 길으러 나온 스님을 그렸구나. 스님이 물을 길어 나온 것을 보니, 근처에 절이 있는 것을 알 수 있다. 그런데 산이 너무 깊어서 절이 보이지 않는 게로구나. 그가 비록 절을 그리지는 않았지만 물을 길어 나온 스님만 보고도 가까운 곳에 절이 있다는 것을 알 수 있지 않느냐? 이것이 내가 그림에 1등을 주는 까닭이다."[1]

말하지 않은 스님의 물동이 그림으로 산속의 보이지 않은 절을 그린 것이다. 이것이 시이다.

벌과 나비를 그리지 않고 향기 없는 모란꽃을 그렸고, 팔찌로 휴머니즘을 그렸다. 남녀의 사랑을 송낙과 족두리로, 보이지 않는 절을 물동이를 인 스님으로 말을 했다. 시를 잘 쓰는 사람은 다른 말로 하고 싶은 말을 하는 것이다.

다음은 신윤복의 〈기다림〉이라는 그림이다.

---

1   정민, 『한시 이야기』, 보림, 2002, 28쪽.

신윤복, 〈기다림〉

　이미지를 포착하고 추적하는 힘은 상상력이다. 상상력으로 여러 가지 사건들을 추단해낼 수 있다. 이 여인은 송낙을 말아 쥐고 담장 쪽을 연신 바라보고 있다. 누군가를 기다리고 있는 모양이다. 연인에게 무슨 일이 일어난 것일까. 화가는 몇 가지 구체적인 상황만을 제시했다. 여인의 신발은 짚신이다. 민가 여염집 아낙일 시 분명하다. 꽃이 핀 것으로 보아 화창한 봄날이다. 봄은 모든 만물이 생동하는 계절이다. 송낙을 말아 쥔 것으로 보아 연인은 중이다. 여인 옆에는 큰 나무 하나가 서 있고 여인은 연신 뒤를 바라보고 있다. 독자는 이러한 정황으로 보아 사건의 전말을 어느 정도 읽어낼 수 있다.

　이것이 시이다. 시의 궁극적인 목표는 의미 전달에 있다. 이를 위해 시인은 언어로 숨은 그림을 설계하고 독자는 시인이 설계한 숨은 그림을 찾아내야 한다.

섬뜩한 칼끝이 불의 꽃으로 핀,

온몸이 절절 끓어 시뻘건 쇳물로 핀,

아 식어 내리 꽂히기 전
쪼개져 붉게 진다

— 김영수, 「칸나」 전문

칸나꽃이 질 때 쇳물이 쪼개져 붉게 진다고 했다. 칸나꽃을 쇳물로 말했
다. 얼마나 삶이 아쉽고 처절했으면 그랬을 것인가.
하나 더 감상해보자.

풀벌레 울음 소리 옥양목 가위질 같다
차가운 별빛이 물에 씻어 박은 듯
잊고 산 세상일들이 오린 듯이 또렷하다

— 서숙희, 「처서 무렵」 전문

처서 무렵 한때의 수채화이다. 그림은 붓으로 그림을 그리지만 시는 언
어로 그림을 그린다. 초 · 중장은 맑고 깨끗한 바깥 풍경이나 종장은 잊고
산 시인의 내면 세계이다. 이즈음이면 여름 내 습기 찬 옷가지, 이불 홑청
도 꺼내어 말려두어야 한다. 이런 것들이 우리가 내내 잊고 산 것들일 게
다. 새삼 꺼내놓으니 그때 그 기억들이 또렷하다는 것이다. 묻어두었던 습
기 찬 기억들, 더더욱 아픈 기억들은 계기가 되면 또렷하게 떠오른다. 종
장이 압권이다.

바위에 새긴 고전
층층이 쌓였구나

한 권쯤 슬쩍 뽑아
달빛에 읽어 보면

구운몽
팔선녀들이
까르르 나오실까.

— 김옥중, 「채석강 단애」 전문

층층이 쌓인 돌을 고전 책으로, 등불을 달빛으로, 슬쩍 뽑은 책을 『구운
몽』으로 대신했다. 팔선녀들이 까르르 웃으며 춤이라도 출 것 같다는 것이
다. 시조의 멋은 이런 것이다.

시인은 하고 싶은 말을 하지 않는다. 말을 하지 않거나 다른 말로 말을
하거나 한다. 상황만을 제시해줄 뿐이다. 이것이 시인의 화법이다.

제2부 시조 창작의 실제

"엄마, 그만 먹어?" 맛있는 음식을 어머니와 같이 먹던 딸애는 음식이 조금 남은 접시 위를 바라보며 안타까이 묻는다. '그만 먹으란 소리보다 더하구나.' 이렇게 속으로 생각하며 어머니는 수저를 놓는다.

"엄마, 그만 먹어?" 아직도 적지 않게 음식이 남아 있는 접시 위를 보며 딸애는 걱정스레 묻는다.

"응, 별맛이 없네."

'엄마, 그만 먹어?'란 문장은 제발 그만 먹으란 뜻이 될 수도 있고 좀 더 먹었으면 하는 뜻이 될 수도 있다. 똑같은 문장이 어떻게 다른 의미를 가질 수 있는가? 그것은 말하는 쪽과 듣는 쪽이 동시에 어떤 상황에 대응하기 때문이다. 그렇다면 담화는 어떤 상황을 반영하는 게 아니고 어떤 상황 그 자체이며, 억양은 의미를 좌우하는 언어의 일부가 된다. 어떻게 말해지느냐에 의해서 무엇이 말해지는가가 결정되기 때문이다.[1]

위의 이야기는 같은 문장이라도 상황에 따라 의미가 달라질 수 있다는 것을 보여주고 있다. 첫 번째 "엄마 그만 먹어?"는 '제발 그만 잡수세요'라

---

[1] 권택영, 『후기 구조주의 문학이론』, 민음사, 1990, 68쪽.

는 의미이고 두 번째의 경우는 '조금 더 잡수세요'라는 의미이다. 이렇게 같은 문장이라도 말해지는 것과 말해져야 할 것으로 말해지지 않은 것이 동시에 존재한다.

예술작품도 시대적 상황과의 관련 속에서 태어난다. 그래서 기호의 의미는 그 시대의 사회 상황 속에서 체현될 수밖에 없다. 이것이 시이다.

> 1947년 봄
> 심야
> 황해도 해주의 바다
> 이남과 이북의 경계선 용당포
>
> 사공은 조심조심 노를 저어가고 있었다.
> 울음을 터트린 한 영아를 삼킨 곳.
> 스무 몇 해나 지나서도 누구나 그 수심을 모른다.
>
> — 김종삼, 「민간인」 전문

「민간인」에서 말해진 것은 시간과 장소, 그 상황에서 일어난 사건의 기술이 전부이다. 작자는 이러한 단순한 사건을 알리기 위하여 기술한 것은 아니다. 민족의 비극상을 나타내기 위하여 기술했을 뿐이다. '말해진 것'과 '말해져야 할 것으로 말해지지 않은 것'이 문장 안에 공존하고 있다.

울음을 터트렸다고 해서 영아를 바다에 던졌다는 말은 사건 자체로서는 의미가 없다. 스무 몇 해나 지나서도 누구나 그 수심을 모른다는 말도 발화 자체로는 의미가 없다. 이러한 수사는 시대적인 상황 속에서만이 진정한 의미를 획득할 수 있다. 동일한 사회적 지평에 속한 사람들만이 민족의 비극상을 이해할 수 있다.[2]

---

2   신웅순, 『시의 기호학과 그 실제』, 문경출판사, 2000, 38쪽.

세월만 가라, 가라, 그랬죠.
그런데 세월이 내게로 왔습디다.
내 문간에 낙엽 한 잎 떨어뜨립디다.

가을입디다.

그리고 일진광풍처럼 몰아칩디다.
오래 사모했던 그대 이름
오늘 내 문간에 기어이 휘몰아칩디다.
— 최승자, 「가을」 전문

　화자는 "세월만 가라, 가라 그랬죠"라고 말한다. 그렇지만 말해져야 할
것으로 말해지지 않은 것은 "세월아 가지 마라, 가지 마라 그랬죠"일 것이
다. 그것이 역설이건 아이러니건 은유이건 상징이건 관계할 바 아니다. 분
명한 것은 '말해진 것'과 '말해져야 할 것으로 말해지지 않은 것'이 같은 공
간 안에 공존하고 있다는 사실이다. 이것이 상황이다. 어떻게 말을 해야
하느냐에 따라 상황은 달라진다. 한쪽만의 말로도 상대방의 말을 짐작할
수 있는 것이 시이다.

　화자는 청자한테 '세월만 가라' 했는데 세월이 화자인 당사자에게 왔다.
상대방에게는 '세월만 가라' 했는데 세월이 화자에게 온 것이다. 그리고는
낙엽 한 잎 툭 떨어뜨리고 앞질러 가는 것이다. 세월 보고 '가지 마라'는 이
것이 사실 화자가 말하고자 한 것인데 '세월만 가라'라고 대신 말했다.

　이 두 가지 상황, '말해진 것, 세월만 가라'와 '말해져야 할 것으로 말해
지지 않은 것, 세월아 가지 마라'가 동시에 존재하고 있는 것이다.

　　그리움은 언제부터 산이 되어 서 있고
　　외로움은 언제부터 강이 되어 흐르는가

쪽배로 갈아탄 흰구름
서역길 하룻밤 여관

　　　　　　　　　　　　　　— 신웅순, 「여백」 전문

　그리움이 산이 되어 서 있을 리 없고 외로움이 강이 되어 흐를 리 없다.
그런데 화자는 그렇게 진술했다. 쪽배로 갈아탄 흰구름, 서역길 하룻밤 여
관이라 했다. 늘그막 인생을 두고 한 말일 것이다.

　위 진술들은 말해져야 할 것으로 말해지지 않은 것을 대신했다. 말해진
것, '그리움이 산이 되어 서 있는 것, 외로움이 강이 되어 흐르는 것'과 말
해져야 할 것으로 말해지지 않은 것, '인간은 원초적으로 그립고 외로운
것', 이 두 가지 상황이 동시에 존재하고 있다.

　'쪽배로 갈아탄 흰구름/서역길 하룻밤 여관'은 '그립고 외로운 늘그막 인
생을, 인생은 짧다는 늘그막의 고백'을 대신 말을 하게 한 것이다. 말해진
것과 말해져야 할 것으로 말해지지 않은 상황들이 동시에 존재하고 있다.

　시조 두 편을 소개한다.

상처 없는 영혼이
세상 어디 있으랴
사람이
그리운 날
아, 미치게
그리운 날
네 생각
더 짙어지라고
혼자서
술 마신다

　　　　　　　　　　　　　　— 박시교, 「독작」 전문

　　　　　　　　　　　　제2부 시조 창작의 실제

왜 혼자서 술을 마시는 것인가? 네 생각 짙어지라고 혼자서 술을 마시는 것인가? 독자들은 갖가지 생각을 할 것이다. 상처를 받았을 텐데도 미련하게도 그리운 것이 사랑이고 정이다. 그것을 말하고 싶은 것이다.

> 아무래도 연애를 넌 너무 일찍 한 것 같다
> 바람막이 없는 혹한
> 다산이 시작되고
> 미혼모 어찌할 건가
> 하혈 펑펑 쏟아낸다
>
> 아픈 기억들은 하얀 지우개로 지우고 싶다
> 산문을 닫아걸고
> 사흘 밤낮 퍼붓는 저주
> 입술을 꼭 깨물고 선
> 눈물겨운 자태여!
>
> ─ 이영필, 「홍매」 전문

미혼모의 아픈 사랑을, 입술을 꼭 깨문 눈물겨운 자태를 홍매라 했다. 말하고 싶은 것이 이것만이었을까. 말하고 싶은 것은 사실 아픈 기억들일 것이다. 지우개로 지우고 싶다니 얼토당토않다. 점점이 박힌 홍매들은 지울래야 지울 수 없는 것들이다. 말한 것들은 말해져야 할 것으로 말해지지 않은 것들을 대신할 뿐이다.

제31장
기만, 일탈

    창작은 현실을 기만하는 행위이다. 독자는 창작물을 보며 '이런 가짜가 어디 있어?'라고 말하지 않고 '이거 진짜 같다'라고 말한다. 진짜 같은 현실, 이것이 기만이다.

    기만은 표절이 아니다. 세상에 오리지널 창작은 없다. 언어는 화폐와 같아서 다른 사람이 사용한 다음에서야 비로소 나에게 전달되며, 또 그것을 실제 사용하는 사람에 의해 불가피하게 굴절된다. 바흐친의 말이다.

    창작이라는 것은 남의 작품을 모방하거나 취해서는 안 된다. 훔쳐와 자기 것으로 만들어야 한다. 언어는 굴절되기 마련이다.

    문학은 현실을 있는 그대로 옮겨올 수 없다. 현실처럼 만들기 위해서는 현실을 기만해야 하고 그에 맞는 수사를 동원해야 한다. 현실과 비현실 간의 외줄타기이다. 그래서 시인들은 코드의 파격적인 도입을 마다하지 않는다.[1]

    '나는 울었다'라고 말하는 것보다 '그녀의 속눈썹이 젖었다'라고 말하는 것이 훨씬 더 문학적인 표현이다. 이것이 시이다.

---

1   신웅순, 『무한한 사유 그 절제 읽기』, 문경출판사, 2006, 15쪽.

단풍도 처음에는 연초록 잎새였다

너와 나

사랑으로 뒹굴고 엉클어질 무렵

목이 타

붉게 자지러져

숨이, 탁

끊긴다

— 김영재, 「단풍」 전문

단풍이 물드는 것은 자연적인 현상이다. 시인은 단풍을 두고 목이 타 붉게 자지러져서 숨이 탁 끊긴다고 했다. 도를 넘는 기만 행위이다. 그러나 '맞아, 맞아' 하며 독자들은 고개를 끄떡인다. 이때 현실과 비현실 간의 경계가 순식간에 무너진다.

연초록 잎새에서 단풍까지는 사랑의 단계이다. 단풍이 자지러져 툭 질 때 비로소 사랑의 완성을 이룬다는 상징성은 독자들을 놀라게 한다. 시 텍스트는 하나의 과정일 뿐이다. 누군가가 이 작품을 훔쳐 또 하나의 자기 것으로 만들어낼지도 모른다.[2]

대체 누가 내 가슴에다
그리움의 비수를 꽂는가

----

2 위의 책, 17쪽.

어느 누가 내 목에다
사랑의 못을 박는가

마침내
터져나오는
그 황홀한
비명,
석류

　　　　　　　　　　　　　　　— 양승준, 「석류」 전문

　석류에 대한 사랑의 대비는 진부하다. 그래도 거기에는 또 다른 세계가
있다. 시인들은 이것을 놓치지 않는다. 그리움의 비수를 꽂고 사랑의 못
을 박는 이는 누구이며 황홀한 비명을 지르는 이는 누구인가. 알 수 없다.
이렇게 텍스트에서는 도를 넘는 알 수 없는 코드들이 충돌하고 있다. 코드
사이가 너무 멀거나 가까우면 충돌 지점을 알 수 없어 독자들은 읽기를 포
기한다. 그래서 시인은 그 접점을 찾기 위해 철저하게 대상을 기만해야 하
고 감쪽같이 언어를 훔쳐내야 한다. 그리고 그것들을 내 것으로 만들어내
야 한다.

　시인은 원심력의 언어를 쓴다. 언어가 갖는 의미를 확충하고 액센트화
시켜 언어의 힘을 무력하게 만들려고 한다. 독자는 구심력의 언어를 쓴다.
언어를 축소시키고 일반화시켜 언어의 힘을 강하게 만들려고 한다. 여기
에서 시인과 독자 간에 서로 충돌과 갈등이 일어난다. 숙명적으로 시 텍스
트에서는 시인과 독자 간의 끝없는 투쟁이 이루어진다.[3]

　원심력의 코드 배치는 다의적이고 다층적이어서 독자들은 시 텍스트의
해석에 어려움을 겪게 된다. 그 때문에 의미의 확장을 가져와 독자들은 경

3　위의 책, 17~18쪽.

이적인 예술미를 체험하게 된다.

시조는 12개의 한정된 도구로 미의 세계를 탐색해야 한다. 그 때문에 위치에 맞는 그만의 언어 선택이 필요하다. 이런 속성 때문에 잘못하면 자칫 유치해질 수 있다. 고도한 사유로 현실을 감쪽같이 속여야 한다. 현실과 비현실 간의 외줄 때문에 불필요한 행동이나 말은 자연 삼갈 수밖에 없다. 그래서 시조는 그만큼 품이 많이 들고 품이 든 만큼 격조가 있고 아정하다.

시는 기존 사물의 파괴와 무시에서부터 출발한다. 기존 사물의 기만과 일탈이 치열할수록 예술의 행위도 치열해진다. 이것이 예술의 시작이며 자유이다. 자유는 우리가 파악하고 있는 기존 사물을 우리가 파악하지 못하는 낯선 사물로 전이시키는 데에 있다.

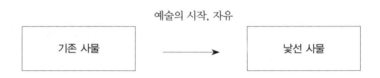

예술의 시작, 자유

| 기존 사물 | → | 낯선 사물 |

수사는 크게 잡아 인간의 사물로의 전이, 사물의 인간으로의 전이 둘 중의 하나다. 전이 시 동질성이냐 차별성이냐에 따라 일상의 말이냐 시이냐가 결정된다. 다시 말해 일반 질서의 수용이냐 저항이냐다. 여기에서 일상적 사물의 해체를 질서의 파괴로 볼 수 있는가의 문제를 생각해볼 수 있다.

일상의 말은 사물과 인간의 객관화된 결과물이지만 시는 사물과 인간의 새로운 차원으로의 객관화 과정이다. 질서의 해체가 아니라 새로운 질서로의 정립이다. 새롭게 정립된 질서, 이것이 시 텍스트이다.

기만은 일탈이다. 기존 사물의 의미는 누구나 보편적으로 인지할 수 있는 객관적인 의미의 이름이고 기존 사물의 일탈은 이러한 소통 방식에서 벗어난 주관적인 의미의 이름이다. 여기서부터 예술의 행위가 시작된다.

행위는 주관적 의미가 보편적인 의미가 될 때까지 수정, 반복을 계속한다.

> 백년을 살다 죽은 감나무 속을 보면
>
> 나이테 한복판에 먹물이 배어 있다
>
> 어머니 타버린 속이 고스란히 들었다
>
> — 박구하, 「먹감나무」 전문

> 긴 세월 속을 끓이며 사신 우리 어머니의 초상이 먹감나무에 있습니다. 먹감나무를 베어 눕히면 나이테 안쪽이 먹물처럼 까맣게 타들어간 게 보입니다. 까맣게 속을 태우며 사신 어머니의 일평생이 고스란히 보입니다. 어머니가 가르침이 되듯이 먹감나무는 죽어서도 단단하고 빛나는 가구가 됩니다.[4]

첫 번째 텍스트는 '먹감나무'이고 아래 텍스트는 해설이다. '먹감나무'는 예술의 소통 방식이고 해설은 일반적인 소통 방식이다. 이렇게 시의 언어와 일상의 언어가 다르다. 일상 언어는 존재해오던 기존 의미요 시의 언어는 기존 의미를 일탈한 낯선 의미이다.

먹감나무 나이테 안쪽은 생리적으로 그렇게 된 것인데 이를 어머니 일생의 타버린 가슴으로 치환했다. 먹감나무의 기존 의미를 넘어 새로운 낯선 의미를 만들어낸 것이다. 일탈이다.

> 봄날 양지쪽에 세 사람이 앉았습니다
>
> 장모님과 딸아이 그리고 아내입니다

---

4 홍성란, 『내가 좋아하는 현대시조 100선』, 책만드는 집, 2006, 72쪽.

꽃처럼 흙돌담처럼 장독처럼 앉았습니다

햇살에 움돋던 정도 렌즈 앞에 놓고 보면

여자의 가는 길이 이마를 타고 흘러

무수히 실릴 말들이 사무치게 숨습니다

딸아이는 꽃가지 꺾어 병에다 꽂지만

장모님은 외손녀와 아내 가슴에다 꽂습니다

필름이 다 못 찍어도 마음에는 남습니다
— 채천수, 「사진찍기」 전문

    사진을 찍는 사람은 남편이고 피사체는 장모님과 딸과 아내이다. 텍스트는 사실 같지만 실제 사실은 아니다. '꽃처럼 흙돌담처럼 장독처럼 앉았습니다', '여자의 가는 길이 이마를 타고 흘러 무수히 실릴 말들이 사무치게 숨습니다'와 같이 수사가 사실처럼 만들었다. 어떻게 꽃처럼 흙돌담처럼 장독처럼 앉아 있을 수 있을까. 무수히 실린 말들이 어떻게 사무치게 숨을 수 있을까. 그럴 수는 없다. 그러나 독자들은 수사 때문에 사실이 아닌 것이 진짜처럼 느껴지는 것이다. 사물을 파괴, 무시하지 않고는 시인은 독자의 마음을 얻을 수 없다. 이것이 진실이다.

    역으로 말하면 텍스트 읽기는 독자의 텍스트 읽기가 아니라 텍스트의 독자 읽기에 다름 아니다. 내가 시를 바라보고 있는 것이 아니라 시가 나를 바라보고 있는 것이다. 텍스트가 독자를 어떤 시선으로 바라보고 있는가. 그 각도에 따라 독자들은 당황하기도 하고 놀라기도 한다. 시인은 자동적 각도 조절에 타고난 재능을 보여야 하는 이유이다. 누구나 다 자기

일인 것처럼 적당하고도 수긍할 수 있는 각도이어야 한다. 그 공약수가 주관의 객관화이며 시이다.

> 아침이 찾아오면
> 별들은 바쁘다
>
> 달빛에 뛰어오른
> 파도를 타다가
>
> 수평선
> 햇살에 놀라
> 섬 그늘에 숨는다
>
> — 박석순, 「어디에 숨나」 전문

별들이 파도를 타다가 햇살에 놀라 섬 그늘에 숨는다고 했다. 종장에서 별이 어린이로 치환되는 순간 반전이 일어났다. 사물과 인간 간의 관계가 최적화에 이르는 지점이다. 그곳이 시조에서는 종장이다.

어느 누구도 텍스트의 시선에서 자유로울 수 없다. 일단 텍스트를 읽으면 그 시선에 독자들의 읽기는 저당 잡히고 만다. 일생 동안 저당 잡힐 수 있는 시조 텍스트는 얼마나 될까.

각도 크기는 얼마쯤이 적당한가. 그것은 인간의 사물화, 사물의 인간화 과정의 새로운 질서 정립에 달려 있다. 예리한 시인의 시선이 필요함은 두말할 나위가 없다.

> ☆
> 아, 저 섬광!
> 별이 분신 낙하하는—

만 길
어둠을 찢고
혼불 떨어진 거기

아직도
눈을 못 감는
푸른 넋들이 있어……

— 허일, 「미완의 장」 전문

하늘에서 지상으로 어둠을 찢고 혼불처럼 분신 낙하하는 별똥별. 낙하시 부서져 떨어지는 거기, 그곳에 아직도 눈을 못 감는 푸른 넋이 있다는 것이다. 섬광과 푸른 넋의 대비 각도가 종장에서 딱 맞아 떨어진다.

텍스트 각도의 자동 조절은 시인의 몫이자 독자의 몫이다. 시인은 사물과 인간 간의 전이를 객관적으로 제시해야 하고 독자는 이를 정밀하게 읽어내야 한다.

인간의 사물화, 사물의 인간화는 기존 사물의 파괴와 무시로부터 출발한다. 이것이 예술의 시작과 자유이며 기만과 일탈이다. 기존 사물의 해체이며 기존 사물의 새로운 질서 정립이다.

사물의 해체   기만, 일탈   사물의 질서 정립

제32장

욕망, 절제

사람은 태어나는 순간부터 어머니의 태아 속에 있었던 낙원을 상실한다. 그래서 사람들은 언제나 낙원을 꿈꾼다.

예술은 원초적으로 상실된 낙원을 되찾기 위한 끝없는 작업이다. 낙원상실로 인간은 억압과 희생을 강요당해왔다. 그 때문에 생긴 결핍은 죽을 때까지 사라지지 않고 다른 모습으로 되풀이되어 나타난다. 영원히 충족될 수 없는 욕망이다. 이것이 예술의 원천이 되고 있다.[1]

사람들은 희로애락 같은 감정들을 시로 나타내고 싶어한다. 그렇다고 '아, 괴롭다', '참, 기쁘다' 등으로 표현할 수는 없다. 객관성을 획득해야 한다.그래야 원초적 욕망에 좀 더 가까워질 수 있다.

욕망은 기표이다. 기표는 완벽한 기의를 갖지 못하기 때문에 계속해서 욕망하게 된다. 시를 써놓고 보면 아무리 고쳐도 맘에 들지 않는다. 고치고 또 고친다. 작품 하나로 몇 년을 고치는 이도 있고 완성하지 못하고 죽는 이도 있다. 시인의 욕망과 일치될 때까지 욕망의 기표는 계속된다. 기표는 욕망의 대상을 또 다른 기표로 몸을 바꾸면서 기의를 끝없이 지연시킨다.

---

1   신웅순, 『무한한 사유 그 절제 읽기』, 문경출판사, 2005, 67~68쪽.

생각마저
갈색뿐인
햇빛 차암
좋은 날

등 마알간
바람이
길을 가다
멈춘 곳

마가목
고, 가지 끝에
초롱 닮은
알집
하
나
!

— 유재영, 「햇빛 좋은 날−가을시 1」 전문

마알간 바람이 길을 가다 멈춘 곳, 마가목 가지 끝에 알집 하나가 있다. 무엇을 은유하고 무엇을 상징했을까. 기표는 원초적인 억압이며 상실된 낙원이며 무한한 욕망이며 끝없는 결핍이다. 이것이 은유나 상징의 기표로 나타나 독자들에게 잠시나마 욕망과 결핍을 충족시켜주고 있다.

기표	=	억압	=	욕망	=	결핍

햇빛, 바람, 마가목, 알집 등의 기표들은 무엇을 의미하는지 알 수 없다. 억압, 욕망, 결핍 때문이다.

사람들은 살면서 흔적을 남겨놓는다. 흔적들은 억압되거나 억압되지 않거나 둘 중의 하나이다. 억압되지 않은 기억들은 의식의 영역으로 편입되지만 억압된 흔적들은 무의식으로 남게 된다. 이 무의식이 의식화되는 과정에서 변장을 하면서 원래의 모습과는 또 다른 모습으로 나타난다. 변용 과정 이것이 예술이다.

> 그대를 보냅니다
> 등 떠밀어
> 보냅니다
>
> 명치 끝에 아려오는
> 절절한
> 그리움을
>
> 다 덮고
> 혀를 깨물며
> 그대를 보냅니다.
>
> — 서일옥, 「파도」 전문

이별의 아픔이 억압된 채 남아 있다. 밀려왔다 밀려가는 파도를 통해 이별의 아픔이 여러 기표로 나타나고 있다. 기표는 무의식 속에 억압되어 남아 있는 화자의 또 다른 욕망이다. 무의식 속의 억압들은 텍스트에서 보상이나 합리화, 투사, 승화, 퇴행 등 여러 심리 기재로 형상화되어 나타난다.

절제는 인간의 욕망을 채워줄 수 있는 하나의 방법이다. 시조는 절제이다. 3장이어야 하고 6구이어야 하고 12소절이어야 한다. 이 틀 안에 적절한 언어를 선택, 배치해야 한다. 타 장르에서는 찾아볼 수 없는 규칙이다. 규칙 속에는 무한한 사유와 절제가 있어야 한다. 언어를 선택하는 데에 신중을 기할 수밖에 없는 이유이다.

사설시조는 3장 중 한 장이 무한정 길어지는 것을 말한다. 이도 3장을 벗어나서는 존재할 수 없다. 사설시조는 시조의 이형태이지 시조의 원형은 아니다. 사설시조라 해서 그 어떤 욕망도 한 그릇에 다 채울 수는 없다. 욕망으로 늘어난 이형태인 사설시조도 절제가 필요하다.

　시조는 그릇이 정해져 있어 어떤 내용을 담아야 하는가가 관건이다. 하고 싶은 말을 하지 말아야 담을 수가 있다. 이것이 여유이고 절제이다.

　　　　한 열흘 하늘과 땅 텅 비워둔 내 산방에

　　　　누가 찾아와서 등을 달아두었는가

　　　　적막이 기름이 되어 산국화가 탑니다
　　　　　　　　　　　　　　　　　　　— 정완영, 「산방시초 1」 전문

　묘미는 종장에 있다. 중장에서 '등'이라는 단어가 매개 역할을 하고 있다. 종장에서 적막이 기름이 된다고 했다. 기름이 될 수 있는 것은 중장의 '등'이라는 단어 때문이다. 그래서 종장에서 산국화가 타는 것이다. 산국화가 타기 위해서는 기름이 필요하다. 그 기름을 중장의 등에서 얻고 있다. 시는 하고 싶은 말을 하지 말아야 한다. 여유와 절제로 대신해야 한다. 이것이 등이다. 욕심을 버려야, 언어를 버려야 시조에 가까이 다가갈 수 있다.

　　　　와스스
　　　　천하에 가을이 오는구나
　　　　쨍그랑
　　　　도망치던 하늘은 깨어지고
　　　　그 모든 소리가 모여 침묵으로 맺혔다.
　　　　　　　　　　　　　　　　　　　— 유자효, 「포도」 전문

　포도를 침묵이라는 하나의 단어로 명쾌하게 정리했다. 포도가 왜 침묵인가. 모든 천하의 소리가 모였기 때문이다. 이 하나의 단어로 모든 것을 해결했다.

얼마나 절제 있게 자연의 의미를 말하고 있는가. 이러한 절제된 행간에서 독자들은 무한한 사유를 누릴 수 있다. 시조는 석 줄로 인생의 의미를 담아야 한다. 절제만이 할 수 있는 시조의 특권이다.

$$\boxed{\text{시조}} = \boxed{\text{여유, 절제}}$$

시조의 포석은 각 장마다 4개의 소절을 배치하는 일이다. 작가와 독자 간에 12개의 소절로 전술들을 숨겨두어야 한다. 각자 네 개의 돌로 대마를 끊기도 하고, 이끌어가기도 한다. 승부를 내기 위해서는 절제라는 전술로 치밀한 수 계산을 해야 한다.

종장에서 의미를 뒤집어야 하기 때문에 욕심을 부리면 낭패하기 일쑤다. 많은 말을 한다고 해서 독자들에게 울림을 주는 것은 아니다. 단 하나의 화살이지 수많은 솜방망이가 아니다. 가슴에 예리하게 꽂혀 숨을 멎게 하는 것이지 가슴을 멍들게 하는 것은 아니다. 명궁은 타고나면서 형성되는 것이 아니라 피나는 수련의 결과로 아루어지는 것이다.

나무는 서성이며
백년을 오고 가고

바위야 앉아서도
천년을 바라본다

짧고나, 목련의 밤은
한 장 젖은 손수건

— 지성찬, 「목련꽃 밤은」 전문

한 장의 젖은 손수건은 무엇을 말하는가. 나무는 백년을 서성이며 오가고 바위는 앉아서 천년을 바라보는데 목련의 밤은 짧아 한 장의 젖은 손수건에 불과하다. 짧은 인생을 그렇게 표현했다. 영혼불멸할 것 같은 사랑의 이별을 말한 것인가.

시조는 단칼에 잘라내야 한다. 세상에 영원히 남는 시조 한 수 쓰고 싶지 않은 시인이 어디 있으랴. 시는 신이 내려주는 선물이지 사람이 만들어내는 재주가 아니다. 시는 차가운 머리가 아니라 뜨거운 가슴이다.

> 또다시 늑대처럼 먼 길을 가야겠다
> 사람을 줄이고 말 수도 줄이고
> 이 가을 외로움이란 얼마나 큰 스승이냐
> ― 이달균, 「다시 가을에」 전문

가을 외로움을 큰 스승으로 쾌도난마했다. 욕망과 절제는 앞뒤 동전과 같다. 욕망의 이면에는 절제가 있고 절제 이면에는 욕망이 있다. 욕망이 없어서도 안 되고 절제가 없어서도 안된다. 두 바퀴가 있어야 돌아갈 수 있다. 욕망은 원심력이요 절제는 구심력이다. 추가 균형을 이룰 수 있는 것은 원심력과 구심력이 팽팽하게 맞서기 때문이다. 시조는 균형 유지이다. 욕망의 절제, 이것이 시조이다.

욕망=원심력	절제=구심력

제33장

구체적 언어, 감각적 언어

이미지, 심상은 일반적으로 인간의 마음속에 그려지는 사물의 감각적 영상을 말한다. 영상, 표상이라고도 한다.

세실 데이루이스는 이미지를 '독자의 상상력에 호소하는 방법으로 시인의 상상력에 의해 그려진 언어의 그림'이라고 했다. 언어로 그림을 그려야 한다는 것이다. 그것이 흐릿하거나 모호하면 독자들은 무슨 그림인지를 알 수 없다. 선명한 그림을 그리기 위해서는 구체적인 언어가 필요하다.

> 사랑이 엇더터니 둥그더냐 모나더냐
> 기더냐 쟈르더냐 밟고 남아 자힐러냐
> 하그리 긴 줄은 모로대 끝 간 대를 몰내라
>
> ― 이명한

사랑은 무엇인지 마음속에 떠오르지 않는다. 추상적인 언어이기 때문이다. '나는 당신을 사랑합니다'라고 했을 때 독자들은 그것이 불꽃같이 타오르는 사랑인지, 물같이 미지근한 사랑인지 알 수가 없다. 어떤 사랑인지 구체적으로 그려볼 수 없다. '나는 장미 한 송이를 그대 책상에 몰래 놓고 왔습니다'라고 하면 그 장면이 그려진다. 장미 한 송이로 사랑을 이미지화

제2부 시조 창작의 실제

했고 행동으로 그것을 보여주었기 때문이다.

사랑을 표현하는 데에 사랑이 둥근지, 긴지, 모난지, 잴 수 있는지를 물었다. 그리고는 사랑이 하도 길어 끝 간 데를 모른다고 했다. 사랑이라는 추상적인 이미지를 비교적 구체적인 이미지로 표현했다. 시에서는 이렇게 언어를 구체적인 이미지로 감각화시킬 필요가 있다.

이미지에도 등급이 있다. 바꾸어 말하면 비싼 값을 쳐주어야 할 이미지와 그렇지 못한 싸구려 이미지가 있는 것이다. 싸구려 이미지는 내버려야 한다. 그렇게 내버려야 할 싸구려 이미지의 한 예로는 '국화꽃이 피어 있다'와 같은 가상의 싯구를 들어볼 수 있다. 피어 있는 국화꽃은 우리가 감각적으로 알아볼 수 있는 대상이니까 이 한 구절도 이미지가 되는 것이다. 그러나 그것은 어떤 국화꽃이 어떻게 피어 있느냐는 전혀 알려주지 않는다.[1]

위 언급은 구체적인 언어로 이미지화시켰다고 해서 전부가 좋은 시가 되는 것이 아님을 보여주고 있다. 이미지가 싸구려 이미지냐 아니냐, 이미지도 등급이 있다는 것이다. 누구나 다 생각할 수 있고 누구나 다 느낄 수 있는 그런 것들이라면 구태여 시로 쓸 필요가 없다. 참신하고 예리한 이미지여야 좋은 시가 될 수 있다.

국화야 너는 어이 삼월 동풍 다 지내고
낙목한천에 너 홀로 피었는다
아마도 오상고절은 너뿐인가 하노라

— 이정보

1   이형기, 『당신도 시를 쓸 수 있다』, 문학사상사, 1997, 69~70쪽.

국화가 절개나 지조를 상징한다는 것은 과거에 많은 시인들이 써온 상투적인 이미지이다. 이런 이미지는 현대에 와서는 싸구려 이미지로 전락해버리고 말았다. 같은 이미지를 자꾸 반복하여 사용해서는 안 된다. 시인은 어느 누구도 사용하지 않은, 그것이 비유적 이미지이든 상징적 이미지이든 새로운 이미지여야 한다. 이에는 인습에 얽매이지 않은 날카로운 눈이 필요하다. 구체적인 언어를 동원한다 해도 인습적이고 상투적인 이미지를 써서는 안 된다. 언어는 구체적이고도 정확해야 하며 새로우면서도 개성적이어야 한다. 그러한 언어로 표현했다 해도 이미지가 신선하지 않으면 그 시는 좋은 시라고 말할 수 없다.

> 피면 지리라
> 지면 잊으리라
> 눈 감고 길어 올리는
> 그대 만장 그리움의 강
> 져서도 잊혀지지 않는
> 내 영혼의
> 자줏빛 상처
>
> ──이우걸, 「모란」 전문

위 시조는 모란을 '그대 만장 그리움의 강', '내 영혼의 자줏빛 상처'라고 했다. 모란 하면 부귀영화를 상징하는 꽃으로 널리 알려져 있다. 그러나 시인은 '그대 만장 그리움의 강'이라 표현하였고 '져서도 잊혀지지 않는/내 영혼의/자줏빛 상처'라고 했다. 그림을 그려낼 수 있을 정도로 선명하다. 언어는 그림으로 표현해야지 설명을 해서는 안 된다.

참고 자료를 제시한다.

> 봄날이면 다시 한 번

연지를 찍고 싶다

함덕시장 근처에
유물 같은 돌담집

4·3때
그 집에서는
쉬쉬하는 곡절 있다

그렇게 반세기를
보냈으면 그만이지

혼사한지 며칠 만에
누가 산으로 갔는지

별안간
붉은 꽃대를
저리 훤히 올렸나

— 김향진, 「홍매」 전문

감각은 '사물의 상태나 변화에서 무엇인가를 느껴 받아들이는 마음의 작용'이다. 눈, 코, 귀, 혀, 살갗 등 오관을 통해 바깥의 어떤 자극을 알아차리는 것을 말한다.

시는 언어를 매재로 한 하나의 이미지에 다름 아니다. 프레밍거는 이미지를 감각적 이미지, 비유적 이미지, 상징적 이미지로 나누었다. 감각적 이미지는 시각적 이미지, 청각적 이미지, 미각적 이미지, 후각적 이미지, 촉각적 이미지, 공감각적 이미지 등이 있다.

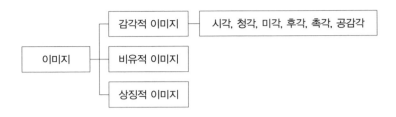

이미지를 만들어내기 위해서는 감각적인 언어를 동원해야 하지만 동원 자체만으로는 목적을 달성할 수 없다. 언어들이 어떤 형식으로든 짜여져 야 이미지가 형성된다. 어떻게 구성할 것인가는 시인의 역량에 달려 있다. 많은 수련과 노력이 필요함은 두말할 나위가 없다. 언어들의 배치가 중요 하다. 같은 언어라도 배치의 위치에 따라 감각적인 언어가 될 수도 있고 안 될 수도 있다.

> 풀잎 끝
> 파란 하늘이
> 갑자기 파르르 떨었다.
>
> 웬일인가
> 구름 한 점이
> 주위를 살피는데
>
> 풀잎 끝
> 개미 한 마리
> 슬그머니
> 내려온다
> — 박종대, 「풀잎 끝 파란 하늘이」 전문

'풀잎 끝 파란 하늘이'라든가 '구름 한 점이 주위를 살피는데', '풀잎 끝 개미 한 마리 슬그머니 내려온다'와 같은 시각적인 이미지로 처리해 시를 구성했다. 행위 이미지로만 보여주고 있다. 풀잎이 떠는 것인데 풀잎 끝 파란 하늘이 떨고 있다고 했다. 풀잎이 떨고 있다고 하면 그만큼 의미는 반감된다. 낯설지 않은 것을 낯설게 만들어놓았기 때문에 이러한 현상이 나타나는 것이다.

> 거미는 이슬비가 내리기를 기다렸다
> 이슬비를 물어다가 보석처럼 꿰맸다
> 아, 저기
> 거미줄에 줄줄이
> 걸려 있는 은하수
>
> ─ 박석순, 「거미」 전문

시각적 이미지로 처리되어 있다. 거미줄을 은하수로 은유했다. 꿰맨 이슬들은 은하수의 별들이다. 사실은 이슬비가 거미줄에 물방울로 걸린 것인데 거미가 이슬비를 물어다가 보석처럼 꿰맸다고 했다. 그것을 은하수라고 했다. 이슬비를 은하수로 둔갑시켰다. 일반적인 언어라 할지라도 어떻게 꿰매느냐에 따라 감각적인 언어가 될 수도 있고 안 될 수도 있다.

다음은 청각적 이미지와 시각적 이미지가 결합되어 있는 텍스트이다.

> 돌담장 틈 사이로
> 귓속말이 소곤댄다
>
> 외신을 감지하는
> 안테나 야윈 가지 끝
>
> 보란듯
> 자목련 편지가
> 속달로 와 걸려 있다.
>
> ─ 최혜숙, 「봄이 오는 길목」 전문

무슨 귓속말인지는 알아들을 수 없다. 봄이 오느라 어수선하다. 물론 이것은 청각적 이미지이다. 그러다가 이것이 중장, 종장에서 시각적 이미지로 바뀌었다. 이러한 말소리를 감지하는 안테나인 야윈 가지가 있다. 물론 자목련 나뭇가지를 두고 한 말이다. 이것은 시각적 이미지이다. 그런데 보란듯이 편지, 그것도 자목련 편지가 속달로 와 걸려 있는 것이다. 귓속말이 외신을 감지하는 안테나를 통해서 속달 편지로 걸려온 것이다. 이미지가 정교하게 구성될 때 참신하고도 감각적인 언어가 되살아나는 법이다.

참고 자료를 제시한다.

> 아가위 열매 익자 가만 휘는 무게여
> 잎사귀 뒤에 숨은 고 열매 빛깔까지
> 벌레에 물린 가을이 가랑잎 처럼 울었다
>
> 보랏빛 여운 두고 과꽃으로 지는 하루
> 오늘은 한종일 햇살들이 놀러와서
> 마른 풀 남은 향기가 별빛처럼 따스했다
>   ― 유재영, 「햇살들이 놀러와서」 전문

제34장

언어체와 발화체

　시조를 창작하려면 정해진 틀 속에 알맞은 단어를 넣어야 한다. 주제를 향해 퍼즐을 맞추어가는 과정이 필요하다. 시조가 어렵다면 시도 어렵다. 의미를 응축해야 하는 것은 시나 시조나 다르지 않다. 최대의 효과를 얻기 위해 최소의 언어를 사용해야 한다. 은유나 상징을 많이 쓰는 것도 그러한 속성 때문이다. 시조는 12개의 돌로 승부를 내야 한다. 그 때문에 돌 하나하나에 신중하게 무게를 싣지 않으면 안 된다.

> 눈송이처럼 너에게 가고 싶다
>
> 머뭇거리지 말고
> 서성대지 말고
> 숨기지 말고
>
> 그냥 네 하얀 생애 속에 뛰어 들어
> 따스한 겨울이 되고 싶다
>
> 천년 백설이 되고 싶다
>
> — 문정희, 「겨울 사랑」 전문

만리 밖에 바람 보내고
서러운 건 보내고

내 뜨락
빈 가지에
금지환을 끼우며

녹슨 문 열어 달라고
들어가고 싶다고

　　　　　　　　　　　　　　— 김일연, 「새벽달」 전문

　「겨울 사랑」은 형식 없이 자유롭게 쓴 시이고, 김일연의 「새벽달」은 일
정한 형식을 갖추어 쓴 시조이다. 느낌에는 별반 차이가 없다. 우리 고유
의 운율로 쓴 것인지 아닌지의 차이뿐이다. 자유시의 운율은 내재율로 시
인 자신만의 운율이요, 시조의 운율은 외형률로 우리 민족 고유 운율이다.
낭송해보면 맛이 확연히 달라진다. 시조의 음악성 때문이다.
　「겨울 사랑」을 연갈이하거나 일부 음보를 빼거나 덧붙이면 바로 시조가
된다.

눈송이처럼
(　　　)
너에게
가고 싶다

머뭇거리지 말고
서성대지 말고
숨기지 말고
그냥

네 하얀
생애 속에 뛰어들어
천년 백설이
되고 싶다

(   )에 한 단어만 넣으면 시조가 완성된다. 운율 습득을 위해 자유시를 자신만의 시조로 바꾸며 창작 연습을 할 수도 있다. 시와 시조는 넘나들 수 있는 것이지 문학적인 면에서는 구분되는 것이 아니다.

현대시에도 시조와 비슷하거나 같은 것들이 더러 있다.

얇은 사/하이얀 고깔은
고이 접어서/나빌레라

파르라니/깎은 머리
박사/고깔에 감추오고

두 볼에/흐르는 빛이
정작으로/고와서 서러워라

— 조지훈, 「승무」 부분

종장의 첫 소절 '두 볼에'가 3음절, 둘째 소절 ' 흐르는 빛이'가 5음절로, 이것도 완벽한 시조이다.

시조에는 우리의 호흡에 맞게 정제된 우리만의 일정한 운율이 있다. 선인들은 민요나 신라 향가, 고려 가요 등을 거쳐오면서 여말에 3장 6구 12소절이라는 시조라는 우리 고유의 운율을 만들어냈다.

아래는 시조 형식이나 음절수는 반드시 3·4·3·4, 3·4·3·4, 3·5·4·3일 필요는 없다. 다만 종장의 첫 소절은 3음절이고 둘째 소절은 5음절 이상이어야 한다. 이것은 불변이다. 나머지 소절들은 2음절에서

5, 6음절도 가능하다. 소절의 음절수가 정해져 있는 것이 아니다. 얼마든지 음절에 신축성을 부여할 수 있다. 한글의 특성 때문이다. 한글은 교착어(첨가어)이다. 어근에서의 어형 교체가 없고 어근에 접사가 붙어 단어의 기능을 나타내는 언어이다.

소절(음보) 표시

초장   3 ⊙ 4 ∨ 3 · 4 |

중장   3 · 4 ∨ 3 · 4 ① —— 장 표시

종장   3 · 5 ⓥ 4 · 3 |
                  └ 구 표시

　국어의 단어들은 2, 3음절이 일반적이다. 여기에 기능에 따라 한두 음절의 접사가 붙어 한 소절(음보)을 이룬다. 그래서 시조는 한 소절에 3 · 4 · 3 · 4 같은 똑같은 음절수가 될 수 없다. 어근에 접사가 붙기 때문에 소절마다 신축성이 있을 수밖에 없다. 그래야 자연스럽다.

　'공부하다'가 '공부하겠다, 공부하고 있다, 공부하시려고 한다'로 활용될 때, 어근 '공부하'에 '-겠다', '-고 있다', '-시려고 한다' 등 다른 기능의 어미가 붙어 어형 변화가 일어난다. 한 소절이 두 글자일 수 있고 다섯 글자, 일곱 · 여덟 글자일 수도 있다. '3 · 4 · 3 · 4'의 고정된 음절수로는 이를 감당할 수 없다. 맞게는 쓸 수 있으나 그러면 기계적인 리듬이 되어 부자연스럽다. 어근에 붙는 접사 때문에 시조는 오히려 더욱 시조다워지는 것이다. 시조의 3 · 4 · 3 · 4 음수율에 맞출 수 없는 이유이다. 고시조도 이 음수율에서 벗어난 것들이 대부분이다. 여기에 반드시 맞추어야 한다고 주장하는 분들이 있다. 이는 국어의 교착어 특성을 고려하지 않은 탓이다.[2]

2　신웅순, 「현대시조의 미래」, 『창작세계』, 2021 하반기, 6~7쪽.

　제2부　시조 창작의 실제

위의 형식에 어떤 단어를 넣어야 시조의 맛을 낼 수 있을까. 시조는 12개의 소절이 필요하다. 어떤 부품을 끼워 넣어야 구동이 잘 될까. 몇 차례 이 단어 저 단어를 끼워도 보고 빼도 보며 호환이 되는지 검사할 필요가 있다. 하나의 그림을 완성하기 위해 퍼즐을 맞추어가는 과정이 있어야 한다. 언어의 끊임없는 조탁이 필요한 이유이다. 45자 내외의 음절을 갖춘 12개의 돌로 하나의 소우주를 완성해가야 한다. 그래야 별자리가 빛난다.

명품을 만든다는 것은 누구에게나 어렵겠지만 그렇다고 반드시 명품을 만들 필요는 없다. 예로부터 우리 조상들은 사대부는 물론 중인, 일반 서민들에 이르기까지 누구나 다 시조 한 수 정도 짓고 시조창을 즐기면서 생활해왔다. 시조는 예나 지금이나 대중적인 노래이지 시조시인이나 지식인들만의 전유물은 아니다. 일상 생활에서 누구나 느낄 수 있는 일들을 형식에 맞게 쓰면 된다.

소쉬르는 언어 활동을 언어체(langue)와 발화체(parole)라는 용어로 규정했다. 언어체는 사회적 측면으로 같은 언어 공동체 안에 속한 모든 개인들의 머릿속에 잠재적으로 존재하는 공통적인 문법적 체계이며, 발화체는 개인적 행위로 자신의 생각을 표현하기 위하여 사용하는 개별적 차원의 언어이다.

언어체는 언어 사용의 집단적 규칙 체계로 하나의 사회제도이며 계약 체계이다. 이는 개인이 마음대로 고치거나 창조할 수 있는 것이 아니다. 공동 사회 성원들 간에 맺어진 일종의 집단적 규약이다. 이러한 규약을 습득하지 않고는 언어를 구사할 수 없다. 학습과 경험, 사회화를 거쳐야만 비로소 기호를 선택하고 통합할 수 있는 능력이 생긴다. 언어체는 모든 사람에게 공통이면서 그들 각자의 안에 존재하는 그 무엇이다. 그러나 발화체는 선택과 실행의 개별 변용 행위이며 개인적이고 순간적이며 개별적이다. 학교 교칙이 언어체라면 교내에서의 학생들의 활동은 발화체이다.

축구 규칙이 언어체라면 축구 경기의 전술들은 발화체이다. 단군신화가 언어체라면 현대의 많은 소설들은 거기에서 변이된 하나의 발화체들이다.

언어체와 발화체는 서로 상호 의존 관계에 있다. 발화체의 존재 없이 언어체가 이루어지지 않으며 언어체를 바탕으로 하지 않고는 발화체가 형성되지 않는다.

문화와도 밀접한 관계가 있다. '미역국을 먹었다'라고 말하면 한국 사람들은 입시에서 떨어진 것으로 인식하지만 다른 나라 사람들은 진짜 미역국을 먹은 것으로 생각한다. 코드들이 밑받침되지 않고는 메시지를 작성하거나 해독할 수 없다. 코드는 언어체이고 메시지는 발화체이다. 개개인의 시나 시조 역시 발화체이다.

언어체는 집합체이나 규칙이 제한되어 있다. 그것을 토대로 해서 개인은 이를 다양하게 배합, 무궁무진한 메시지를 작성할 수 있다.

'미역 감다'라고 한다면 몸을 씻는 것을 말한다. '미역국 먹다'라고 하면 미역을 넣어 국을 끓여 먹는 것을 말하나 통속적으로는 시험에 떨어지는 것을 말한다. 같은 단어들이지만 동사가 달라지니 '미역'의 뜻도 달라진다. 상황에 따라 은유나 상징도 얼마든지 의미가 달라질 수 있다.

사람들은 발화체에서 '미역'의 원 뜻만을 말하지 않는다. '미역국 먹었느냐' 하면 생일날을 말하기도, 해산 후 먹는 미역국을 의미하기도 한다. '미역국 먹고 생선 가시 내라' 하면 불가능한 일을 우겨대는 것을 빗댄 속담이다.

메시지 작성에 따라 같은 단어라도 그 단어가 뜻하는 내용은 전혀 다르다. 언급한 '미역'들은 메시지 작성에 따라 '몸을 씻는 것'이라든지, '시험', '생일' 외에 은유나 상징 등 서로 다른 의미로도 얼마든지 쓸 수 있다.

메시지 작성을 할 때에 어떤 단어와 구, 절이 메시지에 가장 맞는지 검토해보아야 한다.

'미역국을 먹었다' 하면 시험에 떨어지는 것을 말하지만 '된장국을 먹었다' 하면 식사를 뜻한다. 메시지 '먹었다'에 명사인 '미역국'을 선택하느냐, '된장국'을 선택하느냐에 따라 의미가 전혀 달라진다. 어느 단어가 들어가야 메시지 작성에 가장 효율적인가를 꼼꼼하게 따져봐야 한다.

> 살구꽃 피는 마을
> 피는 꽃이 저리 곱다
>
> 피는 꽃 그 아래로
> 지는 꽃도 어여쁘다
>
> 목숨도 오가는 날이
> 저리 꽃길이고저
>
> ─ 김상훈, 「행화촌」

위 시조에서 '살구꽃'을 '복사꽃'으로 바꾸면 어울리지 않는다. '피는 꽃' '지는 꽃' 위치를 바꾸면 이 또한 어울리지 않는다. '목숨' 대신 '생사'라는 단어로 바꾸면 또 어떤가. 뉘앙스가 다르고 격도 떨어진다.

같은 계열체에서 어떤 단어를 선택해야 하고 이를 어떻게 통합시켜가야 하는 것인가가 관건이다. 이는 메시지 작성에 필연적으로 선택, 배열시켜야 하는 문제이다. 이때 관습이나 문화가 개입하게 되어 선택과 결합이 자유롭게 작성되는 것은 아니다. 서로 다른 계열체의 단어들끼리 서로 결합되어 응집, 확산되기도 하고 긴장, 완화되기도 한다. 같은 계열체에서의 선택은 자유롭지만 결합하는 과정에서는 선택과 결합의 폭은 그만큼 좁아진다. 미적 측면을 고려해야 하기 때문이다. 여기에서 시의 운명이 갈리게 된다. 한 계열체에서의 시어는 다른 계열체의 시어에 따라 선택되기 때문에 메시지 작성이 쉽지만은 않다. 계열체 내의 시어의 선택들은 다른 계열체와의 수수 관계로 무수한 또 다른 시어의 선택들을 요구받게 된다. 이런 작업들이 머릿속에서 계속 반복된다. 고도의 정신 세계가 필요한 이유이다. 시어 선택은 다른 시어 선택과의 치열한 전투이다.

메시지 작성은 하루아침에 이루어지 않는다. 작가의 많은 노력과 땀이 필요한 것도 이 때문이다.

> 구두를 새로 지어 딸에게 신겨주고
> 저만치 가는 양을 물그러미 바라본다
> 한 생애 사무치던 일도 저리 쉽게 가것네
>
> ─ 김상옥, 「어느 날」 전문

시조는 전결이 종장에 있다. 아무렇지도 않은 초 · 중장이라도 종장에 가서는 반전이 일어난다. 새 구두를 신겨주고 저만치 가는 딸아이의 뒷모습을 물그러미 바라본다. 초 · 중장은 이렇게 평범한 일상의 일들이다. 갑자기 종장에 가서 한 생애 사무치던 일도 쉽게 간다며 의미가 뒤집어진다. 한 생애 사무친 일들이 저런 사소한 것들이었나 생각하면 인생은 찰나의 순간에 지나지 않는다. 아무것도 아닌 듯 살아온 삶이 이리도 허무한 것이다.

종장의 '한 생애' 대신 '한 순간'으로 '사무치던'을 '고맙던'으로 '저리' 대신 '이리'로 '쉽게'를 '어렵게'로 '가것네'를 '못 가것네'로 바꾸어보면 의미가 어떻게 될까. 다양한 맛이 사라지기도 하고 생겨나기도 할 것이다. 몇 단어만 바꾸어도 천국과 지옥이다.

제35장
형상화

    단숨에 글을 완성한다는 것은 쉽지 않다. 쓰고 또 써서 결국 한 줄 얻어지는 것이 글이다. 일필휘지는 없다. 한 편의 시가 완성되더라도 그것은 초고일 뿐이다. 며칠 뒤에 보면 부끄럽다. 그래서 다시 고친다. 그리고 또 놔두고 또다시 고치고 이런 작업을 계속한다. 어떤 것은 몇 시간, 어떤 것은 며칠, 또 어떤 것은 몇 달, 몇 년 후까지 퇴고하는 것도 있다. 수없는 산고의 과정을 거쳐서 얻어지는 것이 몇 줄 안 되는 시이다.

    시에 거의 달통한 서정주도 시 쓰기는 고통스런 과정[1]임을 밝히고 있다. 서정주는 「국화 옆에서」를 쓸 때 오랫동안 구상해왔던 시의 지형인 40대 여인의 미의 영상은 처음에는 아래와 같이 비교적 쉽게 형상화되었다.

> 그립고 아쉬움에 가슴 조이던
> 머언 먼 젊음의 뒤안길에서
> 인제는 돌아와 거울 앞에 선

---

1   서정주, 「시창작에 관한 노트」, 서정주 외, 『시창작법』, 예지각, 1982, 104~109쪽; 이상옥, 『시창작 강의』, 삼영사, 2002, 62~63쪽에서 재인용.

내 누님같이 생긴 꽃이여 좀처럼 써지지 않아서 굉장한 고통을 겪었던 것 같다. 그의 말을 들어보자.

"그러나 마지막 연만은 좀처럼 표현이 되지 않아, 새벽까지 누웠다가 앉았다 하다가 그만 자버리고 말았습니다. 그리하여 이것은 며칠 동안 있다가 어느날 새벽 눈이 뜨여서 처음으로 마련되었습니다. 밖에선 무서리가 오는 듯한 늦가을의 상당히 싸늘한 새벽이었는데, 내가 안 자고 혼자 깨어 있다가 호젓한 생각 끝에 밖에서 서리를 맞고 있을 그놈을 생각하자 그것이 용하게 맺어졌습니다."

이는 이미 널리 알려진 일화이기 때문에 새삼스러울 것도 없지만 산고 없이 시가 창작될 수 없음을 생생하게 보여준다는 점에서는 아직 유효한 일화가 아닌가 한다.[2]

시를 쓴다는 것은 언어와 싸우는 일이다. 언어를 버리는 일이다. 퇴고에 퇴고를 거듭한다는 말이다. 왜 시를 창작하려면 언어와 끊임없이 싸우고 언어를 가차 없이 버려야 하는가. 시조가 더욱 그래야 하는 이유는 한정된 도구로 미의 세계를 탐색해가야 하기 때문이다. 신중하게 선택하지 않으면 유치해질 수 있는 것이 시조이다. 고도한 사유로 현실을 감쪽같이 속여 또 다른 현실 같은 가짜를 만들어내야 한다. 현실과 비현실 간의 외줄타기이다. 그렇지 않으면 망신당하기 일쑤여서 조금의 불필요한 행동도 삼가해야 한다. 그만큼 품이 많이 들고, 품이 많이 든 만큼 아름다운 것이 또한 시조이다.[3]

시는 원심력의 언어이다. 언어가 갖는 의미를 확충하고 그것을 액센트화 함으로써 언어의 힘을 무력하게 만들려고 한다. 그러나 독자들의 언어는 대체적으로 구심력의 언어이다. 언어의 의미를 축소시키고 일

---

2   이상옥, 위의 책, 62~63쪽.
3   신웅순, 『무한한 사유와 그 절제 읽기』, 문경출판사, 2006, 19쪽.

반화시킴으로써 언어의 힘을 강하게 만들려고 한다. 서로 충돌하고 갈
등을 일으킬 수밖에 없다. 숙명적으로 시텍스트에서 시인과 독자간의
끝없는 투쟁이 이루어지고 있다.[4]

시인과 독자 간의 언어 충돌은 숙명이다. 한 편의 시 앞에서 진검승부를
벌일 수밖에 없다. 언어의 선택과 결합이 얼마나 어려운 것인가를 말해주
는 한 실례이다. 수많은 퇴고를 거듭한 작품은 달라도 뭔가가 다르다. 화
려한 시조가 있는가 하면 은근한 시조가 있다. 금세 다가오는 시조가 있는
가 하면 읽을수록 뚝배기 맛이 나는 시조가 있다.

오래 남는 시조는 산고의 고통과 숙성의 시간을 거쳐 생산된 작품들이
대부분이다. 그만큼 함부로 읽을 수도 없고, 함부로 읽어서도 안 되는, 시
인의 혼이 깃들어 있는 작품이다. 여기에는 범접할 수 없는 어떤 고결함과
경건함이 있다.

> 꽃이라면 모름지기
> 시인 하나쯤은 잡아먹고
>
> 시침 뚝! 떼고 앉을
> 화냥끼는 있어야지
>
> 아무렴
> 요염에 가리워진
> 저 능청과 푸른 살의
>
> — 이달균, 「장미」 전문

형상(形象)은 어떤 사물이나 현상을 문학이나 그림 등으로 표현하는 것

---

4 위의 책, 18쪽.

을 말한다. 장미를 '요염에 가리워진/저 능청과 푸른 살의'로 형상화시켰다. '장미'에서 '살의'까지는 바로 형상화의 산고 과정이라고 볼 수 있다. 형상화란 어떤 대상을 표현하고자 할 때 어떤 개념을 사용하여 추상화, 일반화하는 것이 아니라 구체화하거나 개별화하는 것이다.

> 이것은 인상과 표현이라는 두 과정으로 이루어진다. 감각적 자극을 마음의 안으로 새기는 것을 내적 형상화, 즉 인상이라고 한다. 그리고 이 인상을 언어 등의 매체를 통해 어떤 형식 속에서 밖으로 드러내는 것을 외적 형상화, 즉 표현이라고 한다. 이 두 과정은 외적 인상을 주체의 내부에 결합시키는 일과 이렇게 결합된 인상을 외부로 표출하는 것으로 이루어진다. 인상이 외적 자극에 대한 수동적 반응이라면 표현은 그것에 대한 적극적 의미 부여이자 대응방식이다. 자극과 반응, 인상과 표현은 이때 서로 해소될 수 없는 긴장 관계를 지닌다. 인간은 형상화 속에서 자신의 경험을 그 나름으로 질서 짓는 가운데보다 선명하게 이해하고 또 인식한다. 형상화는 표현을 통한 현실의 보다 강렬한 파악 방식이며……[5]

형상화는 인상과 표현이라는 두 가지 방식으로 이루어진다고 했다. 인상은 대상의 감각적 자극으로 마음 안에 들어오는 것을 말하고 표현은 이 인상을 어떤 매체를 통해 밖으로 나타내는 것을 말한다. 이때 인상과 표현은 서로 해소될 수 없는 긴장 관계를 갖는다.

> 정강이 말간 곤충 은실 짜듯 울고 있는
> 등 굽은 언덕 아래 추녀 낮은 집 한 채
> 나뭇잎 지는 소리가 작은 창을 가리고

---

5 한국평론가협회 편, 『문학비평용어사전 하』, 국학자료원, 2006, 1175쪽.

갈대꽃 하얀 바람 목이 쉬는 저문 강을
집 나간 소식들이 말없이 건너온다.
내 생애 깊은 적막도 모로 눕는 월정리
                        ― 유재영, 「다시 월정리에서」 전문

시인은 작시 과정에서 이렇게 말했다.

> 내가 다시 '월정리'를 찾은 것은 정강이 말간 곤충들이 '은실 짜듯' 울
> 어대는 가을이었다. 나는 '월정리'의 모습을 더욱 구체화시키고 싶었
> 다. 어느 쓸쓸한 가문처럼 등 굽은 언덕 아래로 추녀 낮은 집 한 채가
> 보였다. 그 집의 작은 창으로 나뭇잎 지는 소리가 많이 들렸다. 문득 갈
> 대꽃이 하얀 저문 강을 바라보며 나는 누군가가 금방이라도 불쑥 찾아
> 올 것만 같은 예감이 들었다. 적막과 기다림은 한 가지의 의미인가. 그
> 날 내가 느낀 것은 바로 이러한 삶의 본질 같은 것이었다.[6]

고백은 인상을 넘어 표현에 가깝다. 어떤 인상에 자신의 경험이나 감성
을 결합, 월정리라는 대상을 위와 같은 시로 표현한 것이라고 시인은 설명
하고 있다.

가을을 '정강이 말간 곤충들이 은실 짜듯 울어대는 가을'이라고 표현했
다. 보통 사람들은 그런 표현을 하지 못한다. '참 맑고 깨끗한 가을'이라든
가, '쓸쓸하고 외로운 가을'이라든가 이런 식으로 표현한다. 일반적으로
느끼는 이런 것들은 시인에게는 하나의 인상에 지나지 않는다. 이러한 인
상을 시인은 '정강이 말간 곤충들이 은실 짜듯 울어대는 가을'이라고 형상
화시켜 표현했다. '참 맑고 깨끗한 가을'이라든가, '쓸쓸하고 외로운 가을'
같은 표현과 '정강이 말간 곤충들이 은실 짜듯 울어대는 가을' 표현 사이에

6　김제현, 『현대시조작법』, 새문사, 1999, 227쪽.

는 어떤 긴장 관계가 형성된다.

　사물을 구체화, 개별화시키고 있다. 이를 형상화라고 한다.

　이렇게 시인은 적극적으로 대상에 의미를 부여하고자 한다. 그래야 오랫동안 독자와 시인과의 긴장 관계를 유지할 수 있다. 그러한 긴장 때문에 의미의 확장을 가져오게 되고 그것이 독자들을 감동시키는 요인이 된다. 보통 사람하고 감각이 다를 수밖에 없는 이유이다.

　다음 시조는 사물을 대상으로 형상화한 예이다. 사물, 헌책이라는 일반적인 인상에다 자신만의 독특한 감각과 필체를 결합시켜 자신만의 독특한 헌책으로 표현했다.

　　　　널린 검은 별들이
　　　　흰 별
　　　　될 때꺼정

　　　　제 숨
　　　　고스란히
　　　　내쉬고 들이쉰다

　　　　갈피가
　　　　쪽문들이어서
　　　　별빛만이 드나든다

　　　　　　　　　　　　　　　　— 서벌, 「헌책」 전문

　　　　　　　　　　　　　　　　　　제2부 시조 창작의 실제

새로 산 책은 활자가 선명하고 헌책은 활자가 선명하지 못하다. 검은 별, 흰 별은 새 책의 진한 활자와 헌책의 빛바랜 활자를 나타낸 것이다. 활자를 별로 형상화시켰다. 검은 별이 흰 별이 될 때까지는 많은 세월이 필요하다.

헌책은 어느 침침한 구석에서 제 숨만 고스란히 내쉬고 들이쉴 수밖에 없다. 틈이라곤 갈피밖에 없다. 이 쪽문으로 별빛이 드나드는 것이다. 갈피를 쪽문으로 형상화시켰다. 그래서 검은 별이 흰 별이 될 때까지 먼 별빛만이 드나든다는 것이다. 그것이 빛바랜 헌책이다. 활자를 별로, 갈피를 쪽문으로 구체화, 개별화시켰다.

> 발에 감긴 밤 하늘이 시려서 우는 저 기러기
>
> 30원이 없었던가
> 막차 놓친 외기러기
>
> 못 가눠
> 뽑은 외마디
> 둘 데 찾는 이 기러기
>
> — 서벌, 「서울 3」 전문

화자 자신을 외기러기로 형상화시켰다. 발에 감긴 밤하늘이 시려서 울고 있고 30원이 없어서 막차를 놓쳤다. 가누지 못해 외마디를 뽑으며 자신의 몸 둘 곳을 찾고 있다.

저 우는 기러기를 본 것은 하나의 수동적인 반응으로 인상에 해당된다. 여기에 '발에 감긴 시린 밤하늘', '30원이 없어 놓친 막차'와 '못 가눠 뽑은 외마디' 같이 적극적인 의미를 부여해 자신이 처한 환경과 신세를 표현하고 있다. 기러기를 통해 자신을 구체화시키고 개별화시키고 있는 것이다.

시조는 4개의 단어를 3줄로 연결해 12개라는 단어로 특별한 의미를 조립해야 한다. 형상화는 추상화의 구체화이며, 일반화의 개별화이다. 소홀히 언어를 다룰 수 없는 이유이다.

형상화	=	구체화, 개별화

제36장
청각, 시각, 촉각의 예

언어에는 마력이라는 것이 있어 언어로 소리를 낼 수 있고, 볼 수 있고, 질감을 나타낼 수도 있다. 모든 감각을 자신만의 독특한 이미지를 만들어 낼 수 있다.

> 우리가 바람 소리를 두고 당신에겐 그 소리가 구체적으로 어떻게 들리고 있는가란 질문을 받았을 때 망설이지 않고 즉각 자신있게 대답할 수 있는 사람이 과연 몇이나 될 것인가? 시인이 되자면 그런 질문에 대해서도 대답할 수 있는 소릴 찾아내어 그것을 언어로 표현해야 할 것이다. 그 때의 그 소리에 대한 언어 표현을 청각적 이미지라 한다. 이미지인 만큼 그것은 실재하는 소리가 아니라 시인의 상상의 공간에 떠오른 소리요, 따라서 개성적으로 창작된 소리인 것이다. 좋은 시를 쓰기 위해서는 소리의 영역에 있어서도 이처럼 개성적인 상상의 소리, 즉 뛰어난 청각적 이미지를 만드는 능력이 요구된다.[1]

소리를 언어로 표현하는 방법은 얼마든지 있다. 보리피리 소리를 '삘릴리 삘릴리'로, 뻐꾹새 소리를 '뻐꾹 뻐꾹'로 표현하는 것과 같이 소리를 직

---

[1] 이형기, 『당신도 시를 쓸 수 있다』, 문학사상사, 1997, 89~90쪽.

접 모방하는 방식이 있고, '돌담에 속삭이는 햇발같이', '분수처럼 흩어지는 푸른 종소리'처럼 비유해서 표현하는 방식도 있다.

> 후렴이다
> 너의 노래는
> 열정 끝에 부르고 싶은
>
> 마지막 박수 갈채가 낙엽으로 쏟아지는 숲
>
> 무대를 떠나기 전 잠시 뜨거운 흐느낌이다
>
> — 김영수, 「만추」 전문

'낙엽'을 가리켜 '마지막 박수 갈채로 쏟아진다'고 했다. 낙엽은 누구든 '우수수' 떨어진다고 표현한다. 이것은 소리를 모방하는 방식이다. 그러나 시인은 자신만의 언어로 마지막 갈채로 쏟아진다고 표현했다. 이것은 소리를 비유하는 방식이다. 이런 비유가 독자들의 가슴을 울리게 만든다. 같은 소리를 갖고도 사람마다 다르게 표현할 수 있는 것이다. 개성적이고 독창적인 언어로 표현해야 하는 것, 이것이 시이다.

시각적 이미지 중에는 현실의 공간에서는 존재하지 않는 추상적 관념에 모양과 색깔을 부여하여 그것을 구체화시킨 것도 있다. 그리고 같은 감각이라도 모양이나 색깔을 가질 리 없는 감각적 지각을 눈으로 볼 수 있게 바꾸어놓은 것도 있다. 말하자면 보이지 않는 것을 보이게 만드는 요술사와 같은 일을 해내는 것이다. '시인은 보이지 않는 것을 보는 사람'이란 말이 있다. 모양이나 색깔을 갖지 않은 대상에 모양과 색깔을 부여한 어떤 종류의 시각적 이미지는 그 말을 피부로 실감할 수 있게 해준다.[2]

---

2 위의 책, 81쪽.

제2부 시조 창작의 실제

구체적인 어떤 사물을 시각화하기도 하지만 존재하지 않는 추상적인 관념을 시각화하기도 한다. 시각적 이미지로 바꾸는 것이다.

사물이나 관념은 단어 자체로는 보이지 않는 것들이다. 이것을 시각적 이미지로 변환시켜야 비로소 그것들이 어떤 것인가를 볼 수 있다. '꽃'이란 단어를 '아침에 피는 꽃'이나 '아침 마당가에 피는 꽃'이라고 표현하면 보이지 않던 꽃이 좀 더 선명하게 보인다. '아침'이라는 시간과 '마당'이라는 공간을 제시해줌으로써 꽃의 의미가 독자들에게 친근감 있게 전달되기 때문이다.

> 덫에 채인
> 짐승 한 마리
>
> 목이 조이어 막 숨이 꺼져 갈 무렵
>
> 어딘가
> 한 송이 꽃이
> 벼랑 끝에 피고 있다
>
> — 이정환, 「묵시록」 부분

'묵시록'은 현실 공간에 존재하지 않는 추상적 관념이다. 이를 '어딘가 한 송이 꽃이 벼랑 끝에 피고 있다'고 시각화하여 표현하고 있다. 추상적 관념인 '묵시록'을 구체적 사물인 '한송이 꽃'으로 바꾸었다. 이렇게 시각화시킴으로서 비로소 '묵시록'은 또 하나의 새로운 생명을 얻게 된다.

시각, 청각을 이미지로 표현한다는 것은 어렵지 않으나 이것은 개성적이고도 독특한 이미지여야 한다. 그래야 누구나 쉽게 공감할 수 있다.

> 내 홀로 밤 깊어 뜰에 내리면

먼 곳에 여인의 옷 벗는 소리

— 김광균, 「설야」 부분

'먼 곳에 여인의 옷 벗는 소리'에는 세 개의 이미지가 결합되어 있다. 눈이 내리는 밤을 설야라고 한다. 눈이 내리는 소리는 들리지 않는다. 그러나 시인은 소리 없이 내리는 눈을 '먼 곳에 여인의 옷 벗는 소리'라고 했다. 들리지 않는 소리를 들리는 소리로 표현한 것이다. 물론 시인의 상상력이 만들어낸 소리이다. 시인은 '깊은 밤 들리지 않는 눈 내리는 소리'를 객관적 상관물인 '먼 곳에 여인의 옷 벗는 소리'인 청각적 이미지로 창조해냈다.

여인은 외투가 아닌 비칠 듯 말 듯 실크를 걸쳤을 것이다. 하얀 살결, 아름다운 얼굴, 날씬한 몸매를 갖고 있을 것이다. 고전적 기품보다는 서양식의 에로틱한 우아한 여인이었을 것이다. 그런 여인이 한밤중에 옷을 가까이서 벗는 것이 아니라 먼 곳서 옷을 벗는 것이다. 그 누구도 먼 데서 옷 벗는 소리를 들을 수가 없다. 소리 없이 내리는, 들을 수 없는 설야를 이렇게 소리 없는 소리로 표현한 것이다. 이것이 시이다.

청각만으로 그치지 않는다. 위 구절은 질감의 이미지까지 만들어내고 있다. 옷이 무슨 옷인지 말은 하지 않아도 두꺼운 옷이 아님을 직감적으로 알 수 있다. 살결이 비칠 듯 말 듯 여인은 부드러운 실크를 걸쳤을 것이다. 누구나 그렇게 생각할 것이다. 이렇게 언어는 질감에까지 느낄 수 있도록 만들어내고 있다. 다만 질감의 이미지를 행간 깊숙이 숨겨놓았을 뿐이다. 언어의 마력은 이런 것이다.

또한 '먼 곳에'라는 말에서 시각적 이미지까지 얻어내고 있다. 몇 글자를 갖고 청각, 촉각, 시각까지 공감각적 이미지를 그려내고 있는 것이다. 이렇게 들을 수 없는 것을 들을 수 있게 만들고, 보이지 않는 것을 볼 수 있게 만들고, 만질 수 없는 것을 만질 수 있게 만들어주고 있다.

　　내 어느날 그대 향한 바람이고 싶어라

　　울 넘어 물 넘어
　　뫼라도 불러 넘어

　　그 가슴
　　들이받고는
　　뼈 부러질 그런 바람

— 문무학, 「바람」 전문

　'그 가슴/들이받고는/뼈 부러질 그런 바람', 이 구절을 자세히 읽어보면 세 가지 이미지가 복합되어 있음을 볼 수 있다.

　바람은 보이지 않는다. 그러나 시인은 가슴을 들이받을 때 바람에도 뼈가 있음을 보여주고 있다. 들이받음으로써 뼈의 실체가 드러난다. 들이받음으로써 보이지 않는 뼈가 드러나고, 뼈 부러지는 소리를 들을 수 있고, 아픔까지 느낄 수 있다. 시각 이미지는 드러내놓고 청각, 촉각 이미지는 깊숙이 숨겨두었다. 반드시 겉으로 드러내어 이미지화시키는 것만이 능사가 아니다. 시각, 청각, 촉각 이미지를 생략하고서라도 소기의 목적을 달성할 수 있다면 이것이 오히려 창작의 고도한 전략, 전술일 수 있다.

제37장

소절과 음절[1], 율독

시조 형식은 3장 6구 12소절[2]이다. 각 장 4소절이다. 소절에는 음절수가 각각 다른 결음절과 과음절이 있다. 장음과 정음, 휴지를 어떻게 처리해야 할까. 이는 율독과 함께 시조 창작에 매우 중요한 요소들이다.

> 어져 내 일이야 그릴 줄을 모르더냐
> 이시라 하더면 가랴마는 제 구태야
> 보내고 그리는 정은 나도 몰라 하노라
>
> — 황진이

---

1   음절(音節)은 하나의 음운 혹은 여러 개 음운의 결합으로 이루어진 소리의 덩어리이다. 일반적으로 음소보다 크고 낱말보다 작다. '자음+모음', '자음+모음+자음'의 구성이 일반적이나 모음 단독으로 음절을 이룰 수 있다. 글자 한 자를 말한다.

2   한국시조협회에서는 음보를 우리말 첨가어에 맞지 않아 이를 소절로 용어를 바꾸었다. 소절(小節)의 뜻은 말, 글, 노래 따위의 한 마디를 뜻한다. 시조에 있어서의 소절은 3, 4음절이 보통이다. 율독시 3, 4음절을 단위로 해서 휴지가 발생하는데 이때의 율독 단위가 소절이다. 소절은 음절수가 반드시 같아야 할 필요는 없다. 동일한 시간의 양, 등시성이 휴지를 한 주기로 해서 발생되기 때문에 소절은 길이의 개념이라기보다는 시간의 개념으로 보아야 한다.

위 시조 중 초장만 도표로 만들면 다음과 같다.

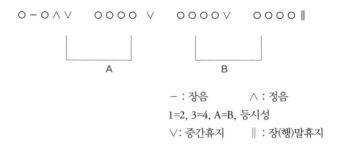

장음은 음의 길어짐을 말한다. 한 소절에서 4음절을 기준으로 할 때 두 음절을 똑같이 장음으로 낼 수는 없다. 부자연스럽기 때문이다. 언어학상으로는 단음인데 사안에 따라서는 장음으로 발음해야 할 경우가 있다.

정음은 단음절로 정지되는 음을 말한다. 이 음절 끝에는 대상 휴지가 온다. 중간 휴지나 장(행)말 휴지 앞에서는 정음으로 실현된다. 위 시조 초장의 첫 소절 '어져' 2음절은 결음절이다. 앞에 음절 '어ー'는 장음으로 실현되고 뒤의 음절 '져∧'는 정음으로 실현된다. 장음과 정음의 실현은 한 소절을 같은 양으로 보상해주어야 하기 때문에 생기는 현상이다. 앞 음절은 장음, 뒤 음절은 정음으로 실현되어 결음절을 보충해주고 있다.

중간 휴지(∨)는 한 장에서 소절과 소절, 구와 구 사이의 머뭇거림이다. 즉 약한 휴지이다. 이는 행말 휴지(‖)와는 다르다. 이 중간 휴지는 소절과 소절, 구와 구 사이에 일어나기 때문에 약간의 머뭇거림이 생긴다. 우리 시가의 생리적 현상 때문이다. 장말 휴지는 일단락의 의미가 끝나는 행 끝에 생기는 휴지이다.

시조는 각 장이 4소절로 반복되며 소절들은 같은 시간의 양을 갖고 있다. 음절수에 관계없이 같은 시간으로 처리해야 한다. 이를 등시성이라고 한다.

등시성	=	소절의 같은 양의 시간

결음절인 경우는 장음이나 정음으로 보충해주어야 한다. 장음과 정음은 무질서하게 실현되는 것이 아니라 일정한 원칙이 있다. 결음절인 경우에는 장음·정음 중 어느 하나가 실현된다. 또한 2개 이상의 장음이나 정음은 한 소절 내에서는 실현되지 않는다. 1음보 '어저'의 '어'나 '저'가 '어—저—', '어∧저∧'로는 실현되지는 않는다는 것이다. 우리 시가의 생리적 현상 때문이다.

시조 종장의 첫째 소절은 3음절이고, 둘째 소절은 과음절이다.

○○○-∨　○○○○○∨　○○○○∨　○○○-‖
보내고　　　그리는정은　　　나도몰라　　하노라

3음절의 경우는 뒤의 것이 장음으로 실현된다. 위 시조의 종장 첫째 소절의 3음절인 '보내고'에서 끝 음절 '고-'가 장음으로 실현된다. 그렇게 되면 3음절이 4음절의 양을 갖게 되어 같은 시간의 소절로 처리된다.

시조의 각 소절의 4음절을 표준으로 해 5음절인 과음절은 4음절의 시간의 양에 맞춰 율독하면 된다. 5음절을 등시성에 의해 4음절 발음 길이만큼 발음해주면 된다.

또 하나 생각할 수 있는 것은 종장의 이 부분은 특별한 경우로 생각해 율독해주는 방법이다. 의미의 반전이 일어나는 곳이기 때문이다.

시조는 초 · 중장이 같은 소절로 반복된다. 종장은 첫 소절은 3음절이고 둘째 소절은 5음절 이상으로 초 · 중장과는 다르다. 초 · 중장이 내내 같은 양의 소절로 진행되다가 종장의 둘째 소절에서 갑자기 길어지다 셋째, 넷째 소절에서 다시 원래의 소절로 되돌아간다.

정완영은 이에 대해 다음과 같이 말하고 있다.

> 나이가 든 사람이면 누구나가 다 알겠거니와 옛날 밤을 새워가면서 잣던 할머니의 물레질, 한 번 뽑고(초장), 두 번 뽑고(중장), 세 번째는 어깨 너머로 휘끈 실을 뽑아 넘겨 두루룩 꼬투마리에 힘껏 감아주던(종장) 것, 이것이 바로 다름 아닌 초 · 중 · 종장의 3장으로 된 우리 시조의 내재율이다. 이만하면 초장 · 중장이 모두 3, 4, 3, 4인데 왜 하필이면 종장만이 3, 5, 4, 3인가, 그 연유를 알고도 남음이 있을 것이다. 이런 시조적인 3장의 내재율은 비단 물레질에만 있는 것이 아니라 우리 생활 백만에 걸쳐 편재해 있는 것이다.
>
> 설 다음날부터 대보름까지의 마을을 누비던 걸립(乞粒)놀이의 자진마치에도 숨어 있고, 오뉴월 보리타작마당 도리깨질에도 숨어 있고, 우리 어머니 우리 누님들의 다듬이 장단에도 숨어 있었던 것이다. 다시 말해서 우리 모든 습속, 모든 행동거지에도, 희비애락에도 단조로움이 아니라 가다가는 어김없이 감아넘기는 승무의 소매자락 같은 굴곡이 숨어 있다는 사실이다.[3]

정완영은 시조 종장의 반전을 우리 민족의 습속에서 찾고 있다. 종장의 둘째 소절은 초 · 중장과는 달리 별도의 양으로 처리해도 좋을 듯싶다. 의미상으로도 초장은 시상을 일으키는 장이요, 중장은 시상을 전개시키는 장이며, 종장은 초 · 중장의 의미를 반전시켜 마무리하는 장이다. 이 종장에서 초 · 중장과 같은 단조로운 소절의 길이로는 그 반전의 의미를 감당

---

3 정완영 편저, 『시조창작법』, 중앙일보사, 1981, 15~16쪽.

하기가 쉽지 않다. 종장의 첫 소절이 반드시 3음절이어야 하는 이유도 이와 관련되어 있을 것이다. 종장의 둘째 소절이 과음절이기 때문에 종장의 첫째 소절이 결음절이어야 물리적으로 두 소절 합의 총량이 맞다.

활화산
단풍 숲에
남모르게 덫을 놓아

너와
나
생살 찢겨
붉디붉게 물든다 해도

마지막
눈매 그윽한
한쌍 사슴이고 싶어

— 윤현자, 「사랑」 전문

초장   3 · 4 · 4 · 4
중장   2 · 1 · 4 · 9
종장   3 · 5 · 2 · 6

위 시조는 소절마다 음절의 폭이 매우 심하다. 초장에서의 첫 소절 '활화산'은 '활화산−'으로 율독된다. '산'은 장음으로 실현된다. 둘째 소절 '단풍 숲에', 셋째 소절 '남모르게', 넷째 소절 '덫을 놓아'에서는 장음과 정음은 실현되지 않는다. 기준 4음절을 지키고 있기 때문이다. 그런데 중장이 문제이다. 중장은 1음절에서 9음절까지 걸쳐 있다. 중장의 첫 소절 '너와'는 '너−와∧'로, 첫째 음절에서는 장음, 둘째 음절에서는 정음으로 실현

제2부 시조 창작의 실제

된다.

둘째 소절 '나'는 '나−∧∨∨', 장음, 정음, 휴지, 휴지로 나타나게 된다. 음절이 하나이고 두 개 이상의 장음이나 정음이 한 소절 내에서 실현될 수 없기 때문에 긴 휴지로 나타나게 된다. 문제는 중장의 넷째 소절 9음절의 과음절이다. 4음절을 기준으로 할 때 5음절이나 남게 된다. 종장의 둘째 소절도 아니고, 별도 취급 사항도 아니므로 등시성의 원리에 의해 9음절은 4음절 기준의 소절과 같은 시간으로 율독할 수밖에 없다.

시조는 한 소절에서 3, 4음절만으로 고정되어야 할 필요는 없다. 음절 관계없이 한 소절은 같은 시간의 덩어리로 인식하면 된다. 한 소절에서 결음절, 과음절이라 해도 같은 시간에 율독하면 되는 것이다. 지나친 과음절이 자연스러운 율독에 방해가 되어서는 안된다.

중장의 '너와 나'를 한 소절로 처리해도 되겠지만 지은이는 '너와/나'를 두 소절로 분리했다. 이럴 경우 너와 나에 서로 다른 개체로서의 의미가 부여될 수 있다. '붉디 붉게 물든다 해도'를 두 소절로 처리해도 좋을 것을 지은이는 굳이 하나의 소절로 처리했다. 독자들에게 최적의 의미를 전달하기 위한 시인의 전략적인 배치일 수 있으나 지나친 과음절은 율독이 자연스럽지 못하기 때문에 주의를 하지 않으면 안 된다.

종장의 셋째 소절 '한쌍'은 중장의 첫 소절처럼 '한−쌍∧'으로, 넷째 소절의 '사슴이고 싶어'의 6음절은 4음절의 시간의 양만큼 율독하면 된다.

위 시조는 음절수에 있어서 파격이 심하기는 하지만 자신의 메시지를 가장 적절하게 전달하기 위해 취한 조치로 이해해야 할 것이다.

1자와 9자는 분명 같은 양의 음절수는 아니다. 그런데도 1자와 9자는 적어도 위 시조에서는 같은 양의 소절로 처리되고 있다. 현대시조에서 시조의 내용에 보다 더 치중하는 경향이 있다 보니 이런 결·과음절들이 빈번하게 일어나고 있다. 시조의 전통적인 율독이 필요한 이유이다.

시조를 창작하다 보면 한 소절에 음절수를 어느 정도 허용해야 하는가가 문제될 수 있다. 음절수가 줄거나 늘어난다 해도 등시성에 따라 자연스럽게 율독되는지 우선 검토해보아야 한다. 한 소절 내에 음절수의 허용치가 정해져 있는 것은 아니다. 3·4음절 정도가 적당하나 이를 천편일률적으로 적용하는 것은 율독의 경직성으로 인해 의미나 가락의 여유와 변화를 수용하지 못하는 결과로 이어질 수 있다.

하나의 소절에 하나의 글자도 좋고 일곱·여덟·아홉 글자도 좋다. 그러나 호흡이나 의미나 문맥 관계, 율독의 시간성 등을 고려해 부자연스럽지 않아야 한다. 그러기 위해서는 3장의 각 장 4소절을 염두에 두고 소절에 나름대로의 신축성 있는 음절 배치를 해야 한다.

시조의 형식은 음절수의 고정을 요구하지 않는다. 일정한 형식 속에서 음절수의 자유로움을 요구한다. 소절마다 음절수가 정해져 있는 것이 아니라 음절수를 자유롭게 통제할 수 있어야 한다.

시조는 3장 6구 12소절이어야 한다. 음절에 다소의 변화가 있다 하더라고 이를 끌고 갈 수 있는 자연스러운 율독이 있어야 의미와 함께 시조의 음악성을 살릴 수 있다. 율독은 시조 창작에 있어서 의미 못지않은 매우 중요한 요소이다. 율독이라는 음악성이 시조의 형식과 내용 속에 녹아 있어야 한다는 얘기이다.

율독의 음악성 = 내용 + 형식

1. 자료

박을수 편저, 『한국시조대사전(상 · 하)』, 아세아문화사, 1991.

신경숙 외 주해, 『청구영언』, 국립한글박물관, 2017.

『악학궤범』(원본영인 한국고전총서), 대제각, 1973.

유창돈, 『이조어사전』, 연세대학교출판부, 2010.

이명섭 편, 『세계문학비평용어사전』, 을유문화사, 1987.

이형상, 『악학습령』, 학자원, 2017.

이희승, 『국어대사전』, 민중서관, 1972.

장사훈, 『국악대사전』, 세광음악출판사, 1984.

정병욱, 『시조문학사전』, 신구문화사, 1966.

한국한문학연구회, 『숭문연방집』, 탐구당, 1975.

한국비평가협회 편, 『문학비평용어사전(상,하)』, 국학자료원, 2006.

『한국음악학자료총서 14』, 은하출판사, 1989.

『한국음악학자료총서 15』, 은하출판사, 1989.

한국시조시인협회 편저, 『한국현대시조대사전』, 도서출판 고요아침, 2021.

『한국시조큰사전』, 을지출판공사, 1985.

한국문화상징편찬 위원회, 『한국문화상징사전』, 동아출판사, 1992.

한글학회, 『우리말 큰 사전』, 1992.

황충기, 『고전주해사전』, 푸른사상, 2005.

『동가선(東歌選)』

서유구, 『유예지』

이규경, 『구라철사금자보』

이학규, 『낙하생고』

채제공, 『번암집』

2. 단행본, 논문

권택영, 『후기 구조주의 문학이론』, 민음사, 1990.

고정옥, 『국문학개론』, 우리어문학회, 1949.

김대행, 『시조유형론』, 이화여대출판부, 1989.

_____, 『한국시가 구조연구』, 삼영사, 1976.

김병욱 편, 『현대소설의 이론』, 최상규 역, 대방출판사, 1986.

김상옥 · 이경직, 『영문학개론』, 박영사, 1992.

김용직, 『현대시원론』, 학연사, 1988.

김욱동, 『은유와 환유』, 민음사, 2000.

김제현, 『시조문학론』, 예전사, 1992.

김준오, 『시론』, 삼지원, 1993.

리태극, 「시조의 章句考」, 『시조문학연구』, 정음문화사, 1988.

_____, 『시조의 사적연구』, 반도출판사, 1981.

_____, 『시조개론』, 반도출판사, 1992.

문덕수, 『시론』, 시문학사, 1993.

박명용, 『오늘의 현대시작법』, 푸른사상, 2003.

박을수, 『시조시화』, 성문각, 1977.

백태남 편, 『한국사연표』, 다홀미디어, 2013.

서원섭, 『시조문학연구』, 형설출판사, 1991.

서정주, 『미당 서정주 전집 12 : 시론』, 은행나무, 2017.

소두영, 『구조주의』, 민음사, 1988.

『시조예술』 6호, 한국시조예술연구회, 2009.

『시조예술』 7호, 한국시조예술연구회, 2010.

『시조예술』 8호, 한국시조예술연구회, 2010.

『시조예술』 9호, 한국시조예술연구회, 2011.

현대시조의 창작 원리와 실제

신웅순, 『문학과 사랑』, 문경출판사, 2000.

_____, 『시의 기호학과 그 실제』, 문경출판사, 2000.

_____, 『현대시조시학』, 문경출판사, 2002.

_____, 『무한한 사유 그 절제 읽기』, 문경출판사, 2006.

_____, 『한국시조창작원리론, 푸른사상, 2009.

_____, 『한국현대시조론』, 푸른사상, 2018.

_____, 「현대시조의 미래」, 『창작세계』, 2021 하반기.

안자산, 『시조시학』, 교문사, 1947.

_____, 『시조시와 서양시』(eBOOK), 온이퍼스, 2019.

염상섭, 「의문이 웨잇습니까」, 「시조는 부흥할 것이냐?」, 『신민』, 1927.3.

유만근, 「시조의 운율」, 시조문학특강을 위한 공청회, 2016. 11. 7.

이광수, 「시조의 意的構成」, 『동아일보』, 1928.

이능우, 『입문을 위한 국어학개론』, 국어국문학회, 1954.

이병기, 『시조와 그 연구』, 學海, 1937.

_____, 『시조의 개설과 창작』, 현대출판사, 1957, 13쪽.

_____, 『국문학개론』, 일지사, 1961.

이상옥, 『시창작 강의』, 삼영사, 2002.

이은상, 「시조단형 芻議」, 『동아일보』, 1928.4.18~25.

이형기, 『당신도 시를 쓸 수 있다』, 문학사상사, 1997.

임선묵, 『시조시학서설』, 청자각, 1974.

장덕순, 『한국문학사』, 동화문화사, 1975.

장사훈, 「구라철사금자보의 해독과 현행 평시조와의 관계」, 『국악논고』, 서울대학교
출판부, 1933.

_____, 『국문학 산고』, 신구문화사, 1959.

_____, 『국악총론』, 세광음악출판사, 1985.

_____, 「시조와 시설시조의 형태고」, 『시조문학연구』, 정음문화사, 1988.

_____, 『시조음악론』, 서울대출판부, 2001.

정완영 편, 『시조창작법』, 중앙일보, 1981.

정종대, 『풀어쓴 옛시조와 시인』, 새문사, 2007.

조규익, 「안자산의 시조론에 대하여」, 『시조학논총』 제30집, 한국시조학회.

_____, 『가곡창사의 국문학적 본질』, 집문당, 1994.

조윤제, 『한국시가의 연구』, 을유문화사, 1948.

지헌영, 「단가 전형의 형성」, 『호서문학』 제4집, 1959.

최남구, 「시조창법소고」, 『시조연구논총』, 1940. 9.

최남선, 「조선 국민 문학으로서의 시조」, 『조선문단 16호』, 1926. 5.

최동원, 『고시조론』, 삼영사, 1980.

한영환 · 이성교, 『문학개론』, 개문사, 1978.

한춘섭, 『한국현대시조논총』, 을지출판사, 1990.

홍문표, 『현대시학』, 양문각, 1995.

홍성란, 『내가 좋아하는 현대시조 100선』, 책만드는 집, 2006.

3. 외국 도서

A. Breton, *Manifestes du surrealisme*, Pluto, 1978.

Dan Sperber & Deidre Wilson, *Relevance : Communication and Cognition*, Oxford : Blackwell, 1986.

H. Paul Grice, *Studies in the Way of Words*, Cambridge : Harvard University Press, 1989.

John R. Searle, *"Metaphor," in The Philosophy of Language*, ed. A. P. Martinich, Oxford : University Press, 1990.

Jose Ortega Y. Gasset, 『예술의 비인간화(*La Deshmanizin Del Arte*)』, 장선영 역, 삼성출판사, 1976.

Philip Wheelwright, *The Burning Fountain*, Indiana University Press, 1959.

_____, *Metaphor and Reality*, Indiana University Press, 1973.

R. W. Gibbs, *The Poetics of Metaphor*, Cambridge : University Press, 1994.

W. Empson, *Seven types of Ambiguity*, Penguine Books, 1962.

Webster's Third New International Dictionary, Springfield : G &C. Merriam Company, 1971.

현대시조의 창작 원리와 실제

용어

현대시조의 창작 원리와 실제

인명

현대시조의 창작 원리와 실제

현대시조의 창작 원리와 실제

작품 및 도서

현대시조의 창작 원리와 실제

현대시조의 창작 원리와 실제